百田尚樹をぜんぶ読む

a Syunsuke
a Naoya

目次

第四章　自壊　エッセイ・対談

終わりに

序章　なぜ百田尚樹を読もうとするのか

今、なぜ百田尚樹を読もうとするのか?

杉田　この対談では、百田尚樹の作品をぜんぶ読んでみます。ぜんぶです。もちろん、真面目に読んでみる。そして全作品についてコメントし、論評し、批評していきます。読者のみなさんのことを考えて、ブックガイド的な意味も込めていくつもりです。

では、なぜそういうことをやってみたいのか。

近年の百田尚樹は、ネットやメディア上の問題発言で多くの批判や炎上を巻き起こしていますが、もともと彼の小説は、その多くがベストセラーになって、映画やドラマ、マンガになるなどのメディアミックス的な展開が行われてきました。

これは単に一部のレイシストやヘイター、あるいはネトウヨやナショナリストたちが百田作品を買い支えている、という話ではすまない。つまり彼の小説は、普通の庶民というか、市井の一般読者の「心」に届いている。そのことを過小評価したり、侮ったりはできないはずです。

彼の政治的発言があまりに差別的だったり歴史修正主義的なものだったりするので、それに対する、主にリベラル・左派の人たちによる批判や反証が先行して（もちろん、それは絶対的に必要な、手間も時間もかかる作業ですが）、彼の小説が真面目に読まれたり、論じられたりする機会は少なかった。

しかし小説家としての百田は、やはり、ただものではありません。たとえば彼は、読者を飽きさせないために、小説一作ごとにジャンルを変えている。同じジャンルの小説は二度と書かない、という自己内ルールを定めているそうです。

実際に、戦争小説、短編ファンタジー連作、青春スポーツ小説、昆虫小説、時代小説、自伝風ピカレスク・ロマン、ショートショート、サイコサスペンス風恋愛小説、大河小説、ユーモア小説、ディストピア小説、囲碁小説、ジュブナイル……。

本当に、あらゆるジャンルを使っていくわけです（ただし、その多様なジャンルを書き分ける器用さが、作品によっては、中途半端になっていたり、不完全燃焼を招いている、というケースもしばしば見られますが）。

百田は大学を中退したあと、放送作家になり、大阪の伝説的な人気テレビ番組『探偵！ナイトスクープ』のチーフライターとして、同番組を長年支えてきました。彼はそこで、視聴者に言葉を届けることの難しさ、一般大衆を楽しませ続けることの難しさを学んできました。

自分は関西一、テレビのナレーションを書くのがうまいんだ、という自負もあるようですね（『輝く夜』〔原題『聖夜の贈り物』〕文庫版所収の太田出版代表・岡聡の解説）。その経験を通して培った構成力と語りの力を、長年にわたって磨きあげ、五〇歳でようやく、小説家としてデビューした、ということです。

男の弱さとどう向き合うか

杉田　彼の小説の重要なモチーフの一つとして、男としての弱さや情けなさにどう向き合うか、という問題があります。僕はその点に関心があります。

戦後日本の男としてどう生きていくべきか、その死生観はどうあるべきか、男にとって愛とは何か。百田尚樹はそういう泥臭く、実存的な問いを、初期小説から、様々な形で試行錯誤していました。たとえば彼はクラシック音楽評論などで「弁証法的」（ある問題について肯定的な評価と否定的な評価がせめぎ合い、両者が統合されてより高い次元が開かれ、それを無限にくりかえしていく、という意味での弁証法）という表現を使っていますが、彼の小説にもまた、男性問題（男性が男性であるがゆえに生じる問題）をめぐる弁証法的な問いがある。

僕の見立てでは、百田尚樹の小説は、少なくとも東日本大震災（二〇一一年）の前までは、愛国主義的で家父長制的な家族観とか、家族・会社・国家が同心円的に一致してしまうような世界観を、素朴な形で主張していたわけではありません。

少なくとも小説の中では、ある時点までは、ネトウヨ的・ヘイト的・排外主義的なことを積極的には書いていない（庶民的リアリズムに基づく保守的傾向、あるいは、「おじさん」的な無神経さはもともとありましたが）。いろいろと試行錯誤しながら、それなりに真摯に、粘り強く、あるべき男性像を模索し続けていた。

たとえば『影法師』（講談社、二〇一〇年）という時代小説では、世の中から評価されず、嘲笑され憐（あわ）れまれている日陰者の男が、親友（主人公）の人生を支えるために無償の愛を——百田は男女間の「純愛」ではなくて、男性の親友同士の「殉愛」という言葉をよく使いますが——黙って貫きとおそうとします。初期作品の試行錯誤の果てに、そういう生き方を一つの理想像として提示したんですね。

ちなみに『影法師』は、現首相である安倍晋三にも何らかの影響を与えています。安倍さんは『永遠の0』（太田出版、二〇〇六年）よりも前に『影法師』を読んでいた。しかも、第一次安倍内閣のときに惨めな失墜を経験していた安倍さんが「復活」し、自民党の総裁選で勝利して、もう一度総理大臣として甦（よみがえ）っていくプロセスと、百田尚樹が東日本大震災のあとに日本の復興を祈って「第二の主著」と自負する『海賊とよばれた男』（講談社、二〇一二年）を書き、それがベストセラーになっていくプロセスというのは、不思議に重なり合っています。つまりそこには、詳しくはのちほど論じたいのですが、現実的な政治とフィクションが奇妙に入り交じりながら生成し、展開していった、という側面があったんですね。それは現実と虚構、物語と政治、意識と無意識などが絡みあう境界的なゾーンで、人々の情動をたくみに喚起していく、という小説家としての百田尚樹の才能とも関係しています。

そういう意味で、ベストセラー作家であり続けてきた百田尚樹の小説を今、真面目に読んでみることは、現代的な右派的・排外主義的なメンタリティの分析にもなるし、現代のこの国のマジョリティ男性たち——いわゆる中高年の「おじさん」ですね——がなぜ百田の小説や言葉を欲しているのか、ということの内側からの分析にもなるのではないか。

やっぱり、百田尚樹の小説というのは、これまで、十分には論じられ批評されてこなかった、と思います（百田の差別性やナショナリズム性を叩く（たた）ために、イデオロギー批判を前提として『永遠の0』を解読する、というような作業はたびたび行われてきましたが）。

ここで言いたいのは「小説家として面白いところもあるから、彼の差別的でヘイト的で排外主義的な発言は許される」とか「政治と文学は別問題だから切り離して考えるべきだ」とか、そういうことではありません。むしろ、彼の小説の内容と政治的・社会的な発言は、かなり深いレベルで本質的に絡みあっている。百田自身も十分に意識できていないようなレベルで。そこを見つめてみたい。

甘く見てはいけない

杉田　百田尚樹という人のそういうところを甘く見ると、彼を批判する側も足をすくわれると思う。リベラル左派の人たちには、敵をみくびって侮る傾向がある。そうすると、相手を低く見積もって、他者の複雑な人間性を切り詰めて、レッテルをはってひたすら「敵」を叩く、ということになっていく。それは自分たちの言葉が本来はもち得る複雑な豊かさをも、切り詰めてしまうことでしょう。

たとえばかつて、橋川文三という政治思想史家にして批評家が、保田與重郎を中心とする日本浪曼派の言説を『日本浪曼派批判序説』によって内在的に批評したことがありました。日本浪曼派は芸術によって国家や戦争を讃美した面があり、多くの人が戦中にそれに魅了されたのは非合理的なことだった、と戦後になってから嘲笑された。しかし、多くの人が戦中に浪曼派に魅かれたのは、単に非合理なことでもバカバカしいことでもなかった、と橋川は考えたんです。そういう批評的な営みを念頭に置いて、現在における百田尚樹の小説や作品に向き合ってみたい。

それはつまり、小説作品の内在的批評と、我々が生きる時代・歴史・社会の分析とを、同時に、分裂したまま、ジグザグにやっていくことでしょう。「政治と芸術」を対立的に考えたり、「アートや芸能は政治的に中立であるべきだ」と考えたりするのではなく、文学・芸術と政治性が不可分に絡みあう場所で、対象を一段深いところから分析し批評してみたい。

私たちはこれからも当面、きっと長い間、ヘイトや差別、排外主義の現実と向き合って生きていかねばならないでしょう。その中で「人間」としての最低限の良識を見失わないためにも、様々な形で、様々な角度から、何が現在におけるヘイトや差別や排外主義的な欲望を生み出し、維持し、再生産しているのか、それを考えねばならない。粘り強く。諦めずに。人間への希望を失わずに。そう思っています。

そのための一つの試みとして、現代のベストセラー作家であり、保守論壇のカリスマ的広告塔であり、メディア上のモンスターでもある百田尚樹という人間の存在と言葉を、正面から「読む」ということをやってみたい。

前置きが長くなりましたが、そういうふうに考えて、この対談を企画したんです。

百田尚樹の三つの顔——小説家・保守思想家・メディアイベンター

杉田　今回、藤田さんにも百田尚樹の全作品を読んでいただいたわけですが、率直なところ、どうでしたか？

藤田　小説においては、ツイッターで見るイメージよりは、好感が持てました（笑）。悪いところだけ切り取られているという本人の主張も、まぁそうなんだろうなと感じました。

百田尚樹は平成でいちばん売れた文庫本であるといわれる『永遠の0』の著者ですが、それを映画化した監督の山崎貴（たかし）は、二〇二〇年東京オリンピック・パラリンピックの開会式・閉会式の「四式典総合プランニングチーム」のメンバーであり、その演出を担当するわけですね。両者とも、日本という国のナショナルイメージやアイデンティティに関わるフィクションを、国政と何らかの関係を持ちながら提示している作家だと感じています。山崎貴は『ALWAYS　三丁目の夕日』（二〇〇五年）という大ヒットした映画の監督でもあります。つまり、フィクションやエンターテインメントを使って、実態とは異なる日本人や日本国家の美しいイメージを作り上げてきた人です。

近年でいえば、たとえばほかにも『シン・ゴジラ』（二〇一六年）など、フィクションと現実の政治が入り交じるような作品が様々に出てきていて、百田尚樹もそういうタイプの現代的な作家の重要な一人である、と考えています。

詳しくはのちに論じますが、百田尚樹が安倍晋三との対談本『日本よ、世界の真ん中で咲き誇れ』（ワック、二〇一三年）を刊行しているとか、あるいは作家の石田衣良（いら）が「朝日新聞」で述べていたように（二〇一三年六月一八日「売れてるエンタメ小説　愛国心くすぐる」）、『永遠の0』

が「右傾エンタメ」であるとか、そういうことだけが「政治」と入り交じると考える理由ではありません。

百田尚樹はネトウヨであり差別主義者である、という一般的なイメージに当てはまる部分は、確かにある。実際に、対談本やエッセイの中では、南京大虐殺や「慰安婦」問題はでっち上げだと言ったり、韓国や中国に対する偏見や差別を煽ったりしています。ただ、彼の小説作品を読むと、それとはちょっと違う印象も確かにあります。

おそらく、百田尚樹は、いくつもの顔がある人なんです。

杉田　うん、そうですね。

藤田　まず一つ目の顔としては、堅実なエンターテインメント作家としての百田尚樹がいます。

二つ目の顔としては、大きな影響力を持った保守思想家です。しかし保守思想家としての彼の発言は、陳腐で凡庸なものでしかありません。一九八〇年代にすでに雑誌「諸君！」や「正論」が主張していた論調を、現在の文脈でそのまままくりかえしているだけ。保守思想家としてはじつに古臭いし、特にオリジナリティも感じられません。

そして彼には三つ目の顔がある。それはメディアイベントの仕掛け人としての顔ですね。テレビの放送作家を長年仕事にしていた、というだけではありません。アテンションを集める発言を行って頻繁に炎上を起こしたり、ツイッターなどを使ってネット上でバトルをしたり、人々の感情をうまく煽って注目を集める、という技術に非常に長けた人である。

それらの三つの顔がどのように絡みあっていて、どのような関係になっているのか。それを分析することが、百田尚樹の作品を読んでいくうえでは、大事なのではないか。僕はその中でも特に、三つ目の「メディアイベンターとしての百田尚樹」が最も重要だと考えています。その点を抜きにして、百田尚樹を論じることはできません。

ポストトゥルースとの親和性

藤田　百田尚樹は、現実とフィクションの領域を曖昧に混ぜ合わせるような作品を書いてきました。というより、身をもってそうした状況を生きてきた。炎上を起こして注目を集めてバトルを見世物にし、そうした自らの振る舞いをも「作品」と化していく。そういう小説家だと思います。

しかも、そうした百田尚樹の言動や存在のあり方が、今の僕らが生きているフェイクニュースが蔓延し、何が真実であるのかがわかりにくく、事実や真実が世論に影響力を持ちにくくなる「ポストトゥルース」と呼ばれる現状と、じつにフィットし、シンクロしてしまっている。

個人的にいちばん関心を持っているのはここです。

百田尚樹はたとえば、橋下徹とも人脈的に非常に近いところにいましたよね。

杉田　そうですね。百田は「さらば！売国民主党政権」（「ＷｉＬＬ」二〇一二年九月号）では、安倍晋三と橋下徹の二人に期待する、と書いています。それを読むと、その当時は安倍さんよりもむしろ、橋下さんのほうにあるべき政治家としての理想を見ていたふしもある。

藤田　自民党の情報戦略について書いた小口日出彦（こぐちひでひこ）の『情報参謀』（講談社現代新書、二〇一六年）という本を読むと、自民党は、民主党に選挙で敗北したあとに、橋下徹のやり方から積極的に学んだみたいなんです。

つまり、批判や反感を受けて炎上しても構わないから、とにかく派手なことを言って、人々のアテンションを引き付ける戦略に出た。好意を持たれなくても、メディアに露出しさえすれば、単純接触効果（くりかえし接触した対象に対し、好感度が上がっていく効果）によって投票数も増えるんですね。ネットユーザーの反応を見ながら発言の内容も決めていく。

現代では政治がそもそもメディアイベント化抜きには語れないんですよ。炎上芸によってアクセス数を稼ぐのと同じ仕組みで、投票数を稼ぐ。そういう戦略を自民党は橋下徹からも学んだ、という面がありそうです。

橋下徹という人は大阪のテレビ業界の中から出てきた面があると思いますが、放送作家の経歴を持つ百田尚樹も近いところにいたので、「ウケ方」のノリを共有していてもおかしくない。

杉田　なるほど。百田尚樹・安倍晋三・橋下徹の繋（つな）がりは偶然ではない、ということですね。

藤田　そう思います。僕もインターネット世代だから、彼らのそういう振る舞いの魅力や面白さもわかるんですよ。インターネットこそが、民主主義のあり方や、権力の構造を変えたんだと思います。その変動の中で、既存の権威あるメディアや出版界に対する、オルタナティブ（代替的）なメディアとしてのインターネットを駆使して、大衆のルサンチマンや情念を動員していく。「大阪 vs.東京」や「知識人 vs.大衆」という構図もルサンチマンの動員のためのわかりやすい物語ですね。

逆にいえば、対抗する思想の側が、新しいメディアで似たような創造的な身のこなしをできなかったことは反省するべきかもしれません。そこは百田尚樹の才能を認めて学ぶべきです。

フィクションとノンフィクション、歴史と物語の曖昧さ

杉田　百田さんという人は、一貫してノンフィクションという手法に不思議なこだわりがあります。

『リング』（PHP研究所、二〇一〇年）という、白井義男やファイティング原田などの、戦後に国民的ヒーローになったボクサーについてのノンフィクション的な作品もありますが、フィクションである『海賊とよばれた男』や『幻庵（げんなん）』（文藝春秋、二〇一六年）にしても、実在した人物を主人公（またはモデル）にして、「ノンフィクション・ノベル」と銘打ったりしています。

とはいえ、彼の言うノンフィクションは、現実と虚構、事実と物語がかなり屈折して、歪(ゆが)んだ結びつき方をしているものが多い。『殉愛』（幻冬舎、二〇一四年）もそうだし、近年のベストセラー『日本国紀』（幻冬舎、二〇一八年）もそうです。

『日本国紀』は日本史の本のはずなのですが、「序にかえて」で堂々と「ヒストリーという言葉はストーリーと同じ語源とされています。つまり歴史とは『物語』なのです。本書は日本人の物語、いや私たち自身の壮大な物語なのです」（三ページ）と宣言されている。何の屈託も躊躇(ちゅうちょ)もなく。

物語と歴史の間の差異や緊張関係が、最初から、つるっと消し去られている。たとえば『日本国紀』は、ネット上の真偽不明な情報をコピー&ペーストして無断使用し、それが問題視され、版を重ねるたびに本の記述が修正され、次々と書き換えられています。

社会構築主義のなれの果て

杉田　「社会や制度は特定の立場にとって都合のいいように構築されたものである」とする社会構築主義などにおける「歴史／物語」論の場合、正史（正しい歴史）とされる歴史が排除してきたものへの眼差(まなざ)しや、虚構や物語のレベルには回収されない歴史の事実性への批評意識があったのですが、『日本国紀』はいわばそうした社会構築主義のなれの果てとしての、まさに現代のポストトゥルース時代の歴史物語――という感じです。神話・物語と歴史の境界線をあえて無化していて、小説（ノベル）というよりも、ほとんどライトノベル的な日本史と言えるでしょう。

百田尚樹の事実上の最初の作品は、『永遠の0』から二〇年ほど前、三〇歳前後のときに書いた『錨を上げよ』（刊行は講談社、二〇一〇年）という原稿用紙二四〇〇枚もある、ものすごく長い習作的な小説です。

百田氏はこれを「ピカレスクロマン」（悪漢小説）でありつつ「自伝的な要素が強い」と語っているのですが、実際の経歴や年譜的事実と符合する部分も多々あるものの（同志社大学に入学したり、放送作家の職に就くなど）、もう半分は、劇画的なマンガのキャラクターのような感じなんですね。

ブコウスキーあるいは中上健次の『岬』『枯木灘』の主人公などを意識しているのでしょうか、無頼派的でやたらに喧嘩が強くて……。いちばんはじめの習作的な長編小説が、自伝的であると言いながら、誰がどう見てもマンガのキャラクターのようにフィクショナルであるという、そういう奇妙なキメラ（異種融合）的な分裂があった。

藤田　出版社の方はあれは自伝ではない、と書かれていました。

杉田　それから、裁判にもなって完全に敗訴した『殉愛』。これはやしきたかじんとその三番目の妻であるさくらの関係を描いたノンフィクションということになっていますが、すでに『百田尚樹『殉愛』の真実』（宝島社、二〇一五年）やネット上での検証など、多くの指摘があるように、ノンフィクションの最低限の作法すら守っていません。関係者にまともに取材もせず、裏も取らず、自分に近い陣営の人々の主張をそのまま鵜呑みにして、いい人／悪い人、被害者／加害者を二元的に分けてしまう。

さっきの「いくつもの顔がある」という面で言うと、たとえば『プリズム』（幻冬舎、二〇一一年）という小説では、解離性同一性障害、いわゆる多重人格の青年が主人公になっています。また百田尚樹には、一貫して、女性の整形手術に対する複雑な嫌悪感や恐怖があります。『モンスター』（幻冬舎、二〇一〇年）という小説の主人公は、生まれつきすごく醜くて、整形手術や人体改造をくりかえして、社会の中でのし上がろうとする女性です。

女性の整形手術に対しては、百田氏の中には単純なルッキズム（見た目差別、容貌差別）としか言いようがない無神経で差別的な面もあれば、女性が外見で判断されやすい世の中に対するリアリズム的な諦念もあり、あるいはまた、彼自身の外見に対する自信のなさ、非モテ感、ちょっとした醜貌恐怖のような痛みもあって……それらが複雑な形で投影されているようですね。

それらの要素が交ざって、女性の整形手術に対する屈折したこだわりが生じている。現実的にも、百田尚樹という人間の中には、多重人格的というか整形的というか、キメラ的な多面体

（プリズム）の面がどうやらある。

藤田　その辺はのちほど個別の作品を論じるときに、またテーマになってきそうですね。

杉田　たとえば花田紀凱（かずよし）責任編集の雑誌「月刊Ｈａｎａｄａ」から、『百田尚樹　永遠の一冊』（飛鳥新社、二〇一七年）というヨイショ本が出ています。

読んでみると、ベタな保守論壇にありがちな、左翼批判や沖縄ジャーナリズム批判の記事が延々と掲載されているのですが、そこに突然、百田さんの昔の和やかな家族写真が入っていたり、あるいは百田さんの妻と息子と娘の三人による「百田家の家族　抱腹絶倒大座談会」が載っていたりするんですね。

藤田　あれを読むと、家族に愛されている憎めないキャラだと感じますよ。あと、部屋が汚いようですね。

杉田　座談会を読むかぎりは、和気藹々（わきあいあい）としていて普通に楽しそうで、家庭内ではきっと普通のいい父親なんだろう、という雰囲気が伝わってきます。

しかし本としては、非常に攻撃的なヘイト記事の横に、穏やかな家族写真や座談会が並んでいるから、すごく奇妙で不気味な感じがする。それは本を仕掛けた出版社や編集者の戦略なのでしょうけれど、この『百田尚樹　永遠の一冊』という本のあり方そのものが、百田尚樹の分裂的な人格性をどこか暗示していますね。

ポストモダン保守としての百田尚樹

藤田　僕が力点を置きたいのは、百田さんがポストモダニストである、という点なんです。ポストモダンとは何か。それは生身の身体（からだ）を伴った事実とか現実への手応えよりも、情報やイメージや言葉によって現実は作られているという認識のほうが優勢になった時代、あるいはそうした考え方のことです。

テレビマンとして、作家として、炎上屋として、プロパガンダ屋として、そういう時代の中で複雑な活動をしている奇妙なメディアイベンターとして、百田尚樹はとんでもない才能を持っている人だと思う。そして、彼の作品って、そういう自分のあり方への反省なり韜晦（とうかい）なり自己言及と読める箇所が、いくらかあるんですよ。葛藤や矛盾が吐露されているように読める箇所がある、というかな。

ポストモダニスト的なリアリティを示すいくつかの例を挙げると、ノンフィクションの『リング』では、過去のボクシングの名試合を紹介していくわけですが、それは過去の試合をビデオで観（み）て、それをノンフィクションの中で描写して紹介しているわけですよ。描写がテレビ越しだから、平板になっているけれど、それでいい。『幻庵』などでも、当時の囲碁の棋譜を読んで書いている自分について作中に書き込まれていますよね。

『日本国紀』だってウィキペディアのコピペがあると指摘されているわけだから、基本的にこの人は、過去や歴史というものは、メディアを経由してツギハギにして再構成していいんだ、という歴史観というか、感覚の持ち主なんですよね。

それはヒストリーはストーリーである、という構築主義的なポストモダニストの歴史観です。つまり、じつはこの人はポストモダンな保守主義者であり、保守的なポストモダニストなんですよ。

たとえば『永遠の0』も、戦後の社会では特攻隊は愚かな狂信者だったとか批判されてきたけど本当はそうじゃなかった、とか、日本が戦中に行ったことはじつはいいことだった、とか、いかにも保守的で歴史修正主義的な欲望に基づいた小説です。でもそこに、「現実」は「真実」ではなかった、というポストモダン小説の感覚が入り込んでいます。

あるいは『海賊とよばれた男』も、本当は苛酷でもあっただろう、敗戦後の復興や労働を何でもかんでも美しい話にしてしまっている面があります。みんなが家族的経営で協力して、タンクの中で油をすくうという苛酷な労働を喜んで和気藹々とやってしまう。

歴史認識の面でいえば、田原総一朗との対談本（『愛国論』ベストセラーズ、二〇一四年）を読むと、彼は南京大虐殺はなかった、「従軍慰安婦」問題も嘘（うそ）だったなどの、歴史修正主義者がよく口にするテンプレート的（型どおり）なことを主張していて、田原からたしなめられています。このリアリティの操作性というのが百田のベースにあり、それはまぎれもなくポストモダンの感覚です。

杉田　うん。彼が保守的ポストモダニストだというのは僕もそう感じるんだけど、ただ、そこに必ずしも回収されないような実存性が、別の面では彼の小説のコアになってはいませんか。そこが彼の小説を侮れないものにしているのでは。

おそらく百田尚樹は、基本的には、「戦後」の「普通のおじさん」の感性を持っている人だと思う。少なくとも、彼の初期の小説を読むかぎりは、ある時点まではレイシストや差別主義者とは言えなかった、と僕は思います。

「普通のおじさん」たちの死生観

藤田　そうでしょうか?

杉田　傲慢で、露悪的で、情にもろくて、女性に頭があがらない。でもどこか強い夫や父親でもありたくて、誰も俺のことをわかってくれない、という被害者意識も抱えている。猥談(わいだん)や武勇伝が大好きで、自分の生活の範囲以外のことについては、非常に無神経。そういう、よくいる「おじさん」の感性の持ち主でもあるのではないか。

そういう「男」として、じゃあどう生きればいいのか。そういうことをある時期の彼は突きつめようとした。いろいろと試行錯誤したけれど、なかなかうまく見つからない。そういう感じがある。

たとえば『錨を上げよ』では、延々と、原稿用紙二四〇〇枚にわたって、自分の「男」としての生き方を模索するんだけれど、まったく成長も成熟もしない。成長小説（ビルドゥングスロマン）の構造を持ちながら、成長小説にならない。

あるいは『永遠の0』では、自分が特攻隊で死ぬときに、最後にこの世界に何を残せるか、というモチーフがあります。国家は信じられない。軍隊も信じられない。では何が残るか。最後に信じられる拠り所は、やはり家族であると。だから恥をさらしても、卑怯者と罵られても、何としても生き延びて、家族だけは守りたい。

それはおそらく、特攻隊員というよりも、「戦後」の会社員としての「普通のおじさん」たちの死生観と同じものなのではないか。自分が何のために働いて何のために死ぬのか、その意味を家族に求めざるを得なかった。

現在のリベラルな戦後民主主義を牽引する内田樹は、『「おじさん」的思考』（晶文社、二〇〇二年）という本の中で次のようなことを言っています。戦後の平凡な「おじさん」たちは、今や、若者からもフェミニストからもポストモダニストからも批判されて、「この状況にどう対処してよいかわからぬまま、ただ呆然と立ち尽くしているばかりである」。

実際、現在も「おじさん」バッシング（嘲笑、からかい）が公然と行われているわけですね。もちろん、ＰＣ（ポリティカル・コレクトネス）的あるいはリベラルな基準からは批判されるべき点がたくさんあります。でも、戦後民主主義的で高度成長的な庶民やサラリーマン、「正しいおじさん」の中にあった「人倫」（人間としての倫理）それ自体までを否定できるのか、そこには軽視も嘲笑もできない何かがあったのではないか――と内田さんは言うんですね。

> それでも、なんと言われようと、「正しいおじさん」たちは、仲間たちと手に手を取って額に汗して仕事をするのはそれ自体「よいこと」だという職業倫理からは逃れられないし、「強いお父さんと優しいお母さんとかわいい子供たち」で構成される理想の家族像を手ばなせないし、「強きをくじき、弱きを助ける」ことこそとりあえず人倫の基礎だと信じているし、争っているひとびとを見れば、ことの理非はともかく割って入って、つい「話せば、分かる」と言ってしまう。
>
> だが、いまはそういう「正しいおじさんの常識」が受（う）け容（い）れられる時代ではない。
>
> （『「おじさん」的思考』）

国家を信じられず、会社を信じられず、家庭を信じられず、学校も地域も歴史の進歩も神の摂理も信じることができない。「大人」とは、生に究極の意味を認めることを断念した存在である、と内田さんは言います。

しかし「大人」とは同時に、信じるものが何もなくなったときに、その「信じるものがなくなった状況」から何かを「信じる」ためのきっかけを作り出すことができる人間のことであり、「みずからの弱さを熟知した成熟した大人」のことなんだ、と。

ある段階までは、百田尚樹の中にも、そういう意味での戦後的な「おじさん的思考」があったのではないか。そうした「おじさん」的な生き方が、最終的な理想としては、自己犠牲的な日陰者として、世間からはまったく認められないけれど、誰かを支えて生きようとするという「殉愛」として見出（みいだ）されていく。

男性問題に葛藤して、弁証法的に試行錯誤しながら、小説家としての彼はそういうところへと行き着いた。少なくとも、ある段階まではそういう葛藤があった、というのが僕の考えです。

その辺りが彼の小説の侮れないところであり、単なるポストモダン的な保守主義者とも異なるところではないか。とすれば、その試行錯誤のあり方と、それが辿（たど）り着いた場所が本当に真っ当だったのか、そのことが批判的に検討されなきゃいけない。

藤田　そこは、僕と杉田さんの意見が分かれるところかもしれません。確かに「普通のおじさん」が共感しやすい内容を書いているとは思います。ですが、『錨を上げよ』で書かれた自伝的な内容や作家としての振る舞いからして、百田尚樹は「普通」ではなく、かなり例外的で逸脱的な、アウトサイダーな人なのだろうと僕は思いますよ。

大学もやめているし、当時のテレビやバラエティの世界というのはとても地位が低い扱いでしたよね。そのようなアウトサイダーだからこそ、メディアの構造変動に鋭いアンテナを張りめぐらせて、ネット時代のポピュリズムの波にも対応できて成功しているのだ、という認識です。

百田尚樹は震災後に「転向」したのか?

杉田　確かにこの辺りは、僕と藤田さんで大きく認識が異なる点かもしれないですね。

僕は、東日本大震災以降の百田尚樹は決定的に「転向」した、と考えます。ある時期までの百田の小説は、公正に見て——無神経で反動的な面もあり、女性表象や左翼イメージにかなりの危うさがありながらも——ヘイトや差別の産物とまでは言い切れないものだった。

時系列順に読み進めたかぎりでは、震災の経験と、震災後の安倍政権的なものとの関わりによって、彼の小説の物語の骨格そのものが根本的に変わってしまった。転向後の世界観を象徴するのが『海賊とよばれた男』や『カエルの楽園』(新潮社、二〇一六年)のような小説です。

逆にいえば、震災後の百田がなぜそのようなネトウヨ小説、ひどいプロパガンダ小説を書くに至ってしまったのか、そのことが問われねばならない。

しかし藤田さんはむしろ、初期段階の『永遠の0』から、すでに危うい面が強かった、という感じですよね。

藤田　そうですね。『永遠の0』の時点で「『朝日新聞』にみなは騙されているが、真実の歴史はこうだ！」的な、歴史修正主義的な物語でしたよね。

外堀を埋めるために人脈的な話をすれば、百田と安倍首相の対談をセッティングしたのは、花田紀凱です。花田は、文藝春秋の雑誌「マルコポーロ」の編集長だった。かつてユダヤ人の虐殺はなかったという歴史修正主義的な記事を載せてユダヤ人団体からの抗議を受け、雑誌自体が廃刊になっています。

百田尚樹の基本的な歴史観は、保守派の代表的論客である渡部昇一などと同じ、WGIP（ウォー・ギルト・インフォメーション・プログラム）を批判する歴史観です。

WGIPを批判する歴史観とは、戦後の日本はGHQ（連合国軍最高司令官総司令部）の情報統制や教育によって洗脳され、ひたすら戦争責任という罪を感じるようになり、左翼や日教組や「朝日新聞」の自虐史観に支配されてしまった。しかし本当は日本人は素晴らしい民族なのだから、偽りの歴史認識を打破しなきゃいけないんだ。そういう歴史観です。WGIPは、江藤淳が「諸君！」で一九八二年から一九八六年にかけて断続的に発表した「閉ざされた言語空間」で取り上げて、大きな話題となりました。

この歴史観（仮にＷＧＩＰ史観と呼びますが）がどこまで事実なのかは議論があり、いろいろ読んだうえでの判断ですが、「そのせいだけで戦後を説明するのは難しい」と思っています。一次資料にあたって検証した賀茂（かも）道子の『ウォー・ギルト・プログラム――ＧＨＱ情報教育政策の実像』（法政大学出版局、二〇一八年）によると、その名前のプログラムをＧＨＱが行ったのは事実だが、保守論壇が言うほどの大掛かりなものでもなく、影響も限定的だったのではないか、といわれています。

デビュー作の『永遠の０』は、そもそも、このようなＷＧＩＰ史観に基づいています。特攻隊は愚かで狂信的な愛国者だった、と語り手である青年も最初のうちは信じているんだけど、いろいろな人の証言を聞く中で、「洗脳」を解かれて歴史の「真実」に目覚めていく。そのダイナミズムが魅力の核にある、そういう小説ですよ。作中では、「朝日新聞」を連想させるような新聞の記者とディベートする場面もありますね。百田の「朝日新聞」嫌いは有名ですし、ＷＧＩＰ史観でも、新聞などのメディアが「洗脳」したことになっています。

『永遠の０』の小説としての構造そのものが、そのまま、戦後の自虐史観を脱却して真の歴史に目覚める、というネトウヨや保守の論調と同じなんですよ。だから、杉田さんとは異なり、百田が小説の中で最初から書いてきたことと、近年の彼の保守思想は、じつはそれほど乖離（かいり）していない、と考えています。

杉田　藤田さんは「転向」はなかった、という立場ですね。ただ、小説作品のほうがやはり深みがありませんか。つまり、一つの価値観を相対化してそれを立体的に見たり、あるいは人間の中の矛盾した欲望を描いていったり。

藤田　そうですね。

善意の歴史修正主義

杉田　特に気に入った作品などはありましたか？

藤田　僕としては、百田尚樹の全作品の中で、『錨を上げよ』がいちばん好感が持てました。

というのは、生まれ育った大阪の環境のことなどを率直に書いて、なぜ自分がそう感じざるを得ないのか、そのことをきちんと分析しているからですね。思想の背景にある足元自体を分析して投げ出す、相対化の目線がちゃんとある。大阪の貧しい家庭に生まれて、周りには「部落」があり、在日コリアンもいて、差別もあるんだけど、大阪のその地域全体が貧しかった。差別したが、「そう言う町の人たちの暮らしもまた相当にひどいものだった。たいていがバラックのような長屋造りの小さな家に住み、職の無い人も珍しくなかった」（単行本上巻・一一ページ）と。

もちろん、だから差別していいわけではないですが、そういう環境だからこその感じ方・考え方である、ということを曝け出している点は評価できます。他人を助けようとする優しさもあるし、共同体を活気づけようというポジティブな動機も見られるし、自分のダメさ、しょうもなさも十分に自覚している。

ただ、やはりそういうことと、差別的でヘイト的な発言はどう関係しているのか。それらは矛盾しているのか。むしろ、そこから出てきているのか。それがわからない。

杉田　うん。その問題をやっぱり考えていきたい。戦後のありふれたおじさん、無神経だけど善良なおじさんであるにもかかわらず、差別者になってしまったということなのか、むしろ、善良なおじさんであるからこそ、差別者になってしまったのか。というのは、善良な人間がかぎりなく残虐なことに手を染めるというのは、歴史的にくりかえされてきたことですからね。

つまり、百田の小説の中にある見かけの善良さの中にはやはりいくつもの盲点があって、そこがまさに差別やヘイトへと転じていくのではないか。そこのねじれ方ですね。そのことを考えつつ、百田作品を読んでいかねばならない。

藤田　そもそも、歴史修正主義って、必ずしも悪意によって生じるとはかぎらないんですよね。先祖や仲間に対する偏見やバッシングを何とかしてあげたい、守ってあげたい、という気持ちから生じる部分もあるでしょう。単純な悪意じゃないからこそ、歴史修正主義はかえって厄介なんだろうなあと感じます。

杉田　とはいえ、先ほども言ったように、百田尚樹の場合、ある種の実存性（男性問題をめぐる弁証法的な葛藤と試行錯誤）があって、それはヘイトや歴史修正に必ずしも回収されない部分を含んでいるのではないか、と僕は思うんです。その辺りは両義的に、繊細に見ていきたい。

しかし『海賊とよばれた男』の辺りから、そうしたねじれた実存性が完全に消えてしまい、そのあとはかなりベタな差別者、歴史修正主義者になってしまった。僕にはそう見える。

逆にいえば、そうはならないですむ可能性はなかったのか。別の方向に分岐する道はなかったのか。彼の作品を読んで批評するとは、同時に、そういう潜在的にありえた可能性を考えてみることだとも思う。

震災以降の『海賊とよばれた男』や『カエルの楽園』は、小説としての骨格自体がまったくダメになっている、と僕は感じます。あとで具体的に論じますが、複雑な視点を欠いた非常に単純化された物語構造になってしまっている。そもそも近年の彼はほとんど小説作品を書いていませんね。その代わりに、嫌韓・嫌中的な政治エッセイや、同類の人々との対談集を大量に出版するようになった。

藤田さんの図式でいえば、小説家としての顔がかなり縮減されて、保守思想家とメディアイベンターの側面を強めている。『カエルの楽園』は、もはや小説というより単なるプロパガンダでしょう。

騙す、騙される、騙されたがる

杉田　一つ不思議に思うのは、百田尚樹という人は、能動的に「騙している」のか、それとも受動的に「騙されている」のか、ということです。

そこに彼の奇妙なわかりにくさ、厄介さがある。震災以降の安倍晋三や自民党との関係にしても、『殉愛』のさくらとの関係にしても。

彼には、騙す／騙されるのいずれでもなく、「騙されてしまいたい」「騙されたがっている」という倒錯した欲望があるようにも見えます。正しいものやきれいなものではなく、疑わしいもの、騙してくるかもしれない他者のことを信じたい、怖れつつも信じたい、というような。

藤田　確かに百田の小説には「騙されていた話」がじつに多い。小説作品としてのその「味」――真相を知ったときの感覚の味わい――は、エンタメの面白さとしては高く評価します。「騙される」ことにも享楽ってあるんですよね。

気になっているのは、それが戦後民主主義者たちのインチキな自虐史観に騙されていたが、日本人の真実の歴史はそうではなかった、日本人は歴史の真実に目覚めるべきだ、という認識と繋がっているようなところ。フィクションの中で楽しんでいた認識の形式が、現実にまで影響を及ぼしてしまってはいないか、と感じるのです。

歴史修正主義やWGIP史観に共通するのは、これまで真理だと思っていたことがじつは真理ではなかった、という暴露の仕方ですよね。

同じように百田の『影法師』のように、世の中からネガティブに見られていた人が本当は素晴らしい人だった、というパターンもありますね。そのように、「真実」により評価の善悪が覆るという物語形式において、『永遠の0』と『影法師』は、構造的に表裏一体でしょう。そして「日本」も本当は素晴らしかった、という話も同じ構造でしょう。

あるいはその逆、ポジティブだと思っていたらネガティブ、というパターンも数多くあります。『モンスター』では、美人だと思っていたらじつは整形していた、『幸福な生活』（祥伝社、二〇一一年）所収のある短編では、善良な妻だと信じていたら秘密があった、そういうモチーフが百田作品には常にありますよね。虚実のひっくり返りと、真相を知ったときの落差の感情。それこそが、百田作品の情動面での魅力の中心の一つだと思います。

歴史に名を残す仕事を目指して

杉田　社会や現実の何もかもが相対化（ポストモダン化）されていって、もう何も信じられない、というかこの世はもともとそんなものだ、という庶民的なニヒリズムが百田という人のデフォルトとしてあります。

たとえば『夢を売る男』（太田出版、二〇一三年）では、出版業界なんて何もかも資本主義の論理に従った金儲け（かねもう）の商売なんだから、芸術とか純文学とか、そういう理想なんて犬に食われろ、という冷めた商売人のリアリズムが描かれる。俺たちの自費出版ビジネスの食い物にされて、騙されるバカが悪いんだと。難病で我が子を亡くした母親まで食い物にしていく。お前らに夢を売ってケアしてあげているんだ、とね。

しかし『夢を売る男』を最後まで読んでいくと、ラストにふっと、純粋な芸術至上主義というか、商売人的な利害を超えた編集者の矜持（きょうじ）が出てくる。この作品のニヒリズムと理想主義の共存は、すごく百田的な構造だと思う。

そもそも、彼が小説を書いた動機にも、そういう文学青年的な純粋さがあったようです。ずっとテレビ業界にいて、自分の人生はこんなもんで終わりなのか、と思った。父親がガンになったり、戦争に兵隊として参加した叔父さんがやはりガンで死んだりした。そういう状況の中で、己の人生を見つめ直すために『永遠の0』を執筆したんだと。

ちなみにそのとき、奥さんの態度がちょっと不気味なんです。先ほどの家族座談会によれば、奥さんは、この人は人間としてはダメかもしれないが、世の中で一角（ひとかど）の仕事をする才能がある、と直感していたそうです。けれどもテレビ業界で働く夫の姿を見ながら、なあんだ、この人はこの程度で終わっちゃうのか、とガッカリしていたらしい。

もしかしたら、そういう身近な人たちの期待に応えなきゃ、という無意識のプレッシャーを感じながら、歴史に名を残す本格的な仕事をしなければならない、という気持ちになっていったのではないか。

先ほどの女性の整形手術に対するこだわりについても、多分この人の中には「女性の本心を知りたい」という強い欲求がある。本物の愛を知りたい、女性の本当の気持ちを知りたい。しかし整形手術によってそれが見えなくなっていく。

本当の素顔がわからないというより、この世には素顔と整形の区別なんてないのかもしれない、という恐怖なんでしょう。あるいは多重人格（解離性同一性障害）のことも、本当の人格なんてものはなくて、自分にも本当の固有の人格なんてないのかもしれない、そのことをひどく怖がっている。

ただ、そこがねじれているのは、怖がりながらも、安倍晋三や自民党、幻冬舎や保守論壇との関係を見ていくと、明らかに自分から騙されに行っているんですよ。

藤田　『殉愛』を読んでの印象だけれど、普通に騙されやすい部分があるんだと思いますよ。

杉田　騙されたくないという気持ちと、どこか「騙されてしまいたい」という欲望が不思議に共存していますね。

百田尚樹のロマン主義

藤田　それだけじゃなくって、百田は「騙される人」であると同時に、自分から「騙す人」でもあるでしょう。「騙す」というのは、詐欺をするという意味じゃなくて、テレビとか広告とか、政治とか一般の話で、イメージを操作する、ということです。

世界がイメージとプロパガンダに満たされたものになってしまっているということを諦めながら認める、汎プロパガンダ的なシニシズムというか、テレビ的なリアリティがありますよね。それを前提にして、ニセモノではない純粋さを希求するロマン主義的な憧れも強くあります。この絡みあいが、百田尚樹という作家なんですよ。

杉田　ニヒリズムとロマンがせめぎ合っていますね。まあ、近代史の中で連綿とくりかえされてきたロマン主義的な精神とは、もともとそういうものなのですが。それが一方では「男性・父親にとって真実の愛とは何か」という実存的で男性論的な問いになるし、他方では、女性に対するロマン的なファンタジーにもなっていく。

ただし女性については、「若い女性に対するロマン主義」と「結婚相手（妻）に対するロマン主義」では、かなり違いがあります。

若い女の子に対しては、たとえば短編集の『聖夜の贈り物』（太田出版、二〇〇七年）全般とか、ボクシング小説『ボックス！』（太田出版、二〇〇八年）の中の病気で若くして死んでしまうマネージャーの女の子とか、善良な女の子が報われないことに対する「おじさん的ロマン主義」があります。

つまり、おじさん目線によって、不幸な若い女の子に同情していく。そのときの百田尚樹は、びっくりするほど素直で共感的なんですね。まあそれはすごくベタなおじさん的欲望であり、ヤバさがあるわけですが。

しかし、結婚相手に対するロマンやファンタジーはもう少し複雑であり、むしろ男性のロマンを幻滅や攪乱（かくらん）に追い込んでいく、そういう女性に対するロマンなんです。

ロマンを抱いた相手から、常に裏切られ、騙されていく。しかしその怖さも含めて、秘密を持った女性に魅惑されてしまう。しかもそれは特別な美女とかじゃなく、ごく平凡な主婦や恋人なんです。

藤田　恋愛とロマン主義でいえば、『錨を上げよ』がまさに典型的ですね。好きになった相手に直接的に、技巧もなく突っ込んでいく。しかしそんなにうまくいくはずがないから、フラれ続ける。それを延々とくりかえしています。「駆け引き」は、作り物だから嫌いなんですよね。

杉田　出会った女性にすぐ一目惚れ（ひとめぼ）して、のめり込むんだけど、すぐに裏切られたと思い込み、被害者意識を抱いて、離れていく。そしてまた遍歴と放浪が始まる、というのを延々と、単調に、うんざりするほど長くくりかえしますよね。

藤田　しかも、なぜか左翼のインテリの、階層が高い女の子にばかり憧れる。そういう自分の欲望のあり方を率直に書いているから、僕は『錨を上げよ』が好きなんです。

杉田　『錨を上げよ』は本当にひどいというか、すごいというか……。変な小説ですよ。

実存主義者としての百田尚樹

藤田　ちなみに、僕が百田尚樹のエンターテインメント作品としていちばん面白く読んだのは、『ボックス！』でした。

ボクシングという競技の純粋さは、単なるスポーツではなく、殴り合いや死闘であることにあります。そういう瞬間の、言葉を介さない、人間のむき出しの生命や暴力性や闘争心。あるいは、生きる意味の燃焼する瞬間。

百田尚樹のほとんどの作品は、そういうところにこだわっています。『ボックス！』は百田作品の中ではいちばん、国家的なものに回収されない小説です。その点では、『錨を上げよ』の恋愛の直接性と、『ボックス！』のボクシングの直接性は似ています。

この人は実存主義者でもあるんですよね。生きる意味は何なのか、人間は何のために生きるのか、そういう問いが根本にある。とはいえ、そうやって生きる意味を求めることが国家や民族に回収されがちでもあるわけです。国家や会社のために生きることが個人としての自分が生きる意味だったんだ、と。

この人が批判されやすいのはそこだと思うんだけど、個人として生きる意味を求め続けるというそのむき出しの実存主義者的な側面は、僕はそれなりに共感できるんですよね。戦い合う瞬間そのものの気持ちよさは、国家や民族に一体化するのとは逆の方向の力だと思う。

たとえば彼がいつもネットやメディアでバトルしたり炎上させたりするのも、ボクシングのようにガチンコで命のやり取りをしたいのではないか。言葉のやり取りを常に「戦争」や「戦場」のメタファーで語ることが、そう考える根拠です。

美しく死ぬことへの抵抗感

杉田　確かに彼は闘争や戦闘における命の燃焼を、いわばポストモダン的なニヒリズムを突き破るものとして尊重しているけれども、同時に、合理性に対する強い信念もありますよね。『ボックス！』でも『リング』でも、ボクシングは野蛮な殴り合いではない、と何度も何度も強調しています。ボクシングは本能むき出しの闘争だけれども、同時に、そこには冷静さや合理性がないと絶対に勝てないんだ、と。このことは、日本精神の象徴とされるゼロ戦や日本刀に対する一貫した彼の批判とも結びついています。

誤解されがちなんだけど、百田尚樹はじつは、日本のゼロ戦という戦闘機を批判し続けています。ゼロ戦の「思想」がダメなんだ、と言うんですね。たとえば渡部昇一との対談本『ゼロ戦と日本刀――美しさに潜む「失敗の本質」』（ＰＨＰ研究所、二〇一三年）でもはっきりそう主張している。

というのは、ゼロ戦も日本刀も、防御度外視であり、攻撃しか考えていないからです。それに対し、アメリカの戦闘機は、パイロットがちゃんと生きて帰還することを前提として、きちんとコスト計算をして作られている。

さらに彼は、日本人の悪癖としての言霊信仰を一貫して批判しています。「自分たちがやられる」と考えたり、それを言葉にしたりしてしまえば、実際にやられてしまう。だから敗けるとか、死ぬとかいうことは一切言葉にしないし、考えない。

そういう非合理的な精神の根元に日本人の言霊信仰があり、その象徴がゼロ戦や日本刀である、と言うんですね。こうしたゼロ戦批判は『永遠の０』の中でもはっきり語られています。

だから彼の中には、命を燃焼させて美しく死ぬことに対して、憧れつつもどこか抵抗があるのではないか。

将棋よりも囲碁が好きなのも、その辺に関わるのでしょう。将棋やチェスは、擬人化されたコマに感情移入できるのに対して、囲碁はとても非人間的なゲームであり、テリトリー争い、陣地戦なんですよね。人間的な共感を度外視した合理性のようなものに魅かれているのかもしれない。その辺りも含めて、彼は棋士やボクサーをリスペクトしている。

藤田　しかしそこはさらにもう一段階あって、合理性が必ずしも絶対的だともされません。たとえば『ボックス！』には主人公が二人います。一人は優等生で合理的に努力を積み重ねるタイプ。もう一人は生まれつきのロマン主義的な天才。そのどちらがより成功するか、という対決の物語になっています。

彼ら二人の勝負では、結局のところ、ボクシングの試合としては、合理的に計算して努力を積み重ねたほうが勝つわけですね。しかし作品が謳い上げたいのは、ロマン主義的な天才のほうなんですよ。だからそこにはかなり葛藤があるように思えます。

ノンフィクションの『リング』でも、アメリカ式の合理的なトレーニングがいいのか悪いのか、という問いがあります。それはアメリカ社会の合理主義や民主主義などの価値観の是非とも関わっています。

杉田　日本のゼロ戦よりも、アメリカのグラマン社の戦闘機のほうを百田は評価しています。アメリカ的な合理主義に対する憧れと批判、という両義的な感情がありそうです。

藤田　保守思想家としての百田は、ＧＨＱが戦後の日本人を洗脳した諸悪の根源だ、というアメリカ批判をしますけれど、小説の中ではそれとはかなり違うアメリカへの態度がありますよね。『海賊とよばれた男』もそうですが、アメリカの日本への影響のすべてが悪しきものである、とは必ずしも描いていません。

ポピュリズムと「大阪」的なもの

杉田　橋下徹的なポピュリズムの問題は、やはり重要でしょう。百田尚樹の中にも明らかにポピュリズム的な欲望があると思えるからです。

たとえばデビュー作の『永遠の0』は、売れ方そのものがポピュリズム的に見えます。最初はいくつかの出版社に持ち込んだけど、断られた。ようやく出版にこぎつけたけど、初版は七〇〇〇部。それでも無名の新人作家としては結構な数字でしょう。

しかしそれが五〇〇万部を超えるベストセラーになるには、草の根の読者たちの評判と下支えが大きかった。最初は六〇代男性の読者がメインだったものの、だんだん読者の年齢が下がってきて、若い人も読むし、男女の比率も半々になったそうです。

百田尚樹は直木賞への憧れを何度も口にしているけれど、結局、直木賞という権威には認められなかった。

しかしその代わりに、口コミや、本屋大賞（出版社主導ではなく、書店の店員が投票を行う文学賞）という、より草の根の読者に近いであろう場所からの評価——書店サイドや出版業界の思惑もあるわけですけれど——によって、売上を伸ばしてきた。これは重要だと思います。

ポピュリスト的な政治家は、エスタブリッシュメント（支配階層）批判と間接民主主義批判、そしてメディアを介した直接民主主義的な手法によって、自分たちこそが大衆の味方であり、現状の堕落した民主主義を超える「真の民主主義者だ」と主張します。百田尚樹の小説家としての出発点の売れ方は、その意味でも、ポピュリスト的なものだったと言える——もちろん、大衆に根ざした真の民主主義を主張しつつ、じつは権威や権力と深く結びついている、ということが、ポピュリストの特徴の一つでもあるのですが。

そしてそれは「大阪」という土地柄やアイデンティティ、坂口安吾が批判した「大阪の反逆」という構図とも重なり合っています。たとえば石原慎太郎的な東京のポピュリズムとも異なる、独自のローカリティがそこにはあるでしょう。やしきたかじんや『探偵！ナイトスクープ』を育んできた大阪のテレビ業界の土壌と百田的なものは不可分だ、という意味です。

この辺り、僕は大阪や関西の人間ではないので、空気感や実感としてはわからない面もありますが……。

大衆の「真理」

藤田　ポピュリズムは、既成の議会制民主主義の「外」からメッセージを発信して、世の中を変えていこうとします。その点では、在特会（在日特権を許さない市民の会）もSEALDs（自由と民主主義のための学生緊急行動）などの国会前抗議行動も、草の根のラディカルな動きとして、ポピュリズム的なものの表れであると言えると思います。ポピュリズム＝「悪」とは必ずしも言えず、それはよいほうにも悪いほうにも転がり得るものですね。

百田は、『錨を上げよ』の中で、大阪とは「ゴキブリ」のような街であり、理念や理想よりも、生きることを優先する世界だ、と書いています。実際商人の街だし、ネトウヨ思想に影響を与えているといわれている「産経新聞」も東京より大阪でのシェアが大きい。つまり百田の中にあるのは、商売や経済がまず何より大事、という大衆精神に根ざしたポピュリズムなのではないでしょうか。多分それが新自由主義と結びついている。

もちろん僕は大阪に住んでいないので、はっきりしたその辺りの空気はわからないですが、少なくとも百田たちは「大阪的」な空気を意識していると思いますね。大阪が商業を中心として文化を形成してきたという話は、藤本義一・丹波元（はじめ）『大阪人と日本人――マナーから人生観まで、違いのすべてを徹底検証』（PHP文庫、二〇〇一年）はじめ、大阪文化論では割とよく出てくる話です。

杉田　自分たちこそが大衆の本当の「真理」を知っている、という感覚は明らかに百田さんの中にあるよね。それは彼の純文学批判、エンタメ作家としての矜持とも関係している。

エンタメ的で商人的であることは、道徳や理想を無視するということではなく、そこからこそ出てくる道徳がある。『影法師』では、武士的理想よりも商人的道徳が優先されるわけですね。『永遠の0』の特攻隊員も、死をも怖れぬサムライとしては描かれていない。

藤田　この商業中心的価値観は、実際に本が売れた、売れている、ということが自分たちの正しさを証明している、という考えにも当然繋がります。『夢を売る男』では純文学批判がされますね。それは橋下徹がかつて、文楽への補助金をカットすることで大衆にアピールしようとしたこととパラレルです。

庶民の生活から遊離した高級な文化なんていらない、という大阪の庶民主義とルサンチマン、コストを削減して競争原理に委ねようとするネオリベラリズム的なものが、そこでは融合しているんです。

杉田　中央に反逆する大阪ローカル主義が、結局、排外的な国家主義と繋がっていく。そこのねじれ方、反転の仕方が気になります。

ポピュリズムは右にも左にもなり得る、ということがポピュリズム研究ではいわれています。ラテンアメリカの左のポピュリズムのケースとか、それを継承したエルネスト・ラクラウやシャンタル・ムフなど、ラディカルデモクラシー論者たちの「左派ポピュリズム」とかですね。

しかし日本だと、今のところ、ポピュリズム的なものがなぜか極右＋ネオリベ的な国家主義に結びつきやすい傾向がある。

百田尚樹とテレビ的なものの問題

杉田　たとえば近年、個人的にいちばんショックだったことの一つに、次のようなことがありました。僕の母親は今七〇代なんですけれども、かつて韓流ドラマブームの頃に韓国が好きになって、そこから韓国語や韓国文化を学ぶようになって、しょっちゅう一人で韓国に旅行に行ったりしていたんです。韓国人の友人や、韓国語仲間のネットワークができたりしまして。そんな母親が、あるとき、友達からいい本を紹介してもらった、と言って持ってきたのが、ケント・ギルバートの嫌韓本だったんですよ。それがすごいショックでした。何で韓国文化にこれだけ触れてきた人間がそうなってしまうのか。

話を聞いてみると、一つの原因として、実際に韓国の人々との付き合いができると、ほとんどは良好な関係なんですが、たまにはやっぱり日本を批判する人もいるし、韓国の文化こそが日本文化の起源だとマウンティングされたりもする。そうすると、知識がないから反論や論駁もできないし、何年も経つうちにいろいろ傷ついていたみたいなんですね。それに対して、傷を癒すというか、解毒のために、友達から紹介された嫌韓本を読んでいたようです。

藤田　久々に帰省したら親がネトウヨ化していた、という話もよく聞きますね。

杉田　もう一点、数年前に、排外主義的なものの滲透を身近に感じたことがありました。地元でバスに乗っていたら、割と高齢の七〇代後半くらいのおばあさんたちが、結構大きな声で、ひたすら排外主義的な会話をしていたんです。

自宅に来る外国人のヘルパーさんに何かを盗まれそうで怖いとか、近隣の駅前にアジアの人が増えていて、日本人の純血が穢されそうとか、外国に領土や国土を侵犯されるのが怖いとか。興味深かったのは、自分が住む家と、駅前という地域と、国土という国家のレベルが、不思議とシームレスになっていて、話の次元がぽんぽん飛ぶんですね。いずれにしても、「家＝地域＝国」を外国から侵略されて、何かを「盗まれる」、あるいは「穢される」という恐怖感があるっぽい。ちょっと認知症の「物盗られ妄想」みたいな感じもあったんです。

不思議というか面白かったのは、彼女たちの会話の中では、テレビのワイドショーのコメンテーターがあたかも第二の家族のような距離感だったんですね。「あの人がこう言っていた」と。誰のことかと思ったら、『ミヤネ屋』の宮根誠司だったり（笑）。

家と地域と国土の境界線が曖昧に連続しているんだけど、それを繋ぐのが多分「お茶の間＝テレビ」的なリアリティなんじゃないか。とにかく「外国人・盗まれる・怖い」というワードが頻出していました。

多分、映画的なポストモダンとテレビ的なポストモダンの違いがあるのではないか。それはたとえば山崎貴と百田尚樹の違いでもある。山崎貴は監督として『永遠の0』と『海賊とよばれた男』を映画化しています。山崎さんはもともと、百田原作の映画を撮る前から、ポストモダンや自己犠牲、真実とは何かというモチーフを持っていて、感覚が似ている。

ただし、映画の人たちはモダニスト的というか、過去の作品の引用の仕方に、知性とか作家性を宿そうとします。それは強い歴史意識の感覚だと思う。いろいろな歴史が積み重ねられてきて、もう新しい作品なんて作れないのではないか。そういう緊張感の中で自分たちの作品を作ろうとする。そういう意味で山崎貴の感覚は、たとえば『新世紀エヴァンゲリオン』や『シン・ゴジラ』の庵野秀明や、音楽でいえば椎名林檎の感覚とも近いと思う。彼らもモダニスト的な日本主義者だから。

それに対し、百田さんはツイッターでも炎上を起こしていますが、根っこがやはりテレビ的なリアリティにある気がする。もちろん彼はクラシック音楽とか、ゲーテとか文豪の話もするんだけど、それ自体がテレビ番組的な感じがします。

ここで「テレビ番組的」というのは、作品は情報や知識のゆるい寄せ集めで十分なんだと。作家性とか知性の高度さを競うのではなく、いかに受け手にそれを伝えるかが大事。しかも情念やエモーションの水準で。そうでなければ意味がない。そういうテレビ的なポストモダンの人ではないか。

そこでは「騙す」ことと「事実を伝える」ことが分けられない。どんなに正しくても、受け手の心に食い込まなければ価値がない。その結果は視聴率や売上という厳密な数字で出てくる。彼はそういう水準でずっと勝負してきたから、小説においてもそれを重視している。「騙す／事実を伝える」という対立を超えるような情念的な「真実」があるんだ、という。

藤田　テレビ的リアリティ、というか、テレビで仕事をされてきた経験は大きいでしょうね。特に『探偵！ナイトスクープ』のような、お笑い番組的なテイストのバラエティ番組。考えてみればあれも「報道番組の体裁を取ったバラエティ番組」なんですよね。

大阪の言語空間

杉田　もちろん近年、高齢者向けのスマホが発達してきて、ネットに免疫や耐性のない高齢者たちがネトウヨ動画を視聴して、一気に右傾化、排外主義化してしまう、という話もあります。ネトウヨの主戦場は、文字のまとめサイトから、動画サイトに移っていると。それでもやはり、テレビ的リアリティの影響力は、依然として侮れないのではないか。

排外主義やネトウヨ的なものが、ネットからテレビを通して、ワイドショーなどによって高齢者や庶民のレベルに染み渡っていく。百田のメディアイベンター的な面というのも、ネットだけでなく、そういういくつものメディア的な回路を通って影響力を持っていくんでしょうね。

百田尚樹の場合、あらためて特に、小説作品や『日本国紀』などについて論じる場合も、テレビ的リアリティ（しかも大阪テレビ業界的な）の意味を考えないといけない。

近年特に、お笑い芸人が奇妙に政治的権威に寄りそっていく、嫌な空気を作っていく、という回路がありますけれども、ある意味で百田尚樹という人は「芸人的」に振る舞っている面もあるのでしょう。放送作家の仕事をする傍ら、「ソクラテス・プラトン百田大先生」という名前でテレビに出演したりもしていたんですよね。もちろん、たかじんの番組にも。

藤田　それは考えていきたいですよね。大阪のテレビ業界、特に「お笑い」は重要だと思います。百田尚樹がアウトサイダーではないかと言いましたが、「ヤクザになるか芸人になるか」という言葉があるとおり、お笑いの世界というのも、一般の社会の通常の人生を歩むことが難しいアウトサイダーたちが何とか生き残り成功しようとする世界だったわけですよね。今はもう随分違うと思いますが……。ボクサーやプロレスラーもそうですが、アウトサイダーが成功するための命懸けの世界でもあるわけです。

百田作品には、そのような人たちに対するシンパシーの視点がある、にもかかわらず差別やヘイトの発言がある、これが本当に解せない。

それはともかく、大阪の言語空間の問題はあるかもしれません。「本音」や「ギャグ」が好きで、「正論」「正義」が嫌い。本音やギャグの中には差別が含まれることもあるのが厄介なことなんですが、しかしそれがコミュニケーションに必要で、人間味だと感じられているらしい。

僕は北海道出身・東京育ちなので感覚的にわかりませんが、尾上圭介『大阪ことば学』（創元社、一九九九年）、小林隆・澤村美幸『ものの言いかた西東』（岩波新書、二〇一四年）などを読むにつけ、言葉そのものを発したり解釈したりする方法そのものが関西とそれ以外で違うようですね。ひょっとすると、お互いにコードが違うので誤解しあっていることもたくさんあるのではないかと思います。

そのうえで、こういう言語空間であり、文化である、ということをどう考えればいいのか。多文化主義的にいえば、それもまた尊重しなくてはいけないのかもしれないし、非常に高度で尊敬できる部分や感服する部分もあるのだけれど、やっぱりその負の部分にはＮＯを言わなければいけない気もするんです。

オンライン排外主義の背後にあるもの

杉田　さらに東京周辺の場合でも、少子高齢化の中で、世代間のリアリティの乖離がするどくなってきているのかもしれない。少し前に、ケント・ギルバートの本の読者は誰なのか、という調査を「ニューズウィーク日本版」が行っていました（二〇一八年一〇月三〇日号）。それによると、五〇万部を超えた『儒教に支配された中国人と韓国人の悲劇』（講談社＋α新書、二〇一七年）の読者は、平均年齢が六〇歳近くで、最頻値が六八歳であると。しかも都心よりも郊外や地方のほうが読者が多い。つまり、ざっくり言うと、地方の高齢者たちが熱心に買い支えている、と言うんですね。百田とギルバートは対談本（『いい加減に目を覚まさんかい、日本人！』祥伝社、二〇一七年）も出していますが、両者の読者が重なる面は大きいと思います。

あるいは、東北大学の永吉希久子准教授らのグループが、二〇一七年一二月にネット調査会社を通じて、東京都市圏に住む二〇～七九歳の約七万七〇〇〇人にアンケートをしています。その記事が「朝日新聞」（二〇一八年一〇月五日）に載って、「オンライン排外主義」という言葉が話題になりました。「右翼」（保守すべき伝統や愛国心がある人たち）よりも、「排外主義者」（伝統や愛国心はどうでもよく、とにかく中国人や朝鮮人、在日コリアンを攻撃したい人たち）が多いというのは、しばしばいわれていましたが、やはりそうなんだろうなと。

つまり、かつては「下層の若者が社会を恨んでネトウヨになる」という一面的な見方がされてきたけれど、その後の研究によって、排外主義的な人々にはむしろ中高年の経済的中流層が多いことがわかってきた。これに対し最近はさらに、高齢層、特に男性のネトウヨ化・排外主義化が問題視されはじめています。

しかもその永吉さんたちの調査結果を見ると、ネット右翼は全体の一・七％、オンライン排外主義者は三・〇％しかいないんだけど、その背後に、保守的・排外主義的傾向を持った人々がじつはかなりの割合で存在するみたいなんですよ（しかもこの調査でいわれる政治的保守層とは、設問の項目を見るかぎりでは、リベラルな保守というよりもタカ派に近い）。

排外主義的傾向と政治的保守志向を足すと、多分三〇％近い。そのうち、ネットでネトウヨ的、あるいは排外主義的な書き込みをしているのは（全体の）五％足らずにすぎない。ということは、ネットによって可視化されない層が全体の二五％（四人に一人）くらいいることになる。地方に住む人たちや、ネットにあまりアクセスしない人たちを含めると、潜在的な割合はもっと高いのかもしれない。

つまり「ネトウヨ問題は、ごく少数が大量にネット上に書き込んでいるだけだ」「ゆえにネトウヨの存在を過大評価すべきではない」という相対化、無害化の仕方は、じつは当たっていないんじゃないか。その背後には、ネットにもあまりアクセスしてこない、タカ派的で排外主義的な、分厚い膨大なサイレントマジョリティの層がある。

そういうものに下支えされて、百田尚樹が読まれている面もあるのではないか。彼の小説はごく一部のネトウヨとか、保守論壇とかだけではなく、マジョリティの庶民のリアリティに食い込んでいると思う。それはやっぱり侮れない、と感じます。

小説家・百田尚樹の全体像

杉田　さて、ここまでいろいろな論点で話してきましたが、あらためて、彼の小説家としての全体像について、話していきましょう。

藤田　はい。

杉田　僕は百田尚樹の小説には、かなり当たり外れがある、と感じています。僕の印象では、百田の作家的手腕が最もたくみに発揮されるのは、文庫本一冊に収まる長さの長編小説です。依然として、デビュー作『永遠の０』が百田のフィクションとしての完成形であり、原点にして頂点、最高傑作だと考えています。

ほかにも、同じくらいの長さの『モンスター』『影法師』『プリズム』などが、完成度の高い大衆小説になっていると思います。これらの作品では、自分の生き方・死に方の問題（死生観の問題）、あるいは主に男性のあるべき生き方（いかに他人のために生きられるか、男にとって愛とは何か、など）が模索され、試行錯誤されています。

短編集『聖夜の贈り物』やショートショート『幸福な生活』などは、アイディアの面でも、作品構成としても、ちょっとありきたりで平凡という印象があります。

さらに、上下二巻本の大部の長編小説になると、金太郎飴（あめ）的というか、物語が単調になり、文章も冗長で平板になっていく。たとえば『ボックス！』『錨を上げよ』『海賊とよばれた男』などには正直、そういう印象がありました。

それから、フィクション以外も含めるなら、ファイティング原田のノンフィクション『リング』やクラシック音楽評論『至高の音楽――クラシック永遠の名曲』（ＰＨＰ研究所、二〇一三年）なんかは、素直に他人に勧めたいほどのいい仕事だと思います。特に『リング』ですね。ただ、いろいろな問題や弱点や議論の余地を含みつつ、最も豊かな可能性を孕（はら）んでいるのは、やはり、『永遠の０』かな、と思っています。

僕はそのような印象なのですが、藤田さんはどうですか？

藤田　くりかえしになりますが、彼のフィクションは、エッセイやネットでの彼の発言とはかなり違う複雑性がありますね。

エンターテインメントとして彼の中では最高傑作だと僕が思うのは『ボックス！』。これはかなり手放しで評価できます。エンタメにかぎらないで、全小説の中でいちばんいいものを挙げろといわれたら、『錨を上げよ』ですね。さっきも言いましたが、自分の価値判断や経験をベースに、それを対象化しつつ語っている。それから、『海賊とよばれた男』も好きですね。『永遠の０』や『カエルの楽園』などは、イデオロギーが出すぎていて、図式的すぎるんじゃないかと思います。

『影法師』や『モンスター』も悪くないですね。エンターテインメントとしてよくできている。『フォルトゥナの瞳』（新潮社、二〇一四年）なんかも「普通のエンターテインメント作家」であろうとしている。

一般には『永遠の0』や『海賊とよばれた男』などの、国家の歴史認識の問題を扱い、気持ちを前向きに盛り上げて大きなものと一体化する陶酔感をもたらす作品が話題になりがちですが、『モンスター』や『フォルトゥナの瞳』では底辺のモテない男女の冴えない孤独な人生が描かれています。これが結構共感的で、生々しくて、印象的ではありました。缶ジュースを買うお金を節約するかどうかで悩むとか。為政者や経営者などのアッパーな物語と、底辺の個人のダウナーな物語との分裂は何なんだろう、とも気になりました。

弱者への目線でいえば、『夢を売る男』でも、自費出版ビジネスに騙される可哀想な人たちを嘲笑しているように見えて、じつは業界の仕組みに騙されてしまう弱い人、苦しんでいる人に対するシンパシーも感じられました。いわば、彼らに警告してあげている、という面もあるのでしょう。百田さんはこういう苦境に置かれた人々や底辺のリアリティもちゃんと踏まえて、知っているんだなと。その辺りは、これまでのパブリックイメージとは違う印象がありましたね。

震災後の急転回

杉田　藤田さんが好むのは、百田尚樹の中でも特に長いもの、長めの長編小説のようですね。特にその点をめぐっては、僕と藤田さんでは、評価が真っ向から対立している（笑）。ある種、構成や構造を度外視して、だらだら長く書いたようなものに、かえってよさが出ているということかな。

藤田　『幻庵』の評価は低いので、単に長さの問題ではない気もします。

杉田　考えてみれば、百田尚樹は小説家としてデビューしてからじつはまだ一四年（二〇二〇年現在）ほどであり、作家としてのキャリアはまだぎりぎり「新人」と呼べるくらいなんですね。

その短期間のうちに、一挙に、かなりの分量の小説を書いてきた。およそ一〇年の間に多種多様な小説を書き尽くした夏目漱石と比べるのもどうかという気はするけれど、百田尚樹もかなりのエネルギーを持った作家であることは認めざるを得ません。

少し見取り図を示しておくと、まず、二〇〇六年に『永遠の0』でデビューします。その後、二〇〇七〜一一年くらいの間に、非常に豊饒（ほうじょう）なというか、たくさんの作品を次々と発表します。矢継ぎ早に、様々なジャンルや内容の小説を旺盛に書き継いでいった。培ってきた語りの力をいかんなく発揮しています。

気軽に読みやすいエンタメ路線を取りつつも、作品ごとにジャンルを変える、という工夫や技巧を凝らしていった。そしてそれらの見かけは多種多様な作品には、いくつかの共通する実存的なモチーフや、物語構造の特性が抽出できる。

二〇〇六〜一一年辺りを初期作品だとすれば、一つの転換期になったのは、二〇一一年の東日本大震災でした。百田はそこで震災の衝撃を受け止めながら、『海賊とよばれた男』を書いて、これを二〇一二年に出版します。

これはあとで詳しく論じますが、震災後に『海賊とよばれた男』を執筆する過程と、百田尚樹と安倍政権の関係が深まっていく過程とが、かなり絡みあいながら展開していくんですね。そのときに小説家としても、メディア的存在としてもかなり大きな断絶があり、転向があったのではないか、というのが僕の見立てです。二〇一三年には渡部昇一、安倍晋三との対談本も出しています。

さらに、二〇一六年の『カエルの楽園』辺りを一つの画期とするならば、この頃から、百田のいわばイデオローグ期が始まります。嫌韓・嫌中本を中心とした大量のエッセイと対談本を刊行していく。逆に小説作品はあまり書かなくなります。

十数年という割と短い期間に、いくつかの変化の時期があって、今に至るという感じでしょう。そういう見取り図を描きながら、そこに連続しているものと、断絶や転向と呼べるかもしれないものとを、重層的な視点で見ていきたい。

とはいえ、僕の場合は二〇一一年の震災以降の断絶をかなり強調していますが、藤田さんはどちらかといえば百田尚樹の初期からの連続性に注目する、というスタンスの違いがあります。

ここでもやはり、僕と藤田さんでは、意見はかなり対立的です。

その辺りも含めて、対談の中で、さらに百田尚樹という存在を立体的に論じていくことができればと考えています。

第一章　揺籃（ようらん）『永遠の0』～『プリズム』

杉田　それでは、ここからは作品を一つずつ論じていきましょう。ブックガイド的な意味も含めて。

まずは『永遠の0』からです。

『永遠の0』

執筆動機として、百田尚樹は次のようなことを言っています。当時、五〇歳を前にして自分の生き方を見つめ直したかった。テレビ屋としての自分の人生はこれでよかったのか、という気持ちもあった。

先の戦争を経験していた自分の父親が末期ガンで、余命半年と宣告されていた。さらにその二年前もしくは一年前（これについては発言した媒体によって百田の発言に若干ズレがある）に、同じく戦争を経験した叔父さんをガンで亡くしていた。彼らから戦争中の話を聞いていたから、そのことを考え直してみたい、という気持ちがあった。『百田尚樹　永遠の一冊』所収のエッセイなどでくりかえし本人が言っていますが、そういう経緯があったそうです。結局、お父さんには完成した『永遠の0』を読ませられなかったそうですが……。

発売直後はあまり売れなかったものの、じわじわと評判になって、単行本と文庫の累計五〇〇万部を超える大ヒット作になりました。これまでの百田尚樹としての最大のヒット作でもあります。

さらに山崎貴監督の映画（二〇一三年）があり、テレビドラマ（テレビ東京、二〇一五年）にもなり、マンガ版（作画・須本壮一、全五巻、双葉社、二〇一〇～一二年）もあります。多角的なメディアミックスの展開もされてきたわけですね。

小説の内容としては、中心となる視点人物になるのが、健太郎という二六歳の青年です。大学卒業してから四年の間、司法試験浪人中。現在ニート。無気力であまりやる気のない青年ですね。フリーライターのお姉さん、慶子が新聞社の終戦六〇周年のプロジェクト（戦争体験者の証言集）の共同執筆に関わるということで、弟の健太郎にそれを手伝ってもらう、という流れになります。

特攻隊の人たちの証言を集めるのですが、自分たちの祖父が特攻隊で死んでいるので、そのことも調べていくことになります。祖父の宮部久蔵は、結婚してわずか一週間で真珠湾攻撃に参加して、その後一九四五年八月、南西諸島沖で二六歳のときに亡くなっていた。つまり、現在の健太郎と同じ年齢で死んでいる。

だから『永遠の０』には、百田のお父さんの世代（戦争を経験した世代）と、百田自身の世代と、百田の子どもの世代（健太郎たちの世代）という三代を繋ぎ合わせる、という意図があります。

現代の若者である健太郎も、当初は、特攻隊は自爆テロと同じだとか、カミカゼアタックは国家と天皇のための狂信的な愛国主義だとか、そういうイメージにとらわれていたんだけれども、祖父の宮部久蔵についての事実を知っていくにつれて、最初の思い込みが壊されて変化していく、という仕掛けになっています。

当時の久蔵を直接知る関係者たちの証言（それぞれの一人称で語られます）を次々と聞き取っていくんですけれども、その人によって久蔵に対する評価が違うんですね。臆病者で卑怯者だったとか、神業のような凄腕（すごうで）パイロットだったとか、互いに矛盾する証言が出てくる。

登場人物の視点ごとに多様な解釈があり、祖父の宮部久蔵という人物の真実がにわかにはわからない、というポストモダン（本当と嘘の決定不能、オリジナルとコピーの等価性、様々な立場の複数性などが当たり前になった世界）的な構造の物語だとは言えます。ただ、それらの関係者の証言の中から、だんだん久蔵をめぐる一つの真実が浮かび上がってくる、というふうに多様性は収斂していきますが……。

生き残った人々の証言から、生前の久蔵は「私は死にたくありません」「私は帝国海軍の恥さらしです」「妻のために死にたくない」「娘に会うためには、何としても死ねない」「死ぬのはいつでも出来る。生きるために努力をするべきだ」ということを一貫して主張していたことがわかる。戦後のヒューマニズムや生命至上主義のような思想が、戦中にいわば密輸入されているところがポイントになります。

理想的な生の美学

杉田　そして『永遠の0』の物語上の最大の謎は、死にたくないと言い続けていた久蔵がどうして特攻に志願して死んだのか、という点にあります。しかも物語の終盤に、久蔵は自分のゼロ戦が不調であることを見抜き、攻撃地点の手前で不時着させて生き延びる、という計画をひそかに立てていたのに、出撃の直前、なぜかぎりぎりのところで飛行機を若い部下（大石賢一郎というのちの祖母の再婚相手で、健太郎たちの育ての祖父にあたります）のものと入れ替えていた、という事実が判明するんですね。

それはなぜだったのか。こうした謎を中心に、物語が展開していきます。

藤田　その謎の解決がわかりにくいですね。

杉田　そうなんです。じつは、物語上のこの最大の謎は、それほど合理的には解消されていません。多くの人が、映画版も含めて、ここはよくわからない、納得できない、と述べています。たとえばある人は、教え子たちが特攻で次々と死んでいく罪悪感に耐えきれずに、罪の意識から死んだ、という解釈をしています。映画版は、原作の小説に比べても、鬱病を思わせるような陰惨な演出が為されています。山崎監督は原作をそう解釈した、ということでしょう。

とはいえ、小説にしても映画にしても、やはりそこは奇妙に不透明な謎というか、消化しきれない異物として残り続ける。

藤田　杉田さんはどう解釈されましたか。

杉田　僕の解釈はこうです。百田尚樹は、初期作品の中で、自分のダメさ・弱さに悩みつつ、男たちはいかに生きて死ねばいいのか、という実存的な死生観を考えていって、やがて男同士の殉愛という思想に至ります。殉愛とは、自分が日陰者になり、卑怯者になって笑われても、何かを為そうとする友の人生を支えることだ、と。それを一つの理想的な生の美学として見出していった。

これは試行錯誤の先に『影法師』辺りで明確化する感覚なのですが、おそらくそれはデビュー作『永遠の0』の中にもすでに萌芽していたのではないか。だから久蔵も自らは死んで、別の人間を生かすわけです。自分の身代わりとして、戦後の自分の家族を支えてもらおうとするんですね。

『永遠の0』の物語の展開でいえば、ここはかなりおかしいんですよ。読者が納得できない。しかしこの躓(つまず)きの石において、予感的に、のちに完成する自己犠牲的な殉愛の構造が埋め込まれていた。僕はそう考えます。だから、物語の流れを不自然に歪めても、周囲に理解されずに自己犠牲的な死を選ぶ男と、それによってひそかに支えられたもう一人の男、という一対の構造が出てきた、という解釈ですね。

藤田　エンターテインメントとしては、『永遠の0』は非常によくできている、と僕も思います。ただ、この小説の基本的な構造が、すでに述べたように、日本の歴史認識に関する論争と重なる形になっていることは、やはり無視できない。

戦後民主主義的な歴史観に「洗脳」されていた健太郎たちが、戦争を生きた人々の証言を学ぶことによって、真の歴史意識に目覚めていく。そこには、ネガティブなもの、悪いものとされてきた事実がじつはポジティブなもの、よいものだったと思い込みたい、という歴史修正主義的な欲望があります。

たとえば、「朝日新聞」を思わせる新聞の記者と、特攻隊をめぐってディベートする場面があります。その新聞記者が作中で「論破」され、現代の若い青年たちは、憂鬱でネガティブで自虐的な歴史観を乗り越えて、ポジティブな活力のある真の歴史に目覚めるわけですから。

こうした『永遠の0』の欲望はそのまま、ネオナチなどの世界中の歴史修正主義者たちの欲望とほとんど同じものでしょう。名誉を回復したい、という気持ちはよくわかるし、すべてが間違いでもないとも思うのですが。

だから、『永遠の0』は、たとえば近年の『日本国紀』などとも物語の構造上は基本的に変わっていない、同じものである、と僕は思っています。

国家と公共性は一致しない

杉田　そこは僕とは少し解釈が違うかな。歴史認識の問題の手前にある、実存的な思想が一つのポイントではないか。すべての価値観が相対化されるというポストモダン的なニヒリズムの中で、何を信じられるか、ということですね。「普通のおじさん」の死生観をめぐる問いでもあります。

周りから卑怯者と罵られ嘲笑されても、醜くても生き延びたい、ということを久蔵は言い続けます。もちろん、世の中は理不尽だし、残酷だし、国家や会社から滅私奉公を強いられるかもしれない。それならば、せめて、家族を守るために、自分の命を使いたい。国家のためでも、軍隊のためでも、職場のためでもなく、家族のために生きたい。

それは特別にヒロイックなものというより、庶民的な切ない祈りのようなものです。もちろん、そこでいわれる家族とは何か、という問題があるのですが、まず、その辺りが、読者の心を動かしたんだと思う。それは戦後民主主義vs.ネトウヨ保守の歴史認識の問題には必ずしも回収されないのではないでしょうか。

藤田　確かに、実存や葛藤の部分は大きく違うかもしれませんね。『永遠の0』の久蔵は、『海賊とよばれた男』のような熱血モーレツ社員的な人間ではないし、国のために生きる国家主義者でもない。クールというか、個人主義者ではありますよね。

杉田　『永遠の0』を普通に読めば、ひとまず、戦争礼讃や特攻隊讃美はされていません。どう読んでも、反戦平和主義的な思想に基づいています。国家や軍隊組織の非合理性や間違いについては、執拗に批判している。

たとえば左派の人々が企画した『『永遠の0』を検証する――ただ感涙するだけでいいのか』（秦重雄・家長知史・岩井忠熊、日本機関紙出版センター、二〇一五年）という本があります。この本は、『永遠の0』を本当は批判したいんだけれど、著者たちが感動して魅せられてしまっていて、批判にあまり説得力が感じられない。むしろ、左派から見ても『永遠の0』って素晴らしい小説なんじゃないか？という印象が残ってしまう。

その意味では、奇妙な本です。もちろん、実際の軍隊では久蔵のような言動は不可能であってリアリティがないとか、あれこれが足りないとか、そういう批判は為されるんだけれども、それにしても批判よりもむしろ肯定的な印象が残ってしまう。

戦後的なヒューマニズムを戦中の状況の中に密輸入している、というのはそのとおりだと思います。しかし重要なのは、『永遠の0』の基本的な骨格として、個人（家族）と国家・軍部は必ず対立し敵対する、とされることでしょう。ニヒリズムというかリアリズムというか、国家や軍隊は絶対に庶民を守ってくれない。そうした感覚がデフォルトとしてある。

たとえば小林よしのりのベストセラーマンガ『戦争論』（幻冬舎、一九九八年）では、私利私欲に走った戦後民主主義が批判され、公（国家）のために個人が命を捧げるのが愛国心であり公共心である、とされました。公共性＝国家なんですよ。

しかしこの時点の百田尚樹は、絶対にそうは考えなかったでしょう。国家と公共性は一致しない。むしろ、吉本隆明の考えに近い。つまり、対幻想（家族）は必ず共同幻想（国家）に逆立ちする、逆倒する、ということですね。戦争によって天皇のために死ぬことを覚悟していた戦中派の吉本は、個人が同心円的に国家という共同幻想に吸収されてしまうことを徹底批判していました。

ところが、のちの『海賊とよばれた男』になると、個人・家族の幸せと、会社の成功と、国家の復興が完全に同心円的な構造になっている。「個人＝家族＝会社＝国家」が同心円の中に過不足なく吸収されてしまう。

こうなるとそれはもう、「天皇の赤子」というか、天皇を媒介にした有機的なイエ的国家観に近いものです。忠孝イデオロギーのもと、国家と天皇のためにすべての臣民は命を捧げよ、という天皇制的家族的国家観です（ただし、『日本国紀』などを読むかぎり、百田に天皇に対する情熱的な敬意があるようには読めません）。

実際に『永遠の０』では、国家のために特攻することの無意味さが、何度も強調されていました。しかし、無意味であると知りつつも特攻せざるを得なかった「人間」の心の「矛盾」は、無意味なのだろうか。無意味とは言えないのではないか。彼らは「英雄」でもなければ「狂人」でもなく、ただの「人間」だったのだから。そうした「人間」の「矛盾」をどう受け止めるか、というのがこの時点での百田尚樹の問いでしょう。

しかもそれは、特攻隊員の遺書の言葉の中に表れている。検閲によって本当の心は書けなかったけど、彼らの言葉の矛盾や沈黙に寄りそって熟読すれば、きっとそれはわかるはずであり、そういう行間や沈黙を読み取れない人間はそもそもジャーナリストの資格がないんだ、という批判になっていく。

だから『永遠の０』の思想的な核心には、戦後の日本人の「おじさん」の死生観があって、それは国のためにも、会社のためにも、君死に給（たま）うことなかれ、というようなものです。どんなに「臆病者」「卑怯者」と罵られても、家族のもとに必ず帰れと。打ちのめされても、理不尽でも、何とか生き延びよう。現代でいえば、つまり、ブラック企業や家族的経営を行う企業などのために絶対に滅私奉公なんてするな、ということです。

サムライのように美しく死ぬ道徳は否定されています。それよりも、卑怯者の弱虫が生き延びることとそれ自体のほうが倫理的なんだと。組織に染まらず、集団の空気を読まずに、「死にたくない」「殺されたくない」と抵抗し続けようと。もちろん、この小説をそれだけで解読することはできないんだけど、まず、そういうところにグッときた読者が結構いたのではないか。

アメリカ兵士の一人称視点

藤田　そこはねじれていますね。久蔵は絶対に死にたくない弱虫なんだけど、最後には特攻して死ぬわけですから。ただ、能動的に戦いたかった、敵を攻撃したかったという人ではない。その緊張感が作品の魅力ですよね。

ただ、『永遠の0』の三年後に刊行された『風の中のマリア』（講談社、二〇〇九年）という作品を読むと、ちょっと懸念も覚えるんですよ。これは、ハチたちの帝国の物語です。これは昆虫視点の小説なのですが、戦争の話でもあり、『永遠の0』に結構似ている。ハチは戦士として戦い続けるが、子孫も残せない。じゃあ自分たちは何のために生きて、何のために死ぬのか。

そのときに、自分たちは帝国のために戦って死ぬんだ、自分の命と帝国を一体化させるんだ、という価値観が出てきちゃっているんですね。もちろん、違う作品なので、同一視しちゃいけないに決まっているんですけど、考えに連続性があるかもなぁ、とも感じるんです。

杉田 その辺の可能性と危うさを、慎重に読み解いていかなければならないですね。その結果として、宮部久蔵という人間の思想、あるいはこの作品自体の致命的な弱点が見えてくるかもしれないですが。

藤田 そうですね。

杉田 『永遠の0』の主人公（宮部久蔵）像は、作者の百田自身の中にある分裂的な傾向にも関係していて、『ボックス！』という作品でいえば、これはダブル主人公の小説で、天然の天才と劣等感を抱えた努力家という二人の青年が主人公になります。

それでいえば、『永遠の0』の宮部久蔵は、感情的・無意識的な面では弱虫のダメな男なんだけど、外見・行動の面では妙にカッコいい。百田が主人公に自分の理想を投影しているとすれば、百田的な主人公たちは常に「整形」や「別人格」という感じがする。

それから、『永遠の0』の構造で明らかに変なのは、プロローグとエピローグの視点がアメリカ兵士の「俺」という一人称の視点になっていることでしょう。つまり、物語的に入れ子型の「枠」（メタレベル）があって、アメリカ人の視点から、カミカゼアタックの日本人はすごい、あいつらはサムライだ、と言わせる。典型的な「日本スゴイ」の論理ですよね。

本当の自信や自尊心がじつはないから、アメリカ兵の承認によってナショナルアイデンティティを支えてもらう。この作品にかぎらず、百田尚樹の中には、アメリカ人に承認・尊敬されたい、という日本人的なコンプレックスが強くあります。近年の『日本国紀』に至るまで一貫してある。

つまりそれは、石原慎太郎的な反米愛国ではなく、親米愛国です。いや、親米よりも「愛米」に近い。それは彼が安倍晋三と結託し得た理由の一つでもあるでしょう。保守批評家の江藤淳は、日米安保体制的な関係を性暴力(強姦(ごうかん))の比喩で語ったけれど、百田尚樹の中にも、何というか「アメリカに構ってほしい」「認めてほしい」、いや、「アメリカに騙されてもいい」という屈折した欲望があるように見える。

藤田　同じく交戦国だった中国には、少し触れられますが、比重はかなり低いですよね。これは『永遠の0』にかぎらず、戦後の日本の第二次世界大戦を扱ったフィクション全般の話でもありますが。そのアメリカへの愛憎と、中国への否認は、無意識的な何かを露呈している感じがします。

アジアへの視点

杉田　そうですね。『永遠の0』には、アジア的なものへの眼差しが驚くほど不在です。その徹底的なアジア排除が、のちの嫌韓・嫌中的な言説を準備したとも言える。

さらにいえば、「イスラム」の自爆テロリストと特攻隊は別物である、という論理も、無自覚なイスラムフォビアという感じがします。かつて大川周明や井筒俊彦はイスラム圏を含めてアジア的なものを考えたわけだけど、『永遠の0』の世界は、徹底的に日米関係に閉じることでかろうじて成り立っている。その点は否めないと思う。

映画評論家の佐藤忠男が「戦争と映画」という文章を書いていて、戦後日本の戦争映画は、基本的に、日中戦争と太平洋戦争を切断するんだ、と言っているんですね。日中戦争を歴史から抑圧し排除することで、ひたすら自分たちの不運を美化したり、憐憫(れんびん)に終始したりできるんだと。殺した敵や侵略した相手のことは一切考慮することがない、そういうジャンルなんだと。

これはたとえば、高畑勲の『火垂(ほた)るの墓』(一九八八年)や宮崎駿の『風立ちぬ』(二〇一三年)にまで連続している問題でしょう。日中戦争の敗北は美化不可能なんだけど、太平洋戦争であればアメリカだけを敵国として表象できるし、敗北を美しく意味づけることもできる。

藤田　本当はやりたくもなかった戦争に巻き込まれて、自分たちは可哀想な被害者だったんだ、というのが多分、戦後の日本国民の自己認識なんでしょうね。被害者的な感傷としてすべてを処理してしまうパターンです。それはナルシシズムだと思うんですね。戦争に至るまでの過程や構造の問題や、戦争で戦った相手国のことを一切考慮しないですませてしまう。『永遠の0』のそうした構造上の問題は、結果として、近年の百田尚樹の、南京大虐殺はなかった、「従軍慰安婦」問題はでっち上げだ、徴用工の問題を否定する、と主張する態度に結びついていると感じるんですよ。やっぱり僕は近年の差別的で歴史修正主義的な発言と、『永遠の0』は、連続性の中で見たほうがいいと思いますね。

杉田　映画研究者の中村秀之の『特攻隊映画の系譜学――敗戦日本の哀悼劇』（岩波書店、二〇一七年）という本がとても面白かったのですが、特攻隊という存在は、軍事的な作戦として展開されただけではなく、そもそも国策宣伝と一体化したものだった、と言うんですね。つまり、戦中の特攻隊の存在自体が、そもそも「疑似イベント」だったんだと。

　戦中のニュース映画やグラフ雑誌に特攻隊の青年たちが出てくるんですが、そこでは勇ましい「英雄」「軍神」というイメージであるよりも、素朴で素直な青年たちのイメージのほうが強かったようです。

　そして特攻隊の青年たちは、ある種の儀礼的な生贄（いけにえ）というか、供犠を通して命を蕩尽（とうじん）され、昇天していくための存在である、とされる。蕩尽と昇天、それが一つの映像的なパターンになったと言うんですね。

　たとえば、多くの特攻隊映画に「青い空と白い雲」が必ず特権的イメージとして出てくるのもそのためらしい。昇天するという儀礼的イメージの中では、特攻隊青年たちの「身体」が徹底的に消し去られて、「死体」が出てこないわけです。これは『風立ちぬ』から、それこそ庵野秀明の『新世紀エヴァンゲリオン』シリーズや新海誠の『君の名は。』（二〇一六年）などによく出てくる夏の空と雲の映像イメージにも連綿と通じているのかもしれません。

藤田　『永遠の0』は、小説も映画も、かなりクリーンな印象がありますよね。たとえば三島由紀夫が『英霊の聲（こえ）』で描いたような、おどろおどろしい神憑り（かみがか）的な情念のようなものは『永遠の0』からは感じられない。あるいは塚本晋也が『野火』（二〇一五年）で描いたような、遺体が損壊しドロドロに朽ちていく、穢れた戦場のリアルさも消し去られています。

　映画だけではなく、小説の『永遠の0』にも、じつは最初から、現代的なCGっぽさ、アニメっぽさがあるんですよ。読みやすい文体の面でも、生々しい身体や情念をクリーンにしてしまっている。それは杉田さんが仰（おつしや）ることと通じてますね。

反戦平和主義＋家族主義

杉田　考えてみれば、百田尚樹の『永遠の0』でも、家族（主義）の描き方が最大の盲点になっていたと思います。いちばん感動させるポイントもそこだけど、いちばんの弱点もそこだった。

つまり、小説家デビュー作としての『永遠の０』の中にすでに、百田の作家としての、人間としての弱点が刻まれていて、それがその後の過程の中でむき出しになってしまったのではないか。その内在的な論理を探るのがいわゆる「イデオロギー批評」だと思うんだよね。「デビュー小説の『永遠の０』だけはよかった」「『永遠の０』はよかったが、その後の数年間で百田は作家としてダメになってしまった」という単純な話ではなくて。

国家も軍隊も信じられないが、最後に帰るべきは家族であり、どんなに醜くて卑しくても、そのために生き延びるんだと。それは戦後社会の「おじさん」たちの矜持であり、倫理の根拠でもありえた。内田樹が言うように、どんなに限界があるとしても、それは安易にいたずらにバカにできないものだったと僕は思います。

しかし『永遠の０』のそれは、非常に限定された意味での家族主義であり、いわば家族のロマン化でもあるように見える。本当は多様な家族の形があるのに、特定の家族の形を理想化してしまっているから。それにそもそも、家族の中にだって、性差による非対称があり、DVや虐待はあるわけですよ。かつて上野千鶴子が吉本隆明の対幻想（家族領域の特権性）を肯定しつつ、その点をはっきりと批判したことを思い出します。だから人間には、「家族への自由」と共に「家族からの自由」もあるべきです。

たとえばのちの『海賊とよばれた男』では、最初の妻のユキさんに子どもができないと、その奥さんが勝手に身を引いて、主人公の前から「都合よく」消えてくれる。これ、ひどい話ですよ。現実的には奥さんは「非生産的」として家族領域から排除されているんだけど、それすら貞淑な妻の美談として片付けてしまう。会社の家族的経営の中にだって、本当はそういう暴力がたくさんあるわけでしょう。

つまり、『永遠の0』の物語においては、国家や軍隊に逆立するものとしての家族が最後のぎりぎりの倫理の根拠になっていたけれど、逆にそれが――歴史的に構築された特殊な形での家族をロマン的に特権化することによって――非倫理の原因にもなってしまっていたのではないか。

『永遠の0』には、敵兵であるアメリカ人の持ち物から妻の裸の写真が出てきて、敵にも家族がいたんだ、それでも戦争だから殺すしかないんだ、と生々しく葛藤する場面があります。しかしそれならば、物語の中心に置かれた家族主義の感覚を、もう少し、非定型的な家族や非日本人たちへも開けなかったのか。

『永遠の0』は、戦争の不条理や非合理を嫌悪する、という意味での平和主義であることは疑えないんだけど、それでもやはり、自国の平和のためなら、ほかの国の犠牲はどうでもいい、あまり関心がない、という構図があるように見える。

つまり「反戦平和主義＋家族主義」が合体して、軍国主義や国家主義とは別の形で、物語の構造を通して、ある種の排外性が生じてしまっている。「自分と家族の命を守ること」が絶対化され、ゆえに、「敵」は絶対的な恐怖の対象になる。そこには、平和や安全を祈るからこそ過剰に攻撃的になる、という仕組みがあるのではないか。そうした見えない構図それ自体が問われるべきだと思う。

映画版では描かれなかったもの

藤田　その仕組みは、すごくわかりやすい感じがします。とはいえ、「家族」のメタファーを拡大することの良し悪しは考えざるを得ないんですよ。本当に会社や国家が「家族」みたいだったらいいなとも僕も思います。しかし、本当にそうかな。

昔、インド人の出稼ぎの人たちが、住んでいるところが火事で燃えてしまって生活に困って、怒って経営者に反撃する会見を取材に行ったことがあります。たまたま通っていたカレー屋さんだったんですよ。労働環境も居住環境も劣悪で、母国に仕送りできる額ものすごく少ない。インド人たちは「君たちも家族だって言ってたのに」「家族だったらこんなひどいことしないでしょ」と怒っていましたね。つまり「家族」が、搾取のための口実としても使われるわけです。

杉田　そこもねじれていますね。『海賊とよばれた男』では、家族的経営だからこそ、うちの会社では労働組合を許さない、と主張する。社員は家族なんだから、冷たい労使対立なんか必要ないと。息子同然だからこそ、どんなに苛酷な労働をも命じられる。家族的経営というイデオロギーによって、ブラック企業的な、あるいはＤＶ的な暴力が生じている。そのことに無自覚であってはいけない。

藤田　作中での描き方を見ても、自分の子どもと社員の扱いは明らかに違いますよね。

杉田　ただ、そのうえで、映画版の『永遠の０』が描いていないけれど、原作の小説『永遠の０』が描けているものが一つある、とも思う。それは宮部久蔵の生き方が、家族だけではなく、様々な部下や関係者の人生に複雑な影響を与えていく、ということです。その複雑な歴史のプロセスが大事であり、それは家族主義のロマン化には回収できないものだったのではないか。

久蔵の大和魂が、直線的に、子ども、孫、さらにその子孫……というように血縁的に継承されていく面もあるんだけど、物語の中にはいろいろな部下が出てきて、各々の形で生き延びていったりもするわけです。そこには複線的な雑草のような継承の関係があって、生き延びた人同士がさらにその後関係し合って、別の人生を開いていく、という光景も確かに描かれているとはぎりぎり言える。この辺はたとえばのちの『リング』とかに近いかもしれない。

たとえば井崎という元部下は、生前の久蔵の言葉に励まされて、九時間も海を泳いで生き残っているんですね。その人が戦後長い時間を生き延びて、最後に高齢でガンで死ぬ間際に、健太郎と慶子に対して、戦中の久蔵についてのエピソードを語る。そこで久蔵の物語がまた別の方向へと開けて、新しい方向に繋がっていったりする。あるいは戦後にヤクザになった男がひそかに久蔵の妻（健太郎の祖母）を助けていた話とかね。そういう細かい網の目のような、雑草のような、ミクロな物語の継承の形もじつはあるのではないか。

　そういう強い思いは、周りの人間に伝染し、家族や友人を鼓舞し、誰かを助け、ぎりぎりの場面でその人を生かしめていく。結果的にそれが、たとえ自分自身は生き延びられなくても、めぐりめぐって家族や友人を助けたり、まったく無関係な他人を支えることに繋がっていく。

　それは日本人の祖先への期待とか、生物学的な生命の循環とも、少し違うもののような気がします。それこそが「歴史」である、というか。そうした小説としての構造が示す思想性には、何か大事なものがある気がします。映画版の『永遠の0』は、時間の制約もあって、一点に向かって物語が煮詰まって、モダニズム的な歴史の空無化へ向かっていくんだけど、そこでは原作の中のそうした「歴史」の厚みが消えている気もしますね。

藤田　わかるようで、わからないような……。

杉田　それから映画版だと、生まれ変わりのテーマが出てきます。血縁の祖父の宮部久蔵の、あたかも生まれ変わり（輪廻転生）のように、育ての祖父の賢一郎が描写されるんですね。原作のほうでも、祖母が賢一郎の姿に久蔵の姿を重ねるシーンはあるのですが、映画版ではそれが強調されている。生まれ変わりというスピリチュアルなものへの関心が案外重要かもしれない。

というのも、これも先ほどの『特攻隊映画の系譜学』によると、一九九三年に『月光の夏』という特攻隊映画があって、著者の中村さんはこれ以降を「ポストモダンの特攻隊映画」と呼んでいます。『ウィンズ・オブ・ゴッド』(一九九五年)、『君を忘れない』(一九九五年)、『ホタル』(二〇〇一年)、『俺は、君のためにこそ死ににいく』(二〇〇七年)などです。そして『永遠の0』もその流れの中にある。

二〇〇一年前後に、「特攻隊とホタル」というイメージが結びついたらしい。死んだ特攻隊員がホタルになって故郷に還ってくる、という物語パターンですね。鹿児島の知覧で食堂を営んで、特攻隊員たちと交流があった鳥濱トメさんという女性の話がモデルになって、いくつかの映画が作られている。赤羽礼子・石井宏『ホタル帰る――特攻隊員と母トメと娘礼子』(草思社、二〇〇一年)という書籍もあります。

戦後の特攻隊映画では、基本的に死んだ特攻隊員は還ってきません。行ったまま、空に昇天して還ってこない。しかしポストモダン期の特攻隊映画では、死んだ人間の魂がホタルになって戻ってくる。

海外で死んだ兵士たちの魂の行方を思って『先祖の話』を書いた柳田國男の言う、祖霊信仰に近いイメージでしょうか。はるか彼方（かなた）の極楽や浄土に行くのではなく、里山辺りの身近な場所から、祖先たちの霊が見守ってくれている、という感じ。つまり「軍神」「神鷲」という勇ましいイメージから、「ホタル」という弱々しさや繊細な情感を湛（たた）えたイメージへの変化がこの頃に生じた。

映画版の『永遠の0』の中に出てくる生まれ変わり、リインカーネーションの演出も、そういう死者観の変化に対応しているのかもしれないですね。

ちなみに、そうした特攻隊の死者イメージの変化を象徴するのが『ホタル』だったとすれば、石原慎太郎が脚本・製作総指揮をしている『俺は、君のためにこそ死ににいく』という映画は、『ホタル』を批判する意図を持って作られたともいわれています。

ホタルとして戻ってきた特攻隊員たちの霊を前に、トメさんは涙を流すのではなく、むしろ喜びの表情で感謝する。勇ましい軍神を前に幸福の表情を浮かべるんですよ。これは「只事（ただごと）でない」と中村さんも言っています。

特攻隊イメージの変化

藤田　特攻隊のイメージのされ方がその時代ごとの流行や都合に合わせて変化していく、ということですね。

杉田　もしかしたら、二〇〇一年頃に「行きて還りし」死者たちがホタルとして表象されたのは、一九九五年の阪神・淡路大震災の影響もあるのかもしれないね。震災の死者たちをどう弔うか、という問いがあったのかもしれない。

それでいえば、東日本大震災のあとには還ってくる死者たちの幽霊譚（たん）が増えたのに対し、宮崎駿がゼロ戦の設計者をモデルにした映画『風立ちぬ』は、誰一人還ってこなかった、という物語でしたね。

『風立ちぬ』では、実際の戦場や、攻撃される側の人々のことはまったく描かれないけど、オタク的に飛行機だけ作りたかった人間がいかに戦争に加担してしまったか、そのことをアイロニカルに描いた映画だった。震災前に企画されていたけど、震災後の空気の中でのぎりぎりの倫理の形を示したとも言える。それで宮崎さんが『永遠の０』を批判したり、百田尚樹がそれに反応したりしています。

藤田　不思議ですね。あれだけ『もののけ姫』（一九九七年）などでアニミズムなどを描いてきたのに、『風立ちぬ』では霊的なものはほとんど出てきません。最後に奥さんが出てくるけれど、主人公は死者と一体化できず、生の側に押し戻されます。

『風立ちぬ』は、自分自身のオタク的な趣味のため、夢のため、国のために戦闘機を設計していたら「国を滅ぼした」と最後に言われてしまう、なかなか批判精神の強い作品でしたね。

杉田　死者がホタルとして戻ってくる、というのも生者の側の欺瞞であり、生者と死者が幸福に一致できる、というファンタジーかもしれない。

　それに対して、原作の『永遠の０』は、死者は還ってこないけど、主人公の死によって様々な人が生かされて、それが複雑な網の目のように未来へ繫がっていく、という可能性を開いている気もしたんだけどな。

　しかしやはりそこで、アジア人に対する徹底的な排除や、戦後的家族のロマン化も生じてしまっていて、そこに限界がある。それがその後の百田作品の弱点になっていったんでしょう。

　その点では、山崎貴の『ＡＬＷＡＹＳ　三丁目の夕日』のほうが、東京五輪的な「おもてなし」（歓迎）とは異なる他者の「歓待」へも開かれた家族のイメージを、昭和三〇年代のノスタルジーの中で、ぎりぎり表現していたと思いますね。それは来るべき二〇二〇年の東京五輪に対する批評にもなっている。

　やはり、家族像の捉え方に限界があった。大げさにいえば、「普通のおじさん」の感性を大事にしつつ、そこからアジアやイスラムへも感覚を開くことはできなかったのか。『永遠の０』の世界構造は、『海賊とよばれた男』のような同心円構造ではないものの、たとえば花田清輝が言うような「楕円」の構造になっているわけでもない。しかし『永遠の０』にはアメリカ兵のような「敵」との間にすら何らかの友愛が成り立つ、という戦場の「敵」と「友」が反転していくような倫理はあるのだから、それをアジアやイスラム的なものへも開けなかったのか。

藤田　東日本大震災のあとに、死者の弔いをどうするか、死者は実在するのか、という問いが出ました。ホタルの表象はあまりなかったと思うけど、あまり脅してこない幽霊の話がたくさんありました。

社会学者の金菱清の編著『呼び覚まされる霊性の震災学――3・11　生と死のはざまで』（新曜社、二〇一六年）では、タクシー運転手が幽霊を乗せたという幽霊目撃譚を集めた論文が話題になりました。生者を脅したり怖がらせたりしない、普通の生者とあまり変わらないような幽霊なんですね。

あるいは、荒蝦夷（あらえみし）という東北の出版社の土方正志が「みちのく怪談コンテスト」を開催していて、震災後の怪談を集めています。その中で印象的だったのは、被災地でキャッチボールをしている幽霊を見た、というものです。生前の生活をそのままくりかえしているような幽霊ですね。消滅した町が今もそのままあるような、SF的な感じでもあります。

杉田　震災後に一つの特権的な著作になったのが、批評家の若松英輔さんが震災の翌年に刊行した『魂にふれる――大震災と、生きている死者』（トランスビュー、二〇一二年）という著作です。若松さんはいわば、死者実在論者ですね。死んだ人間は現世に実在し、臨在すると。金菱さんの本も冒頭で若松さんの『霊性の哲学』（角川選書、二〇一五年）という本を参照しています。それらの論がスピリチュアリズムに陥っていないか、という問題もあります。

彼らが使う霊性＝スピリチュアリティという言葉は、鈴木大拙を原点にしています。大拙には『日本的霊性』という有名な本もあります。

震災後には、大拙のほかにも、井筒俊彦や大川周明など、広い意味でのアジア主義者たちが召喚されていた。その背景には戦後レジームからの脱却という流れがあるし、中島岳志さんも言うような「死者との共生を含めた民主主義」の話があります。靖国神社や千鳥ヶ淵戦没者墓苑のことも含めて、ナショナリズムと死者の弔いは不可分です。

大拙も井筒も、世界史的な視野から、宗教や神秘主義的なスピリチュアリティのことを考えた人でした。それに比べると、『永遠の０』は、あくまでも日米の関係に閉じていて、戦後の日米安保体制を前提にした戦後レジーム的な想像力の中にとどまっている。それがやはり、根本にある家族主義の「戦後的」な狭さにも帰結してしまっていないかな。

死者との関係をデザインし直す

藤田　ベネディクト・アンダーソンは、『想像の共同体』の中で、「無名戦士の墓」こそナショナリズムを象徴するものだと言っています。死者の問題はずっと戦後の日本の問題ですよね。それこそ江藤淳や加藤典洋が問題にし続けたように。

本当は死んだ人間の表象も代弁もできない。生者は負い目を持つから、死者の代弁をすれば権威性や権力を得られる。そのことは批判の対象になってきた。とはいえ、人間は死者を単に無意味に死んだ、と受け止めることもできない。だから、何らかの形で死者を理解可能なものにし、自分たちの物語に組み込まなければならない。原爆で死んだ人は無意味に死んだ、とは言いたくないから、「過ちは繰返しませぬから」とポジティブな意味に変換して事態を受け取り直すわけですよ。あの死は、戦争のない平和な世界を生み出すための意味があった、ということにすることで、心理的に受け止める努力をしようとしているわけです。

たとえば東北地方の一部には、死者は死んだ後にも年を取り続ける、という信仰があります。三歳で死んだ子どもが一〇歳になったから、手紙は漢字で書いたほうがいいのかどうか、本気で悩んだりしているんですよ。つまり、想像力の機能によって死を受け止める、それが人間というもののやむを得ない姿だということは、決して軽視してはならないと思います。

だからこそ、死者に対してどういう物語やフィクションを当てはめるのか、そしてそのフィクションを通じてどういうアイデンティティが形成されるのか、そのアイデンティティはよいのか、その辺りがきちんと問われねばならない。『永遠の0』や『日本国紀』の根幹にも、そうした問題点があると思います。「この物語」でいいのだろうか、という。

アイデンティティが必要であることも、歴史と自分を繋ぐ物語が必要であることも、霊的な次元の何かを求めることも、十全に認めたうえで「この物語はイージーでチープすぎないか」と美的かつ倫理的次元で問うべきです。もっといろいろなバリエーションや可能性があるはずだと。

杉田　近年は、死者や震災のことをなるべく忘れようとするモードがありますよね。経済成長、オリンピック、憲法改正、大阪万博……いろいろとカンフル剤を打ち続けて、とにかく明るくポジティブに、アッパーで幸福な未来志向であろうとする。

そういえば、狂言師の野村萬斎さんが『シン・ゴジラ』のCGのゴジラの動きをモーションキャプチャ（現実の人物や物体の動きを、デジタル的に記録し再現する技術のこと）で担当したじゃないですか。野村さんも東京五輪の四式典総合プランニングチームに関わっているわけですが、いかにも伝統芸能の人らしいというか、彼の眼差しは今も震災の死者たちの鎮魂へと向いているんだよね。

第二次大戦の戦死者や東日本大震災の犠牲者の亡霊としてのゴジラが、その形を何度もトランスフォームさせながら、野村萬斎の身体に憑依(ひょうい)して、国威発揚としてのオリンピックの場へと乗り込んでくるわけ（笑）。彼の存在が同じプランニングチームの山崎貴や椎名林檎や川村元気とどういう化学反応を起こすのかも、気になるところですね。

藤田　未来へ向かうときにこそ、死者との関係をデザインし直す、ということが当然大事になると思います。それは霊性や神話の問題でもありますね。芥川賞を取った上田岳弘(たかひろ)や、古川日出男ら、日本文学の最先端ではそういう試みがされていますね。

それで思い出すのは、二〇二五年の二度目の大阪万博に向けて、若者たちが考えたアイディアの中で、死後の世界をVRやAR(拡張現実)でバーチャル体験する、というのがあったんですよ(笑)。「2025大阪万博誘致　若者100の提言書」という冊子にまとまっています。批判されていましたけど、僕は面白いと思った。

大阪万博は医療が一つのテーマですね。少子高齢化に向き合うという、夢があるんだかないんだかわからない万博ですけれども、若者たちは死者との関係を見直したうえで、未来像を作ろうとしているのかもしれない。

死者との共生や共存をどうすればいいのか、というのは現代アートや純文学の重要なモチーフでもあります。死者に対して罪悪感やネガティブな気持ちだけではなく、ポジティブな関係を作って、未来に進む活力を見出したほうがいいだろう、というのは賛成します。問題は、その具体的な中身ですよね。

杉田　そういえば、百田尚樹の中には、自分の死についての実存的問題は出てくるけど、死者の霊魂や弔いというテーマにはあまり関心がなさそうですよね。靖国神社や特攻隊の話をするにもかかわらず。日本民族の血の繋がりというのも、未来志向であり、死者のもとに悲しみと共にとどまる、という感じはあまりない。

その辺は「人間は死んだらそれまで」というか、大阪商人的な即物性があるのかな。戦争や震災についても、いったん敗北した人々がいかに復活し復興するか、という自己啓発的な未来志向であり、死者に寄りそう感じはしません。

『日本国紀』もそうでしょう。災害や国難に打ちのめされた日本人がいかに再起するか、立ち直るか、それを神話の時代から延々と数千年も続けてきたのが日本人なんだ、というストーリーラインですよね。

『聖夜の贈り物』(改題『輝く夜』)

杉田 これは五つの短編からなる短編集です。どれもクリスマスをめぐる奇跡のファンタジー物語になっています。あえて通俗的に書いている感じですね。

『永遠の0』に続く長編小説として、かなり気合を入れて『ボックス!』を書いていたけれど、急遽(きゅうきょ)思いついて、この短編集を刊行したとのことです。息抜き的な意味合いもあったのでしょうか。

いずれも、善良で真面目に働いているものの、報われず、孤独で淋(さび)しい女性が主人公です。派遣労働や工場労働で、恋人もおらず、つらい気持ちでいるけれど、ふと、クリスマスイブに奇跡が訪れる。それがストーリーラインです。
優しく温かい眼差しではありますが、他面では、中年の「おじさん」の眼差しによって、不幸な若い女の子を守ってあげつつ取り込むような、どこか危うい欲望を感じさせます。「おじさん的ロマン主義」と言いましょうか。とはいえ、それほど傲慢な感じ、セクシュアルな感じもしません。ただ、やはり、「好きな男と結婚するのが女の幸せ」という保守的な恋愛観、女性観、家族観があるのは否めない。それは百田のフェミニスト嫌いとも通じているでしょう。

藤田 百田尚樹という作家のパブリックイメージとは、結構違うという感じがします。若い女性――二〇～四〇代の女性が主役なんでしたっけ？

杉田 うん、そうなんです。年齢の設定もなんか絶妙なんですよ。

藤田 いわゆるスリー・ウィッシュ（三つの願いを叶(かな)える）ものがあったり、非モテの女性に温かい希望を与えるものがあったり……というクリスマスファンタジーですよね。こってりとした男くさい小説ばかり、という印象が強い百田尚樹の二作目がこの短編集だ、というのは意外でした。

杉田 前に言ったんですけど、妻的な女性と若い女性に対しては、根本的に目線が違うんですよ。奥さんに対しては尻に敷かれて、頭が上がらず、ひたすら謝り続けているんだけど、それと同時に、「騙す女」「本当の姿を偽っている女」への恐怖がある。

それに対して、この作品集に出てくる若い女性に対しては、百田さんは手放しで祝福し、応援してあげたい、という気持ちがあるようです。たとえばツイッターで、『耳をすませば』（一九九五年）の感想として、主人公の女の子が無事に小説家として成功すればいいな、と書いたりしていました。

それから、病気で若くして理不尽に死んでしまう女の子に対する強い同情というか、フェティッシュがある。たとえば三話目の「ケーキ」は、末期ガンでクリスマスイブの夜に二〇歳で死んでいく女性が、夢の中で幸福な人生を体験する、という話です。『ボックス！』でも、ボクシング部のマネージャーの女の子が急に病気で亡くなる。『幸福な生活』にも「ケーキ」と同じく（男女は逆ですが）、交通事故で妻子を失った男が夢の中で「幸福な生活」を続けている、という短い話があります。

百田尚樹にとっての、究極の不幸のイメージがそこにあるのかもしれない。そういう不幸な人間に対し、率直に同情し、純粋に憐れんでいる。

まあ、それらも含めて都合のいい「おじさん的ファンタジー」であり、不幸で善良な女性に同情する自分に酔っているんだけれど、それなりにウェルメイド（よくできている）という感じはします。

藤田　国家と一体になるとか、戦いの中に生の燃焼を見出す、という方面の話は一切ありませんね。

杉田　全体として、派遣労働者や工場労働者の女性にフォーカスする、というのがポイントでしょう。二話目の「猫」という作品では、家族的な雰囲気のある温かい会社と、派遣労働者をモノとして使い捨てる冷たい企業とが対比されている。それはその後の百田作品の、家族経営的な日本的労働者礼讃へと繋がっていく。

ただ、ルソーの憐れみ（pity）がしばしば批判されるように、憐れみや同情はすぐに逆のものに転じてしまう。憐れみの対象が思いどおりにならないと憎悪してしまう、ということもあるでしょう。被害者や犠牲者がイメージどおり大人しくしているうちは同情するが、彼女たちが何かを主張すると、途端に激怒して、叩き潰そうとしたり。

おじさん的憐れみ、中年男性的ファンタジーも、その点では危うい気がしますね。それはフェミニスト嫌いともやはり表裏一体でしょう。

藤田　百田尚樹の作品の中で、こういう方面での素朴なファンタジーは珍しくて、だからこそ、ファンタジーの質がよく見えると思うんですよ。五話目の「サンタクロース」では、子どもが火傷(やけど)して、その傷が美しい星の形をしているという。『ジョジョの奇妙な冒険』みたいな（笑）。そういうマンガ的なファンタジー感が好きなんだな、というのはよくわかりました。

杉田　しかし、何でサンタクロースなんですかね？　宗教観の無節操さを表しているのか。全然「日本的」でもないし「保守的」でもない。不幸な女性に奇跡的な幸せを与えるのがサンタクロースというのが、どこまでも通俗的というか……。逆に、こういうベタすぎる設定は、普通の神経なら勇気がいりますよ。

藤田　この人の場合、宗教的なものを扱う場合――『日本国紀』でも、そんなに本気で現人神としての天皇のことを考えているふうでもない。かなり世俗化された宗教の扱い方をしますよね。深遠さとか、神々しさとかの感覚を描いているものが、ほとんど見つからない。

杉田　そうそう。天皇への強い思い入れは特にない、としか思えない。サンタクロースと天皇が別に入れ替わってもいいというか。宗教的なものへの畏怖や敬虔さは一貫してないよね。『日本国紀』の文体も、霊的な憑依とか、宗教的なパッションとかは少しも感じません。日本的な神仏習合やシンクレティズム（宗教混合）のなれの果てというか、天皇も国家神道も単なるギミックとして使ってしまって構わないと。天皇機関説がさらに世俗化したような。

サンタクロースならテレビドラマ的にも映えるだろうとか、女の子なら受けるに違いないとか（笑）。その辺はいかにも百田尚樹っぽい。

『ボックス！』

杉田　百田尚樹は大学時代にボクシング部であり、ボクシングの経験も知識もあります。最初の小説『永遠の0』のヒットのあとに、あらためて、確かな実力を世に知らしめるために、自分が得意とするボクシングを題材として、長編二作目に挑みました。それが本作です。相当に気合を入れて書いたと思われます。

主人公の一人は鏑矢義平（かぶらやよしへい）。天才ボクサーで喧嘩っぱやくてお調子者。もう一人の木樽優紀（きたるゆうき）は鏑矢君の幼なじみで、愚直な努力型。母子家庭で貧しくて、授業料免除の特待生です。

そして語りの視点としては、ボクシングを全然知らない女性教師（耀子（ようこ））の主観を入れることで、ボクシングをよく知らない読者にもうまくルールや特性を説明していくような構造になっています。

本人は「青春スポーツ小説」であると言っていますね。これほど楽しんで書いた小説はないし、主人公の一人、鏑矢君は「全作品の中でも最も愛着あるキャラクター」（『百田尚樹　永遠の一冊』）である、と言っています。

ダブル主人公の小説であり、百田の内なる男性性がこの二つの側面に分裂したかのような語りの仕掛けは、百田作品がしばしば用いるものです。

二人の親友が違う道を行くのは北野武の『キッズ・リターン』（一九九六年）みたいだし、優紀君のほうが虐められてボクシングを始めるのは『はじめの一歩』っぽくもある。最後に鏑矢君が狂気によって覚醒するというのは、松本大洋の『ZERO』というボクシングマンガを思わせる。いろいろなボクシング系のサブカルチャーを寄せ集めたような感じもあります（『リング』には、『あしたのジョー』や『がんばれ元気』への言及があります）。

僕個人としては、通読すると散漫で冗長な感じもあったのですが、藤田さんは『ボックス！』を百田の傑作の一つに挙げていましたね。

藤田　そうですね。エンターテインメントとしてはこれがいちばん面白い。ボクシングの魅力が伝わってくるし、キャラクターも生きている。セリフも関西弁がいい。脇の人物や学校内の描写もよくできている。

作中ではボクシングでダウンすることを「小さな死」と言っています。日常の積み重ねを超えた次元へと、ボクシングによって突き抜けたい、という衝動が感じられます。これは百田尚樹の作家性の根本にあるモチーフの一つでしょう。北野武にも似ている。日常を超える暴力や死を求めるというロマン主義的な感性ですね。

ただ、北野武は、国家に寄り掛からないで拒否する、それがゆえに北野武のほうがスカッとしている。そういう差はあるでしょうね。

女性教師は、ボクシングを知るうちに鏑矢君のほうに惚れていく。男の肉体の野性的で野獣的な側面に魅せられる。それに対して、真面目なほうの優紀君は、女性教師のことを好きになって、鏑矢君に嫉妬するようになる。女性との恋愛においても、男の本能や身体が重視されるわけですよ。これは構築主義的なフェミニストからは批判されるような女性観でしょう。

とはいえ、あらゆる建前やきれいごと、理屈を剝ぎ取った究極の本能の領域で、人間関係を作りたい。そういう百田の基本的な人間観には、魅力もあります。そのことを何の意味や理由もなく、むき出しで描いている。それが『ボックス!』の美しいところですね。すがすがしい。

百田のほかの作品は、国家の使命や共同体の道徳などの「意味」に回収されてしまいがちですから。

恐怖に打ち克つという「強さ」

杉田 今ロマンと言いましたが、百田さんはクラシック音楽の中では、一八～一九世紀のドイツの音楽がいちばん好きだそうです。特にベートーベン。それからゲーテを引用したりと、啓蒙主義やロマン主義の頃の芸術観がじつは根本にある。

それでいえば、『永遠の0』から『ボックス!』、そして『影法師』へと至る二〇〇〇年代後半の仕事というのは、男性の実存をめぐる「弁証法的」な展開そのものに見える（ベートーベンは「弁証法的」な音楽である、と百田自身が強調しています）。

「弁証法的」というのは、対立するものが葛藤しながら、たえず前進し高次元化して、究極の理想（絶対精神）を求めていく、そうした運動性が物語構造になっている、ということです。『ボックス！』のダブル主人公が螺旋状にお互いを高め合っていくのもそうでしょう。『ボックス！』の中にも「男の強さとは何か」「男性はどう生きるべきか」という問いがあります。努力型の優紀君は、男としての自分に自信が持てない。そもそも、彼がボクシングを始めたのは、デート中に不良に絡まれて、無抵抗で暴力に屈してしまった、というトラウマがあり、恥ずかしさがあった。

百田作品の中には、暴力に屈してしまって、それを女性から憐れみの眼で見られる、というパターンがよく出てきます。単に暴力に屈したというより、それを女性から憐れまれることへの恐怖と羞恥のほうが強いのでしょう。時代小説の『影法師』でもそうです。『ボックス！』を僕は構造的に読み込んでみたんですが、最初のほうには、喧嘩の強いマッチョな男にならなきゃいけない、男は女を守らなきゃいけない、という価値観がある。男には原始的な闘争本能があって、女はそれに憧れるものだと。これが第一段階の「男の強さ」です。

それが物語の途中で、「文武両道」という価値観が出てきます。レイモンド・チャンドラーのハードボイルド小説に出てくるフィリップ・マーロウの有名なセリフ、男は強くなければ生きられない、優しくなければ生きる資格がない、という言葉が引用されたりもします。

つまり、単に原始的な強さだけじゃダメで、強い人間こそがモラルや優しさを身につけなきゃいけない。これが「男の強さ」の第二段階。おそらく、百田尚樹は実際に小説を書き進めながら、「男の強さ」「男の生き方」の問題を試行錯誤し続けていった、という形跡がある。

そして、文庫版の下巻の半ば辺りになると、男の本当の強さとは恐怖に打ち克つことである、というまた別の価値観が出てくる。恐怖に打ち克った人間が本当に強いんだと。宮本武蔵が召喚されて、ある種の武士道的な、死の恐怖を超える生き方が理想とされる（第三段階）。

さらに物語の終盤になると、努力型の優紀君の強さがついに覚醒して、天才型の鏑矢君に勝利するほどになります。努力が天才を追い越す。そうすると、今度は鏑矢君のほうが、これからは優紀君が成長するためのスパーリングパートナーになって、いわば踏み台になる、と言い出すんですね。

これはのちの『影法師』などにも出てくる「殉愛」のパターンでもあります。これが第四段階と言えるでしょうか。しかし、男の強さをめぐる弁証法的な問いは、そこでも終わらない。

最後の「男の強さ」の第五段階では、一度挫折したはずの鏑矢君が覚醒して、「狂気の怪物」になります。そしてモンスターと呼ばれた最強のボクサー稲村を、惨劇的な勝利で倒します。ヘーゲルの絶対精神じゃないけど、弁証法的な試行錯誤の果てに、究極の「狂気」の領域がやってくる。

……そういう感じで、物語を通して「男の強さとは何か」「男の生き方はどうあるべきか」

をめぐる実存的な問いがあるんだけど、作者自身がずっと迷い続けているというか、問いを最後まで十分に突きつめられなかった感じがあって、それが作品としての散漫な冗長さの印象になっているのではないか。

ただ、その葛藤自体が百田さんらしいとも言える。だから、『錨を上げよ』と共に『ボックス！』を藤田さんが推すのも、わかる気がしますけれどもね。

藤田　二人の主人公の弁証法みたいなものは、百田作品の中にはしばしば出てきますよね。ロマン主義的な天才タイプと、ロジカルにトレーニングを積み重ねる努力タイプ。

その場合、百田さんは合理性や努力が重要だと言うけど、『錨を上げよ』では、むしろ社会の秩序から逸脱してしまう、既存のルールからはみ出してしまうロマン主義的な天才のほうに、自分を擬していると思う。そちらのほうに自分を重ねるんだけど、現実的には努力型が勝ってしまう。そういう関係になっていますよね。

『ボックス！』でも、最後は「天才」がモンスター化して稲村に勝つんだけど、指の骨を折って、その後は勝てなくなってしまう。優紀君のほうはインターハイでも二連覇し、その後は検事にもなるし、社会的な成功も持っていかれる（笑）。

しかし、ロマン主義的天才の人生には、一瞬の輝きがあるわけですよ。一瞬しかないんだけど、小説はそこを救うことができる。僕はやはりそこに魅かれますね。

杉田　努力型の苦労した人間と、生来の英雄的な天才が緊張関係のもとに支え合って高め合う、それが百田尚樹の理想像なのかもしれない。ヘーゲルはドイツロマン主義の批判的な完成として、弁証法的な「哲学」に行き着いたわけですが――この辺り、僕と藤田さんの間に評価の違いがありそうです。

それから『ボックス！』のラストは、天才型の鏑矢君が最後になぜか、アメリカでお好み焼き屋になっている（笑）、というオチもいい。

藤田　その匙加減も不思議ですよね。燃え尽きて死んでしまう『あしたのジョー』的な展開じゃなくて。鏑矢君は既成のレールを逸脱しながら、一瞬の輝きを追求し続け、非日常的な日常のようなところに落ち着く。

朝鮮高級学校ボクシング部と「在日特権」

杉田　『ボックス！』の中では、在日コリアンのボクサーたちに対して、リスペクトが表明されています。ボクシングという心から好きなものに対しては、日本人も在日コリアンもなくて、割と素直に、敬意を示している。巻末の謝辞を見ると、大阪朝鮮高級学校のボクシング部の当時の監督と前監督に、ちゃんと取材に行っているんですね。

文庫本でいえば下巻の最初の辺りで、大阪代表になって国体に行って、そのときに在日コリアンのボクサーたちとのやり取りがあって、天才肌の鏑矢君は割とナチュラルに、ヤンキー的な不躾（ぶしつけ）さというか、無神経で差別的な発言をするシーンがあります。けれども、周りの人間がそれを咎（とが）めています。そこでは取材に基づいて、在日コリアンの置かれた歴史的状況がある程度説明されています。

藤田　なんで朝鮮人が国体に出られるんだ、みたいなことを聞くシーンですね。その後に相手の選手とも仲良くなる。

杉田　そうです。その問題は作中ではそれ以上深められません。ただ少なくとも、『ボックス！』という小説を読むかぎりでは、在日コリアンボクサーに対するヘイト的な感情があるかと言うと、そこまでは言えないと思う。

藤田　そこは気になるところですよね。『ボックス！』はどういうわけか、ヘイト的なもの、あるいは政治的なくさみのようなものがほとんど感じられません。むしろ理解があり、配慮ある記述ですよね。

杉田　うん。少なくとも僕が読み得たかぎり、震災前までの百田の小説の中には、保守的だったり、無関心さや無神経さはいろいろあるけれども、積極的なヘイトや差別であるとまでは言えない。

　大阪という場における在日コリアンのボクサーというのは、かなりセンシティブな領域であるはずです。その後の百田尚樹の「在日特権」（そんなものは虚構であり、存在しないのですが）批判などの発言を思うと、この時期の百田がある程度それを相対化し得ていることを、どう考えるべきなのか。

別に『ボックス！』は若い頃に書いた小説ではありません。すでに五〇歳を過ぎた人間が書いた小説です。

藤田　どういうことなんですかね。『カエルの楽園』になると、在日コリアンのメタファーであろうカエルたちが、外敵を日本国内に引き込んで、国内の治安を破壊していく「スリーパーセル」（潜伏工作員）であると、あからさまに描かれています。

杉田　ただ、在日コリアンをめぐるこの辺りの理解には、僕の知識不足がかなりあると思うので、しかるべき人々に『ボックス！』の該当箇所を読んで、判断していただきたいと思います。

藤田　そうですね。

この辺りの問題は、作品を追いながらあらためて考え続けていきましょう。

杉田　それから、鏑矢君のことを好きだったマネージャーの女の子が、途中で、突然病気で死んでしまいますね。鏑矢君から「ブスでブタ」とも口悪く言われていた、見た目はよくないし、男にモテないけど、明るい女の子です。ここでも、百田尚樹のルッキズムの問題は結構大きい。

藤田　だらだらしたダメな弱小ボクシング部が、マネージャーの死によって、あるいは鏑矢君の活躍によって、急にやる気を出して、訓練して強くなっていきますよね。死が「覚醒」のきっかけになる、というパターンも多いですよね。

杉田　もしかしたら『海賊とよばれた男』にも近いかもしれません。日本人もやればできると。鏑矢君は、共同体や組織を緊密に結びつけるための、媒介者的な役割も果たしている。

藤田　百田尚樹は、ボクシング業界がどうこうより、あくまでもプレイヤーとしてのボクサーが好きなのではないか。『ボックス！』では、興行や商業、メディア戦略などの側面を出す必要がありません。それらの要素を組み込むと、話が複雑になり、汚い面も出てきたり、陰謀的なものも出てきたりしてしまう。それらを取り除いたから、『ボックス！』は純粋な実存性や、清潔さを感じるわけです。

杉田　そうか、そこが高校生ボクシングのフィクションである『ボックス！』と、プロボクサーのノンフィクションである『リング』の違うところか。

確かに、『リング』では興行や政治、国家間の関係などが常につきまとってくる。多分『ボックス！』の取材の成果として『リング』も書かれているから、両者は一対の作品なんでしょう。二つに分かれた双子というか。

藤田　『ボックス！』でも政治的な問題などをもっと書こうと思えば書けたでしょう。でも、あえて書かなかった。意図的にそこは振り分けたんだと思う。この辺は、のちほど『リング』

をめぐっても話し合いましょう。

『風の中のマリア』

杉田　これもまた異色作です。オオスズメバチたちが主人公の昆虫小説なんですね。

藤田　かなり不思議な作品ですね。

杉田　主人公はマリアというメスのハチです。彼女たちの巣は「女だけの帝国」と呼ばれます。オオスズメバチは、数いるヴェスパ（スズメバチ）の中でも最強の種だそうです。

メスのハチたちは生まれながらの戦士であり、帝国のために人生を捧げる。恋愛もせず、子を産めず、戦い続けて死んでいく女たちが、やがて自分は何のために生まれてきたのか、何のために死ぬのか、という実存的な問いに取り憑かれていきます。

途中でゲノムの話が出てきたりと、昆虫たちの生態をめぐるいわば生物学的ファンタジーの装いをしているんですが、明らかに、『永遠の0』でも主題化した特攻隊の問題をあらためて描き直しています。帝国主義的な侵略戦争のアレゴリー（寓意）として、オオスズメバチたちの女の帝国がある。

ちなみに人間たちの実存的苦悩を、生物学的世界の知見によって相対化して吹き飛ばす、というのは、百田さんはエッセイなどでもよくやっています。

藤田　のちの『カエルの楽園』でも、動物を使った寓話を書いています。『風の中のマリア』もその系統です。生物は遺伝子の乗り物であり、遺伝子の命令で動く、というリチャード・ドーキンスの「利己的な遺伝子」という説も使っています。生物学的な意味での遺伝や継承に、実存の意味、社会のあり方の意味を探る寓話である、と言えるかと思います。

ただ、はたして百田尚樹はどの程度、そうした寓話と特攻隊などの歴史的・政治的問題を重ねていたのか。

帝国が日本であり、ハチが日本兵であるなら、はっきり言って、これは相当ヤバい話になる。帝国の存続のために、ほかの昆虫から奪って侵略して、エサにしてもよいとか、そういう話が作中に頻出するわけだから。このメタファーを現実に当てはめると、結構危険な感じがします。

杉田　基本的には、死んでいく無名兵士の死を何とか意味づけたい、という動機が『風の中のマリア』では大きいでしょう。ここでも、父親や叔父たちの戦争体験を念頭に置いていたはずです。

それを人間的な価値観で意味づけてもうまくいかないから、生物学や進化論の知識を持ってくるわけですが、しかしそれが結果的に、ニセ科学（疑似科学）による帝国主義的欲望の正当化にも見えてしまう。

いわゆる「社会ダーウィニズム」（生物間における自然淘汰（とうた）や生存競争の概念を人間社会に当てては

め、社会現象を説明しようとする立場のこと）など、進化論の知見を援用して、弱者淘汰や植民地主義を正当化するというのは、ありふれたやり方です。

ただ、『風の中のマリア』を読んでいるかぎりは、それほど自己正当化の嫌な感じもないんだよね。すがすがしさすらある。なぜだろう。

まず、男性と女性を入れ替えてあるので、家父長制的なものやマッチョイズムが弱められている、ということもあるでしょう。

それから、帝国主義的な欲望によって無名兵士の死を肯定するかに見えて、単に生物学的な自然界の循環を虚（むな）しいもの、無意味で悲しいものとして、どこか諦観しているようにも見える。『カエルの楽園』では、いわば在来種と外来種をメタファー化して、生物学の装いのもとに、差別と排外主義が正当化されます。これに対し『風の中のマリア』では、セイヨウミツバチとニホンミツバチの対比が出てきているし、疑似科学に基づく排外主義の正当化になりそうなんだけど、そうはならない。それはあくまでも生物種の違いにすぎない。

それから、主人公たちに収奪され虐殺されるバッタやミツバチたちの側の視点もちゃんと描かれているんですよね。これも『永遠の０』にはなかった視点です。戦いの過程自体を被害者や犠牲者の側から見つめ直すというのは。

特攻隊や無名兵士の死を、帝国主義的な欲望で意味づけるという話になりそうなんだけど、なぜかそうはなっていない。メタファーの機能が失調してしまう、というか。

家族関係と国家関係の過不足ない一致

藤田　人類の植民地主義や帝国主義的な欲望や動き自体が、遺伝子の命令にすぎず、それすら無意味かもしれない。実存的な燃焼による満足感も所詮は遺伝子のプログラミングにすぎないのではないか、と突き放して検討しているような作品ですね。自分たちの戦いは無意味であるからこそ、自分たちの無意味な死は次世代に受け継がれて、そうやって生命が循環していく、そこに救いがあるかもしれないし、すべて虚しいのかもしれない、そういう無常観がありますね。それでも最終的には生命の流れ自体を丸ごと肯定する、というところに行くわけです。

それは本作が描く容赦ない虐殺を「生命の必然」と無常観的に肯定することでもあるわけですよ。『永遠の0』の枠組みでは、こういう光景は描けないでしょう。

杉田　うん。そうなんだよね。オオスズメバチの生においては、家族関係と国家関係が過不足なくぴったりと一致してしまう。そして最終的には家族や国家という単位すらも、大いなる自然の循環に吸収されてしまう。

それはやはり日本的無常観というか仏教的諦観というか、多分危ういものなんだけど、そっちに突き抜けているために、家族主義やナショナリズムや愛国心がかろうじて相対化されている、とも取れるわけです。
しかしそうするとやっぱり、生物学や進化論の認識によって人間たちの戦争や生死を意味づけるのは不可能だ、それは最初から無理な試みだった、と途中で気づいたんじゃないかな。
ここでもまた、いろいろなレベルの話があまり突きつめられずに絡みあっていて、はっきり言って失敗作だとは思うんだけど、なんか変な気持ち悪さというか、不気味さはある。それなのに、なんかすがすがしくもある。変な小説ですよ。

藤田　生命のゲノムが継承されていく流れの中に、個人の救いを求める、存在意義を求めるというのは、『永遠の0』以来、百田尚樹の中で一貫しているモチーフですね。戦いばかりに明け暮れて恋愛もできず死んでいくことの虚しさと、そういう死の意味づけですよね。継がれるのはゲノムじゃなくて、ミーム（文化的遺伝子）の場合もあるけれど。
ある意味では、百田尚樹の骨格が結構わかりやすく出た作品、と言えるかもしれませんね。

杉田　昆虫を題材にしながらも、百田の実存性の相当ヤバいところがむき出しになった作品、と言えるのかな。

藤田　実存的感覚が生まれる根源である遺伝子を問うたというか。だから自己批評性が少しはある。それと、昆虫というメタファーを使うことで、倫理的・政治的なタブーにも触れやすかったのでしょうね。

杉田　容赦なく奪って、虐殺して、という話だもんね。
藤田　それと関連して、百田は、戦争や争いは所詮資源や利権の問題である、という身も蓋もない考え方を持っていることもわかるんですよ。
杉田　確かに彼はその辺、実利的というか商人的なプラグマティストの面もあって、『海賊とよばれた男』でも、大東亜戦争とは所詮石油問題なんだ、とはっきり書いています。動物的本能による資源をめぐる戦いであって、崇高な理想や人類史的理念とは何の関係もないと。
　でもこれって、ある意味で、右翼や愛国者の戦争観に比べると、なんのリスペクトや崇高さもない戦争観ですね。
藤田　テリトリーにもうエサがない、だから他国に取りにいく、虐殺も起こる、という認識ですもんね。そう思ってるんだったら、第二次世界大戦の日本軍の美化とは矛盾してくると思うんですけど、そこはどうなっているのかがわからない。ナマのまま出してしまったらヤバい何かを変形させていて、それだからこそ、百田が大声で言っている思想的なメッセージを裏切る何かの気配を感じさせてくれて、僕はそれほど嫌いではないです。

『モンスター』

杉田　この作品は、本当は『聖夜の贈り物』よりも前に完成していたんだけど、内容が暗いので、いったん没にしていたそうです。確かに、『聖夜の贈り物』の不幸な女性たちと地続きになっていて、彼女たちの人生をさらに救いのない方向へと徹底して、物語的にも突き抜けた、という感じにも読めます。

ヒロインは未帆（改名前の名前は「和子」）という女性で、生まれついての「ブス」という設定です。容姿の問題は百田にとって、すごく大きい。非常に差別的でもあるんだけど、異様なこだわりがあるんですよね。では、百田にとってルッキズムとは何か。

ブスという言葉では軽すぎる、「畸形的とも言える醜さ」とも表現されています。ほかにも、バケモン、怪物、ブルドッグ、半魚人、ミイラ女、砂かけババア、デブ、ブタ、ボンレスハム、ブヨブヨ……。

この人には、外見の醜さというのはほとんど障害のようなものだ、という感覚があるんだと思います。もちろんこれはかなり差別的な感覚ですが、やはり彼の中にはそのような感覚がどうしてもある。醜い女性は徹底的に不幸になって、何の救いもない。姿は醜いが心はきれいだから愛される、なんてのは欺瞞であり誤魔化しなんだと。

未帆は家族からも毛嫌いされ、学校でも職場でも疎んじられます。この世界は女をどこまでも外見の美醜で価値判断する、そういうものなんだと。

そこには、百田の中の女性に対するルッキズム的な差別意識と、現実はそんなものだという庶民的なニヒリズムと、それからおそらく、百田の自分の容貌に対する劣等感や自己嫌悪と、それら三つの要素がないまぜになっているように思えます。

おそらく百田が特にベートーベンを好きなのも、ベートーベンの顔がハンサムとは言えず、疱瘡（ほうそう）であばたがあったことと無関係ではないでしょう。そういう醜貌恐怖のような自己嫌悪が、女性の外見的な醜さに対する嫌悪感を増幅させている。

『モンスター』の主人公の未帆は、そこから逆襲して、徹底的に整形手術をくりかえします。整形手術というより、もはや人体改造の域に入っていく。歯を抜いたり、骨を削ったり、性器や乳首を改造したりする。

それに対して、生まれつきの美よりも、徹底的な意志の力によって勝ち取った人工的な美のほうにより価値がある、と整形の手術を担当した先生は言ってくれるんですね。ダナ・ハラウェイの言うサイボーグフェミニズム的な凄みもちょっとある。こういうところは『ボックス！』の、ナチュラルな天才と合理的な努力家の対比を思い出させます。

藤田　『モンスター』は、僕はかなり面白く読みました。百田の小説の中でも上位に入ると思う。理不尽に虐げられる立場の苦痛や悲惨さをちゃんと書いているし、整形で外見が変わることで、周りの対応がどう変わるかの残酷さも克明に書いている。

つまり、これは階層移動の話なんですよね。百田尚樹には、階層を下から上へあがっていく人間を描く小説がいくつもある。この小説は、生来の醜さから最下層にいる女性が、努力して、お金を貯(た)めて、人工的に美を獲得して、恋愛資本主義の階層を上昇していく。その切迫感が素晴らしいです。

　しかし彼女はそれでも、幼いときに守ってくれた男の子に対する、純粋な愛を胸に秘めています。彼の心を射止めるために、わざわざ故郷へ戻って、実際に彼を手に入れるんだけど、それでも虚しくて、整形で加工する前の本当の自分を知ってもらいたい。しかしそれは叶いません。

　努力して階層移動したけど、本当に望んだものは手に入らない。そういう悲惨で悲劇的な物語で、ここでもニセモノと本物が混ざり合って葛藤するのがドラマの中心になっています。

杉田　なるほどね。ここでも、せめぎ合いですよね。一方には、人間には素顔なんてないんだ、完全に人工的な改造の美でいいじゃないか、誰もがある意味で整形して仮面を被(かぶ)っているんだ、と言い切りたい欲望が明らかにある。しかし他方では、どうしても、幼い頃のロマン的で純粋な愛への憧れが回帰してきてしまう。

　お金も美も男も手に入れて、幸せの絶頂においてすら、何度も何度も、外見的に醜かった頃の激痛が戻ってくる。理不尽な傷の痛みが消えてくれない。その感じがすごく生々しく、リアルです。彼女は美しい「未帆」としてではなく、醜い「和子」として愛されたい。つまり、自分の醜さの極点こそを誰かに愛されたいのです。

けれども、その四歳の頃に出会った運命の人だった英介という男も、今や中年に差しかかった平凡なサラリーマンにすぎない。非常につまらない男になっている。最後に残ったロマンすら打ち砕かれる。この男は、君を愛しているけど妻とは離婚できないし、せめて最後に一回やらせてくれ、云々と言ってくるわけですよ。本当につまらない（笑）。

その瞬間に、主人公はくも膜下出血で倒れてしまう。最後に自分は和子だと打ち明けて、英介に受け容れられて、最高の幸福の中で死んでいった……かと思いきや、エピローグによると英介はただ怖くなって逃げただけ。つまり、最後の究極の愛が成就した瞬間は、夢の中の幻影にすぎなかったとわかる。

究極の幸福がその極限で自壊していく感じも、まさにロマン主義という感じです。百田作品の中でも、完成度が高い作品になっていますね。

藤田　『モンスター』と『錨を上げよ』には共通するテーマがあります。それは階層移動に伴う不幸です。彼らは努力して階層を上昇するけど、その結果、周りのインチキや欺瞞が見えてしまうわけですね。

下層にいるときと上層にいるときで、周りの対応が決定的に違う、ということから来る信じられなさの感覚が、共通してあると思う。その欺瞞が次々に見えて、人間不信になって、やがて何もできなくなる。ゆえにすべての物事に反発してしまう。そういう精神の痛ましさを描いている。

女性の愛への不信感

杉田　『モンスター』の主人公は、男から愛されたいという欲望がありつつ、しかし所詮は外見の美で女を判断しようとする男ども――百田自身もそういう男である自分を隠していません――への殺意とミサンドリー（男性嫌悪）を、最後までどうにもできない。愛されたいのに、突き放しもしたい。

こういう両義的な欲望に引き裂かれた女性像は、百田にとって、究極のマイノリティの像なのかもしれない。

しかしそこには、どうしても、百田自身の自己嫌悪、内なるミサンドリー（自分自身へのルッキズム）が混在している感じがするんですよ。自分の見た目が嫌だ。耐え難い。だから過剰になる。自己破壊と他人への復讐心（ふくしゅうしん）が絡まりながら、高まっていく。

たとえば横山先生という整形の先生がちょっと狂っている。世の中の女性を全員整形して美人にすれば、もう美人というものには価値もなくなるから、それが自分の究極の夢なんだ、と言うんですよ。

これなんか、たとえば百田がきれいな女の人に憧れるけど相手にされないとか、自分が醜くて美人とは釣り合わないみたいな、ルサンチマンとルッキズムとコンプレックスから出てきた「夢」であるようにも思えます。そこは生々しい。

藤田　『幸福な生活』では、女たちが男を騙す存在として出てきます。しかし『モンスター』の場合は、百田自身がモンスターの内側に入り込んでいるかのように、苦しさ、悲しさ、つらさを過剰に生々しく描写していく。自分自身を投影しているかのように。そこがこの作品の面白いところです。

杉田　女性の愛を信じられない、という不信感の象徴が整形手術なんでしょう。信じていたのに、本当の素顔を整形によって偽っていた、という裏切られた気持ちが一方にあるんだけど、じゃあ、そうせざるを得なかった女性は、心の中では一体何を考えているのか。感情的には許せないけど、論理的にそれを知りたい。そういう謎に、戯画化すれすれ、差別すれすれの形で、グッと踏み込もうとした。そういう小説だと思うんだよね。

いちばん信じたい、けどいちばん信じられない、そういうものとしての「女」を理解しようという苦闘の証(あかし)のようにも読める。ただ、出発点が偏った被害者意識と差別的感情でもあるから、そこがかなりねじれてもいて……。

正直、整形手術が何でそんなに気になるのか、僕にはちょっと感覚として理解し難い。ただ、彼のこだわりには過剰な何かがあると思う。

藤田　ナチュラルなものに人工的に手を入れて、美化することの是非が一つのテーマになっている。もしかしたらそれは、歴史認識や歴史修正の欲望とも繋がっているのかもしれない。

美化せざるを得ないような苦境にある人のメンタリティを描きつつ、整形手術によって必ずしも満たされるとはかぎらない、逆に不幸になってしまう、というニュアンスも残っている。そういう葛藤が内在化されているから、僕には『モンスター』とか『ボックス！』とか『錨を上げよ』が面白いのでしょう。

杉田　そうか。戦後の自虐史観的な日本は、すでにアメリカや反日勢力によって整形手術されたニセモノの顔であり、「本当の顔」は別にある、という感じなのかな。とはいえ、『ボックス！』とも構造的には似ている。生来の醜さと人工的な美しさが絡みあってどんどん過剰になり、最後には「狂気」に至って、すべてが空虚へと飛散する、という。しかしそこに究極の欲望がロマンとして実現されるわけですよ。

藤田　結末は、本当は男に騙されて死にゆくままに見捨てられて放置されただけなんだけど、本人は愛が成就したという幸福な夢を見ながら死んでいきますからね。

杉田　やっぱり「騙されたい欲望」があるんでしょう。誰もが騙されている、というのがデフォルトというか。そういう世界観なんだろうね。

藤田　騙されてでも、幸福に死ねたらいい、という考えの気配がありますね。
杉田　裏切られ、騙されることの中に真の愛がある、みたいな倒錯的な欲望がある。むしろ、愛はそういう世界を見つめた先にしかない、というか。ネガティブな被害者意識をポジティブな愛に反転させている。
藤田　この辺りは百田尚樹のフィクション論、方法論のメタファーとしても受け取っておきたいですね。
杉田　なるほどね。

『リング』（改題『「黄金のバンタム」を破った男』）

杉田　戦後日本の英雄的ボクサー、ファイティング原田についてのノンフィクション作品です。僕はこれが百田尚樹の全作品の中でも、最高傑作の一つだと考えています。ボクシングという競技にとても誠実に向き合っている。

百田尚樹という人は、ボクシングやクラシック音楽や囲碁など、自分が本気で愛している対象、リスペクトしている対象に向き合うとき、変な屈折がなくなって、素直になるんですよ。

つまり、「ノンフィクション的」なポストモダン作品（『海賊とよばれた男』は「ノンフィクション・ノベル」と銘打たれています）と、真面目でガチな「ノンフィクション」は、百田尚樹において微妙に異なるのではないか。ボクシングとかクラシック音楽とか囲碁とか、本当にリスペクトする対象に対しては、自己投影をせずに、割と誠実になる。これはたとえば『殉愛』などとはまったく質が違う。

まず、戦後復興のシンボルになった白井義男の話から始まります。彼は戦争を生き延びた兵士なんですね。一九四四年に国内でのボクシング興行が打ち切られ、その後徴兵されて飛行機整備兵となり、次の任地が硫黄島に決まっていたけれど、大型の輸送機が準備できずに結局硫黄島には行かなかった。白井が硫黄島に行っていたら、戦後のボクシングの歴史は変わっていただろう、と百田は言います。特攻隊ではないけれど、その点では『永遠の0』との繋がりを感じさせます。

戦後にボクシングを再開して、鳴かず飛ばずだったんだけど、引退寸前の二五歳でアメリカのカーン博士（GHQの将校だったそうです）というトレーナーに出会って、ディフェンスの大切さを学び、アメリカ的な合理的ボクシングを身につけた。和魂米才というか、日米が手を組んでアウフヘーベンされた。

当時の日本人の観客には、軍国主義的な肉弾戦、肉を切らせて骨を断つ式のボクシングが好まれていたんだけど、そこに打たせずに勝つという新しいスタイルを導入した。卑怯者と罵られたりもしたのですが、勝ち続けて、ベルトを奪取し、国民的なチャンピオン（フォークヒーロー）になっていく。

その白井が失ったフライ級のチャンピオンベルトを取り戻す、という当時の日本国民の悲願を実現したのが、ファイティング原田だった。ちなみに原田は『ＡＬＷＡＹＳ　三丁目の夕日』に登場する少女と同じ「金の卵」と呼ばれた集団就職の世代にあたります。

藤田　僕もこれは比較的好きです。ボクシングに魅力があった時代のことを追体験させてくれる。当時は、敗戦後の日本人を元気づけるためのスポーツとして、ボクシングが機能していたことが重要ですよね。

ただ、ノンフィクションとしてはちょっと変で、語り手が結構前面に出てくることが多い。自分の父親や家族の経験に基づいて、ボクシングをどう受容したか、とか。ビデオで試合を観ていることに言及したり。

国民的なヒーローがいた時代

杉田　『リング』では、ファイティング原田とブラジルの「黄金のバンタム」と呼ばれた偉大なボクサー、エデル・ジョフレとの関係がメインになります。ジョフレは『あしたのジョー』のホセ・メンドーサのモデルともいわれています。

百田尚樹はボクサーという人間自体を尊敬しているから、その尊敬は、人種や民族、国籍を超えていきます。ブラジルやメキシコやアメリカのボクサー、あるいはアルゼンチンからドミニカに亡命した「小さな巨人」パスカル・ペレスや、タイ王国初の世界チャンプ「シャムの貴公子」ポーン・キングピッチなど、彼らのことを国籍では判断しません。

お互いが死力を尽くして戦うんだけど、栄光を勝ち取る人もいれば、転落して惨めな死を遂げる人たちもいる。そういうボクサーたちの人生を、国籍や民族とは関係なく、あるいは勝ち負けにすら関係なく、淡々と追っていく。

自分が心から尊敬するものには、分け隔てなく愛情を注ぐ。すると、その先には、百田なりの運命論が浮かび上がってくる。最終的には、勝ち負けや生き死には、ただの偶然の問題だと言うんですね。単純なようだけど、これは重要なポイントだと思う。それはすべては運だ、という諦めやニヒリズムとは微妙に違う。そこには人間の努力や能力を超える冷徹な「何か」が働いている。それが「歴史」なのかもしれない。『永遠の0』やのちの『幻庵』にもそういう非情な偶然の手触りがあります。勝ち負けや生死を超えるような、歴史的な偶然性。

百田はたとえば、ファイティング原田とジョフレの最初の世界タイトルマッチをレフェリーとして仕切ったバーニー・ロスという人の人生に注目しています。

ロスは、アメリカの貧困家庭出身で、境遇に敗けず三階級制覇を成し遂げた偉大なボクサーであり、引退後に兵士としてガダルカナル島に送られています。激戦に巻き込まれて仲間の多くは戦死、彼自身も重傷を負いますが、生き延びて帰国する。麻薬中毒になりますが、何とか立ち直って、レフェリーとなって再度ボクシングの世界に関わった。

どうやらロスのファイトスタイルは、原田によく似ていたらしい。原田とジョフレの最初の試合のとき、判定はかなり微妙だった。百田の想像によれば、ロスは現役時代のボクサーとしての自分の姿を、日本人の原田に投影していた。それで結果的に原田が僅差でチャンピオンになった。「世紀の大番狂わせ」が起こった。日本とアメリカのボクサーが、ある意味で弁証法的に止揚されて、国民的なチャンピオンが生まれたわけです。

原田は、努力型の不器用な選手であり、チャンピオンになっても質素な暮らしを少しも変えなかった。引退するまで童貞だったらしい（この辺へのこだわりは百田尚樹らしいですが）。だからこそ、原田は、戦後の日本人にとってのフォークヒーロー（民衆のヒーロー）になれたのではないか、と百田は言います。

終わり方もすごくいいと思う。ずっとあとに、ジョフレは原田を母国に呼び寄せて、歓迎したいと連絡してきたんだけど、じつはひそかに練習をしていて、原田が来たらスパーリングでやっつけてやろう、と思っていたそうです。ボクサーの業の深さと負けん気とユーモアがあって、いい話だなと。

藤田　『リング』のボクサーに対する視線は確かに比較的公平で、それしか生きる道がない者たちへの尊敬と悲しみに満ちた視線ですが、どうも日本の選手とそれ以外への扱いは違うようにも感じます。

日本選手の敗北についてはコンディションや運が悪かったとか、外在的な理由になる。外国の選手が勝つと、ズルがあったとか判定がおかしかったとか……。

杉田　そこまでアンフェアには書いてないいんじゃない？

藤田　書いていると思いますよ。さっきも言いましたが、これもノンフィクションと言いながら、フィクションも混じっています。フィクションというか、思い入れと言ってもいいかもしれません。この時期のボクサーたちは、民衆のヒーローであり、戦争に敗けた日本が復活するという物語を背負わされていた。プロレスの力道山と同じように。だからノンフィクションでありながら、よくも悪くも、百田尚樹はニュートラルには接せられていない。

そのような国民的なヒーローが成立し得て、ものすごい視聴率を取っていた時代を丸ごと再現しようとする物語という意味でも、レトロトピア（過去を理想郷と考えるフィクション）っぽい。

そして、これは興行でもあったわけですよね。試合の背景となった興行や駆け引きの側面も描かれています。お金のかかった興行だから、インチキくさい部分も含むわけです。そこについては割と想像でいろいろと書いている。純粋な実力や運だけではない。その辺りが、高校生たちの純粋な試合に特化された『ボックス！』とは違うところでしょう。

杉田　いや、そういう興行や不純な面もありながら、それも含めて、最終的には冷徹な運としか言えない面がある、という運命観が示されていると思うんだけどな。いい日本人／悪い外国人という物語にはなっていない、と僕は思う。

藤田　くりかえしになりますが、現在では困難になってしまった「国民的なヒーローがいた時代」そのものを再現した作品だな、と感じます。テレビマンとして、なぜそれが可能だったのか、研究しているかのようでもあります。

杉田　確かに『リング』には、意図としては『海賊とよばれた男』と重なる面もあるでしょう。苦境に置かれた男が、国民の期待を背負って戦いに勝利し、それがメディアの力を通して増幅されて、日本国民をナショナリズム的に鼓舞することになった。ただ、『リング』の場合、もちろんそういう面もありながら、動機や思想の面で、『海賊とよばれた男』とはかなり違うものを見つめている気がしました。

藤田　確かに、『海賊とよばれた男』に比べたら、『リング』は比較的ニュートラルに近いし、視線のあり方が違いますよね。『リング』のほうが、慈愛があるというか……。

杉田　囲碁を扱った『幻庵』なんかも、正直言って、小説としては全然面白くないんだけれども、ひたすら囲碁で勝った敗けたの話が延々と書かれています。囲碁やボクシングに対してはリスペクトが先立つから、過度な物語やメディアイベンターの側面が削ぎ落とされて、そのノンフィクション度が強まるのではないか。『リング』はその最良の成果である、と僕は思うんですけどね。

藤田　付け加えれば、これも階層移動の話ですね。みんな貧しいし、教育も受けていない。杉田さんが日本人選手と外国人選手を対等に書いている、と言ったのは、生い立ちと成功後の描写であり、貧しい環境から裸一貫で、死ぬ思いをしてのし上がって、世界チャンピオンになったはいいけど、その後身を持ち崩してぼろぼろになっていく。その儚（はかな）さの面では、確かに平等に見えます。これは先ほどの『モンスター』の構造ともかなり似ています。

そういう残酷なスポーツであるボクシングの一瞬の美しさを捉えようとしている。ボクシングを題材とする百田尚樹は、比較的いい感じですよ。

杉田　『リング』では、勝った人間が惨めに転落し没落していく過程をも描いていますね。ペレスの悲惨な末路とか、「無冠の帝王」と呼ばれたメキシコのジョー・メデル（『あしたのジョー』のカーロス・リベラのモデルの一人といわれる）の不運とか、昭和三〇年代後半に三羽烏と呼ばれたラッシュの原田、かみそりパンチの海老原博幸、メガトンパンチの青木勝利のうち、忍びないほどに転落して行方不明になった青木のこととか。そこも含めて一人の人間の人生なんだと。

アメリカ人と日本人のパートナーシップが特権的ではありますが、アルゼンチンやブラジル、メキシコの選手に対しても比較的、対等な目線が注がれている。その点では『永遠の0』のような、戦後レジーム的な日米関係に閉じていく作品とは、少し違うんじゃないかな。

藤田　『ボックス！』と『リング』の違いを感じるのは、原田に対する描写です。「打たれても打たれても怯むことなく、常に前へ前へと勇敢に向かっていく原田の姿は、私には、日本をもう一度世界に伍する素晴らしい国にしようと懸命に頑張っていた当時の日本人の姿とダブって見える」とか。あるいは、「戦争で何もかも失い、まさに裸一貫で戦っていた国民もまた、同じように裸の肉体一つで世界の強豪相手に戦う原田の姿に、自分たちの姿を重ねていたのではないか」とか。

多分、当時のファンは本当にそう見てたんだと思うんですよ。しかし、ボクサーの個人的な戦いに日本人のアイデンティティを重ねる、という語り方は『ボックス！』にはなかった。これは百田が東日本大震災のあとに、復興のためにどういうヒーローが必要か、を考えたときにも参考にされていそうですね。

杉田　震災前に刊行された単行本の『リング』（二〇一〇年）と、それを震災後に文庫化し改題した『「黄金のバンタム」を破った男』（二〇一二年）では、もしかしたら、微妙に内容が違ったりしませんか。

藤田　いや、単行本のほうも僕は読みましたが、もともとこういうニュアンスでしたよ。

テレビ人間の譲れないところ

杉田　ただ、戦後世代の人間があるヒーロー的存在と日本のナショナルな復興を重ねるという側面を、僕は全否定する気はないんですね。それは彼らの世代の特権的な欲望としてあっただろうから、ある程度はやむを得ない。ただ、それをどういう形で重ねているか、それがポイントでしょう。

『ボックス！』との違いは、『リング』では、純粋な肉体の戦いだけではなく、試合の背後の興行や政治や国策などの、複雑な力学が作用しているわけですよね。生死を懸けた闘争の純粋さによって、現実の世俗性を超えられないわけですよ。

しかしそのうえで、試合の勝敗は「紙一重」だ、という感覚がある。百田はそこにこだわるわけ。勝つか敗けるかは、究極まで行くと偶然によって決まる。そこに人間の運命の怖さがある。ただ、勝った人間の栄光と、敗けて転落した人間の惨めさとが、ある目線においては、対等で等価であると。

輝かしい国民的ヒーローと、無名のまま歴史から消えていく人間の悲惨さと、それら両方があって今のボクシングの歴史がある。

それは『永遠の0』の特攻隊員の運命とも重なるかもしれない。無名で死んだ兵士と戦後を生き延びた兵士は「紙一重」であり、かつ等価なんだと。それが人間の運命なんだと。そういう意味で確かにヒーロー的存在を通してナショナルアイデンティティを情念的に煽っている面もあるんだけど、『リング』にはそこからズレていくものもあるんじゃないか。

藤田　政治的な状況や期待、興行・商業など、いろいろな事情の中で翻弄されながら、しかしその中で、奇跡のような試合がある。その後の人生はどうであれ、その瞬間は美しい。そこを描いたという点では似ている。『永遠の0』もそうかもしれませんね。『リング』は、その美しい純粋な瞬間と、政治・興行の絡みあいの領域により踏み込んでいった作品ですね。

杉田　そこはテレビ人間としての百田尚樹が譲れないところなのかな。『ボックス！』は、学生のボクシングであることで、純粋で美しい闘争の面を抽出できた気がするんだよね。政治や水面下の駆け引きを考えずにすむ。しかし、プロの世界はそうではない。

『リング』のボクサーたちは大人のプロであり、よくも悪くも、政治や駆け引きや国の威信を背負わされながら戦わざるを得ない。それでもそこに、生の意味が宿る瞬間があるはずだと。僕はそっちの不純さ、雑然さに魅かれます。

藤田　しかしそれは、なまぐさい政治的現実を散々見てきたからこそ、高校生たちの純粋な戦いをフィクションとして描きたかった、ということかもしれません。二つの作品で、役割分担している気がしますね。そして僕は『ボックス！』のほうを推します。

杉田　そこは僕と藤田さんの関心の違いなんだろうな。いずれにせよ、『ボックス！』と『リング』は双子の片割れ同士であり、セットで読んでいかないといけない。
藤田　複眼的に見ないといけないですよね。
杉田　ファイティング原田についても、テレビの虚像であると同時に、庶民生活に根ざしたヒーローでもあると。だからスーパーヒーローではなく、フォークヒーローなんでしょう。
藤田　当時は視聴率もとんでもないですよね。ボクシングが国民の熱狂の対象だった時代は、テレビというメディアそのものが国民を熱狂させた時代でもあった。百田が放送作家としてテレビ業界に入ったのは、そこからテレビの価値がはるかに下落した時代でしょう。
杉田　だから、ボクシング業界が興行のためにチャンピオンの数を無闇に増やして、チャンピオンベルトの価値をひたすら下落させてきたことに対しては、何度も何度も批判しています。頽落(たいらく)の中をずぶずぶに生きながら、テレビやボクシングが人々を熱狂させた時代の復活を熱望するのは、ファシズム的欲望という感じもするんだけどね。

『影法師』

杉田　今度は時代劇です。勘一と彦四郎という二人の武士の、青春とその顚末(てんまつ)を描いています。僕個人としては、百田が三〇歳前後で書いたという『錨を上げよ』以来の「男らしさとは何か」「男にとって愛とは何か」という弁証法的展開の、一つの決着であり、一つの終着点ではなかったか、と考えます。

それが男同士の「殉愛」という倫理ですね。日陰者の無名の人間として、誰にも認められず汚名を背負っても、自分の親友の天命的な仕事を支えると。そういう生き方が「男」の究極の理想として、『影法師』の段階で描かれるに至った。

勘一のほうは、下級武士から筆頭家老へのぼりつめて、大坊潟の干拓・開発を一生の事業にしようとします。他方の彦四郎は、勘一の竹馬の友であり、学問も剣の腕も、藩内の同輩で敵う者はいないほどの天才的人物です。

ダブル主人公という意味では『ボックス!』を思わせます。実際に、『影法師』はある意味で『ボックス!』のやり直しとしても読める。生き方の探究が『ボックス!』では曖昧なまま終わってしまったから、武士の生き方を通してそれをあらためて試行錯誤した。

彦四郎はあるとき、「卑怯傷」を負って人生が転落し、さらなる不始末を重ねて、藩を追われます。それはなぜか。そのことを、数十年後に、今や成功者となった勘一が思い出し、惨めに死んだ友の人生の真実を知る、という物語の構造になっています。優れた武士でありながら、卑怯者の汚名を負って死んだという意味では、『永遠の0』の宮部久蔵にも似ています。

勘一は物語の最後に、じつは親友の彦四郎に、子どもの頃から何度も何度も生かされてきた、という事実に気づきます。しかしそのことを長い間忘れていた。というか、何度も助けられながら、それに気づくことができなかった。ちょっとした偶然がなければ、死ぬまで気づけなかったかもしれない。その悲しみと後悔の感覚には、人生にとって重要な何かがあると僕は思う。彦四郎は見返りを求めず、友達を陰で支えながら、黙って若い日の約束を守ろうとするんですね。たとえ友がそれを忘れていても。世間ばかりか、その友からすらバカにされ、笑われていても。そういう生き方を一つの理想として提示した。それは『永遠の0』の宮部久蔵が、自分の命を擲(なげう)って別の誰かを生かした、という行動にまで遡り得るものでしょう。

もちろんその男の殉愛という倫理観の是非は、微妙でもある。たとえば安倍晋三が最初に読んだ百田作品は『永遠の0』ではなく『影法師』だった(『日本よ、世界の真ん中で咲き誇れ』)。それで感銘を受けて(まあそれがどこまで本当かどうかも微妙ですが)、作家としての百田に注目したんですね。

安倍晋三が第一次安倍内閣のときに悲惨な退き方をして、周りからはバカにされ、いわば憐れみの眼で見られていた。百田尚樹はその段階で、政治家としての安倍晋三を応援する論文を書いている(「さらば!売国民主党政権」、「W·iLL」二〇一二年九月号)。

すると自分の小説『影法師』の勘一と彦四郎の関係を、百田は安倍晋三と自分の関係の中で現実的に演じるというか、生き直そうとした、とも考えられる。フィクションと政治がメビウスの帯のようにねじれている。
政治の世界で現実を変えようとする誰かのために、自分が滑稽な笑いものになっても、それを支えるという生き方を、百田は安倍晋三との関係において見出していったのではないか。たとえ「騙されたがっている」だけだとしても。それが『影法師』という小説の奇妙な運命だった気がします。

彦四郎が勘一になってしまった悲劇

藤田 それは面白い指摘だと思いますね。世間から日陰者といわれる存在が、じつは自己犠牲的に何かを支えていた。そういうことが判明して、ネガティブな評価がひっくり返っていく。それが百田尚樹の小説の基本パターンですよね。それは『永遠の0』と『影法師』に共通しています。

杉田 百田尚樹は若い頃からの何十年にもわたる、男としての生き方や自己嫌悪との葛藤の末に、『影法師』的な「殉愛」の倫理を見出したんだけど、それがゆえに、彼は安倍晋三政権と結託し——しかも騙したのか、騙されたのか、騙されたがっていたのか、それもよくわからないような形で——歴史修正主義的な差別主義者として自己実現してしまった。
だとすれば、皮肉というか、滑稽というか、喜劇というか……。殉愛を理想としたがゆえに、ヘイト的保守になってしまった、という面すらあるのかな。

藤田　僕の印象からいっても、百田は保守論壇や政権周辺に飛びついてから、小説家としてはぼろぼろになってしまったように感じます。ただ、僕自身もそういうチャンスが来たら、飛びついてしまうかもしれない。それは物書きの野心として、わかる。

でも、飛びついて、実際にチャレンジしてみた百田尚樹は、現在の自分のことをどう思っているのか。飛びついてよかったと感じているのか、やめておけばよかったと思っているのか、満足なのか。その辺は率直な本音を聞いてみたいですね。

杉田　誰かを支える彦四郎でいたつもりが、勘一になってしまった、というのが怖ろしいところですよ。安倍晋三や橋下徹を支えていたつもりが、彼自身が巨大な権力やメディアから支えられ、保守論壇の広告塔というか、あちこちに火を付けてまわる切り込み隊長みたいになって、ダークヒーローになっている。『百田尚樹　永遠の一冊』という本まで周りが作って称賛しているから。

藤田　そうやってすぐ調子に乗っちゃう子どもっぽさは、嫌いじゃないんですけどね。しかし、あるときにふと醒めたら、利用されているんじゃないかな、と疑うと思うんですけど。そう思いながらも乗っているのかな。あるいは騙されていると薄々わかっていても、主観的に幸福ならいい、という考えなのかもしれません。

ただ、小説としての『影法師』は、結構よくできているし、興味深い思想も見え隠れします。武士が経済に目覚める話ですよね。そのきっかけは、農民が貧しくて餓死寸前になり、命懸けの一揆を起こしたことなんですね。

結果的に首謀者たちはその家族や子どもも含めて、磔（はりつけ）にされて殺されてしまう。それを目撃したのをきっかけに、勘一は、農民のために生きよう、こういう悲惨な状況をなくそう、そのためには頑張ってのし上がって政治的にも振る舞って、土地を干拓して人々の暮らしを豊かにしよう、という気持ちに目覚めます。

百田尚樹はいろいろと問題発言も多い人だけど、庶民の苦しみを減らすためには経済的な豊かさをベースにすることが必要なんだ、という考えは一貫している。安倍首相と通じる部分もその部分だと思います。自民党、安倍政権の支持率が高い理由もそこにあるといわれることが多いですよね。

杉田　先ほどから藤田さんが言う階層問題が根にありますね。勘一は下級武士の生まれゆえ、理不尽さを味わってきた。理不尽な法があり、刃傷沙汰で父親が殺されてしまう。その後困窮して、低い身分ゆえにバカにされながら、苦学して出世してきた。

『海賊とよばれた男』でも「士魂商才」がスローガンでした。侍の倫理と商人の経済感覚、それら両方がなくちゃダメだと。

農民たちの一揆の瞬間においては、農民と武士が階級を超えてフラットになる。そのときに、勘一は、武士的倫理で美しく死んでいっても、現実は何も動かない、と気づく。その点では内村鑑三のようなところがある。土地を開拓して、生産力と再分配を増やして、幸福の総量を上げていく。まさに経世済民です。

勘一はそれから、竹の虫籠作りを内職として奨励して、ある種のイノベーションによって下級武士たちの生活を支えようともします。徹底的に実利的であろうとする。しかしそのときも、侍がいかに生きて死ぬか、という実存的な問いが手放されるわけではない。

藤田　『日本国紀』もそうでしたね。天皇や優れた政治家は、民を豊かにすることによって自分たちを豊かにするんだ、と。それは百田尚樹の基本感覚でしょう。いちばんバカにできないのはここかな、という気もします。

百田はどこかで、『資本論』やマルクスの思想を否定しながらも、それらはある部分では正しいんだ、と言っていた。じつは百田尚樹も、左翼的あるいは新左翼的なメンタリティを持っている部分があるようにも見えるんですよね。

杉田　本当は勘一のような社会変革的な生き方が理想だけど、自分みたいなテレビ屋や小説家には、そういうことはできない。だとしたら、勘一的な政治的人間を支えるのが、自分の使命ではないか。そういう百田自身の屈折した思いが『影法師』のダブル主人公に分裂していったのかもしれない。
ただ、それを小説家としての自分と、政治家としての安倍晋三を重ねたときに、小説と現実が反転し合うような、奇妙な事態が生じてしまった。

『錨を上げよ』

杉田　これは『永遠の0』による小説家デビューの二〇年ほど前、つまり三〇歳前後（二九～三一歳）に、習作的に書かれた長編小説です。現存するかぎりでは、事実上の最初の小説ということになります。

原稿用紙に手書きで二四〇〇枚。小説家としての百田の原型を示す作品とも言えます。

本人は「自伝的な要素が強い」、そして「私はひそかに『自身の最高傑作』だと思っています」（『百田尚樹　永遠の一冊』）と言っています。それくらい思い入れの強い作品だということでしょう。

冒頭にゲーテの『ファウスト』の引用があります。正確には『ファウスト』から引用した文章を批判している。『錨を上げよ』は、百田流の成長小説、教養小説（ビルドゥングスロマン）なんですね。

ただし、正確に言うと、これはアンチ成長小説です。つまり、本当は成熟して、成長しなければならないのに、まったく成長のできない男の物語。ひたすら成長しようとあちこちを遍歴し放浪するんだけど、結局まったく成長できずに、同じところへ戻ってくる。ダメでクズの自分であり続ける。しかも二四〇〇枚にわたって。そういう異形の作品です。

「自伝的な要素が強い」のと同時に「ピカレスクロマン」（悪漢小説）であるとも言っていて、主人公像は中上健次やブコウスキーのような、性的にも暴力的にも荒れた感じです。大阪の暴れ者であり荒くれ者、という感じでしょうか。

女性が次々と出てきて、やたらとモテるんだけど、肝腎の好きになった女の子の前ではガチガチになって、相手にされず、フラれてばかり。いろいろな女性と付き合うんだけど、「俺は真実の愛に目覚めた！」と感じたと思えば、すぐに不満になって、「裏切られた」という被害者意識に陥っていく。

そういうことが結構うんざりするほど単調に、あまり物語の起伏もなく、延々と延々と、ひたすら反復され続けます。しかし、まったく成長していない（笑）。この成長のできなさが驚きですね。

あと、ついでに言うと、「自伝的要素が強い小説」と言うんだけど、すでに歴史修正主義的な小説のようなところがあります。

同志社大学を中退したとか、テレビ局で放送作家になったとか、年譜的事実と一致する面があるんだけど、明らかに主人公のキャラクターは百田自身とは思えない面が多々ある。めちゃくちゃ喧嘩に強かったり、アウトロー的な生き方をしていたり。

つまり、本当の百田自身と、劇画マンガのキャラクターがキメラ的に融合したような感じ。これを「自伝的」と言えてしまうのは、どういう神経なんだろうか。ちょっとおかしい。つまりこれは「歴史修正小説としての自伝」なんですね。単純に不思議ではありますが、その点も含めて百田っぽいのでしょう。

藤田　喧嘩のところとか、怪しいですよね。先に言いましたが、編集者は、これは自伝ではない旨を文章にしています（小林龍之「忘れられない『危険な書』」、ウェブサイト「講談社ＢＯＯＫ倶楽部」、二〇二二年九月一五日）。

杉田　これを読むかぎりは、特別な愛国者ではないし、排外主義者でもない。弱者差別みたいなものもありません。

ただ、明らかに、左翼嫌い、アンチ左翼のマインドはこの時点ではっきりとある。それから屈折したミソジニー（女性差別）もある。

左翼嫌いと女性嫌悪、それが百田の原型的な欲望なのだろう、ということはわかった。ただ、それが排外主義やレイシズムにはまだ結びついていない。

藤田　これが最高傑作である、という百田尚樹の自己評価は間違っていない、と僕も思うんですよ。

百田の全作品の中でこれがいちばん好感が持てるし、読み応えがあった。自伝的な作品なので、自己相対化もあるし、なぜ彼がそういう考えを持つに至ったのか、その経緯が分析されている。差別感情やステレオタイプな保守的思想もあまり出てこない。

生まれ故郷の大阪の街も、しぶとい生命力を持ったゴキブリのようなもの、と表現されていて、自分はお上品な上方のような理念や理想を重視する人間ではない、とはっきり言っています。「大阪くらいしたたかな生命力を持った町はない。まるで巨大なゴキブリだ」（単行本上巻・八～九ページ）。自分の考え方はそこをベースにしていると。

つまりこれは、大阪の下町の貧しい人間が、大学やいろいろな職場を遍歴する小説ですよね。それは同時に、ゲーテ的なビルドゥングスロマンの脱構築でもある。プルーストの話も出てきますね。『失われた時を求めて』ではマドレーヌの菓子のような高級なものが記憶を誘うが、自分の場合は「宿便」なんだ、という対比の表現が、本書の意図を示していますよね（笑）。

自分が好きなのは一九世紀の小説だ、と百田は言っています。新左翼のごちゃごちゃした関係を描くところはドストエフスキーの『悪霊』を意識していたでしょう。つまり、一九世紀の巨大な長編小説を意識して書いているんだけど、まったくそうはならない。

杉田　成長物語あるいは弁証法的な構造にしようとするんだけど、何かを始めようとする瞬間にそれが失調して、ダメになってグダグダになっていく、それが延々と、二四〇〇枚にわたって続く、という小説なんだよね。

藤田　政治運動についていても、憧れの女の人がいるからサークルに入って勉強しても、政治的議論になると、揉めてすぐ逃げておしまいになる。そうするとまた次の別の組織に入る。そのくりかえし。これじゃドラマが生じない。

杉田　普通だったら何かが成長して上昇するんだけど、まったくそれがないでしょ。定食屋のテレビで根室のタラ漁船を取材した番組がやっていたから、突然、根室に行ってウニの密漁を始めて、三年間荒稼ぎするとか（笑）。唐突すぎて、動機も意味もよくわからないんですよ。自伝的事実とも思えないし。

しかも、北方領土が出てくるから、今の百田尚樹を思えば何かの政治的な話が出てくるかと思いきや、一切出てこないんですよね。この政治意識の希薄さ。なんだろう、これ。政治的問題のホットスポットにわざわざ自分から行きながら、政治的状況にまったく関心がないというう……。

藤田　ただ、学生運動に対する嫌悪感だけは、唯一はっきりありますよ。皮膚感覚的な反発の根拠は、何となくわかる。

でも、じつは憧れもあるんですよ。経済的に豊かな左翼やインテリの若者たちが芸術や政治の話をする場に、わざわざ行っているんですよね。そういうサークルに参加して『資本論』を読んだり、三里塚の空港建設反対闘争に関係する地元の友人に会ったりと、繋がりを持ち続けていますよね、自分から。反発を覚えながらも憧れて近づいている。

ただ、皮膚感覚のレベルで合わなかったんでしょう。嫌われるし、疎外されるし。庶民や大衆のためと言うけど、こいつらはおぼっちゃんであり、結局何もわかっていないんじゃないか、という叫びのようなものに満ちています。

下町では安保闘争なんて興味なくって、みんなでテレビのプロレスを観ていた。それが百田の感覚でしょう。さらに民主主義の理念がどうとか言う学校の中ですら、体罰や暴力だらけだった。そういう矛盾にツッコミを入れるときのユーモアは、本作では結構冴えているんですよ。共産党や日教組がどうのこうのというイデオロギー以前に、学校や組織に対する反発が生理的にあったのではないか。民主主義批判もそこに根ざしている気がします。学校でも会社でも、集団に馴染(なじ)めない。はみ出しちゃう。その点、学校や民主主義に対する批判は、学校や制度を批判していた新左翼やカウンターカルチャーの人にも似ている。だから一歩目では近づくんですよ。しかし、違和が生じてしまう。階層が違うから。貧しい育ちの自分が、彼らに差別され、疎外されるわけですよ。

ただ、左翼との違いとして、自分はその憤りを社会のせいにしたりしない、理論化もしない、個人としての自分がダメなのだ——意地でもそう思い続ける、というような美学を持っていることが明示されている。さらに、人間は欲望があり、ダメな存在なんだ、という感覚が根にある。マルクス主義の唯物史観はその感覚を持っていないから間違うんだ、とも言っている。

浅間山荘事件とか、連合赤軍とか、また、理想社会と思われていたソ連の内部は収容所だらけで陰惨な状態であったことを暴いたソルジェニーツィンの文学作品『収容所群島』についても作中で言及されます。結局のところ、百田尚樹の感覚は観念批判なんですよ。

杉田　吉本隆明の芥川龍之介論などを思い出すんですね。庶民にもなれないし、本物のインテリや芸術家にもなれない、みたいな。どっちにも行けないという不安を感じる。一方では、喧嘩に強くて女にモテる野獣のような理想像を描きつつ、インテリ的なものに憧れてそちらに近づこうともする。延々とその揺れ動きですよね。

実際の百田尚樹も、エッセイでは大阪の庶民派だと強調するけど、クラシック評論などでは妙にインテリ的な態度をとるんですよね。だけど、生まれながらの本物の貴族的な教養があるわけではないから、やや無理して背伸びしている、という感じがある。本人もそれを自覚している様子です。

それは中上健次が、自分は紀州の土建屋の生まれで肉体労働者だ、というアイデンティティを示そうとしたけれど、じつは親から大金の仕送りを貰(もら)っていてインテリで、虚勢を張って自己神話化を続けていた、ということを思い出させる。

自己欺瞞的に自分で自分を神話化しているわけです。百田さんもそういう感じがある。庶民派であることを偽装しながら、芸術家としての虚勢を張ろうともする。その分裂がダブル主人公という物語構造になったり、『錨を上げよ』の自伝的かつマンガ的な、キメラ的な主人公像になったりするのではないか。

アンチ成長小説

藤田　この主人公も階層上昇の欲望がありますね。彼が何度も言うのは、教養や芸術に対する感性は生まれつきのもので、努力しても追い付けない、という悔しさですよね。

文化的な上流階級に憧れて、ヨーロッパ文学のサークルに入るんだけど、やはりそこにも馴染めない。左翼やインテリ、文化的な女性たちに反発を抱きつつ、憧れてもしまう。しかし、相手にすらされない。その悔しさの描写には、僕はリアリティを感じます。

インテリたちの中で自分を卓越化するために、肉体労働や暴力を持ちだすのはよくあるパターンで、そこはねじれていると思う。クラシック音楽については本当に愛情があるようで、ものすごくたくさん聴いているみたいだけど、それは努力なのか生まれつきなのか。努力っぽさもあるんですよね。クラシック音楽の評論の中で、クラシック音楽を聴く自分に対して、読者が「お高く留まりやがって」「権威主義か」みたいに批判するかもしれないが……みたいに書いてある箇所があります。そういう批判の視線を内に抱えているわけですよ。

杉田　主人公は女性に対する純粋な愛を期待しつつ、それがちょっとしたトリガーによって、すぐに裏切られた、騙された、という被害者意識に反転しますよね。根室で出会った女性に運命的な真実の愛を感じたと思えば、次の瞬間、その女性の過去の整形手術や売春を知って絶望するとか。堪（こら）え性がなくてひどいんだけれども。

　主人公は一度結婚するけど離婚しています。妻の浮気が原因で。それで物語のラスト近く、絶望した主人公は逃げ出すようにタイに行って、そこで影山という男に出会います。そいつが主人公の女性に対する態度を批判する。それがなぜかすごくフェミニズム的な批判なんです。

　君は女性の性を「商品化」している、と。そしたら主人公は、そうか俺は妻の性を商品化していたんだ、と急に反省する。そして、本当に大事なのは愛であり、浮気した妻を許せるだろうか、と考えはじめる。最後に日本に戻って、離婚した妻に会いに行くんだけど、妻はもう別の男と結婚し、子どももいた。そして妻が去っていくのを見つめる、というのがラストシーンです。

主人公は、今の時代の自分たちの不幸は、生と仕事と愛がバラバラになってしまったことだ、と考える。そのことを確認して長大なこの小説は終わるのですが、突然、最後の三行ぐらいで、主人公の中に勇気が湧いてきて、（何の脈絡もなく）人生は生きるに値する、と確認して終わる。

ルカーチ・ジェルジュがヘーゲルを批判して、現代の物語は先験的な故郷喪失から物語が始まるんだ、と言っているんだけど、『錨を上げよ』の物語は、生と仕事と愛の分裂から始まって、その分裂を確認して終わるんですね。本当に、アンチ成長小説ですよ。それが三〇歳までの自分の青春だった、と確認して、何も変わらずに物語が終わる。

しかし考えてみれば、百田尚樹のその後の人生は、『錨を上げよ』の時点から「成長」しているのかどうか、という問いが生まれる。三〇歳からさらに三〇年が経って、六〇歳を過ぎたわけだけれど、『錨を上げよ』の最後に示された問い自体は消えない。

藤田　この作品がいいのは、『永遠の０』以降の百田尚樹の創作の背景というか、手の内を明かす内容になっているからですよ。結末近くの言葉を借りれば「『生きること』と『仕事』と『愛』がばらばらになってしまった」世界を描いているんです。で、それらを統合しようとしているのが、ほかの諸作。やっぱり統合しようとするのは無理があり、僕の眼には不自然で安っぽい物語しか提示できていないように見えるけれど、やろうとしていることは明確ですよね。

もう一つ、いいなと思うのは、じつは思想の問題ではなく生理の問題である、ということもちゃんと書いているんですよ。きれいごとを批判し、本音で語れとか言うんですが、自分は、空気を読めない、我慢ができない、そういう落ちこぼれな生理を持っているダメなやつなだけじゃないのか、っていう自己相対化がここにあります。そのようなものとしての「自分」を突き放して描いているから、ユーモアが生じている。そこが、のちの作品とは大きく違うところです。

杉田　作者としての主人公に対する距離感が、ちょっと不思議ですよね。空気を読まずに本能のままに生きるこういう主人公はカッコいい、と本気で思っているのか。それとも、自分の姿を誤魔化しなく見つめて、集団に馴染めない自分を悲しんでいるのか。どうなんでしょう。

藤田　感情的には、変なニュートラルさがありますね。

杉田　それこそ、自分の人生をビデオテープで観返しているような。『リング』みたいに。

藤田　一つの場所には定住できない主人公ですよね。日本文学の伝統では、逸脱する無頼派が愛されてきた。そして逸脱した放蕩(ほうとう)息子が故郷に帰ってくるとみんなに喜ばれる、というのが伝統です。

杉田　本当の努力家にしては飽きっぽいし、本当の天才にしてはバカっぽいという。だからやっぱりダブル主人公たちは、百田尚樹の中のいくつかの人格を分離して投影したものなのかもしれないね。

藤田　彼が保守と言っても、天皇に対する信仰や情念を感じないのも、新左翼や戦後民主主義に対する反発が動機だからなんだろうな、と感じます。保守は常にあとから生まれるものではあるのですけどね。『錨を上げよ』は、背景の動機がわかるように感じさせてくれる本で、そこがよかったですね。

杉田　いずれにせよ、異様な、いびつな、異形の小説。僕には正直、全然面白くなかったんだけど。

藤田　最初に言ったように、僕にはこれが彼の最高傑作に思えます。

『幸福な生活』

杉田　これはショートショートの作品集です。すべての作品で、最後の一行がオチになっている。つまり、最後のページをめくると、一行だけ文章があって、それがオチ、という構成上の仕掛けがあります。

見かけは普通の幸福な生活を送っている家族に、じつは秘密がある。夫の知らない秘密を妻が持っていたり、あるいは、夫の秘密を妻がひそかに知っていると。「騙す女」あるいは「夫の秘密を握ってすべてを見透かしている女」に対する恐怖心が全体的に感じられます。

百田にとって、家庭というのは、秘密と真実をめぐるある種の闘争のアリーナでもあるのでしょう。

ただ、妻が騙すのは意図的な場合もあれば、無意識や病気でそうしている場合もある。それも含めて、妻に対する夫の複雑な恐怖心、不気味さがモチーフになっています。一見のほほんとした奥さんが、夫の浮気をすべて知悉（ちしつ）していて、細かくファイルにまとめていたりとか。

藤田　割とよくある話ばかりだけど、僕はこれも嫌いじゃないですね。幸福だと思っていたらじつはそうじゃなかった、と知ってギョッとする。そのギョッとして、「ヤバいどうしよう」と考えはじめるその手前の瞬間で、話はぱっと終わる。

百田の作品は、騙されたと気づいた瞬間、「ヤバいどうしよう」と思っている瞬間の描写がいちばん輝いている（笑）。『永遠の０』『影法師』なんかもそうです。さぞやたくさんそういう経験をなさったのだろうな、と思えるぐらい、その瞬間の恐怖感や不安感や悔恨の再現がとてもうまい。

ネガティブなものがじつはポジティブだった、というのが『永遠の０』や『影法師』の構造だとしたら、『幸福な生活』は幸福だと信じていたものがじつはそうじゃなかった、騙されていて愕然（がくぜん）とする、という構造ですね。それらは裏表であり、フィクション論として対になる構造なんでしょう。国家規模の話と家庭規模の話では、方向が逆転するのは、不思議ですが。

杉田　百田尚樹は、シラーの詩にベートーベンが曲を付けた第九の「歓喜の歌」について、何度か論じています。「歓喜の歌」はすごくハッピーな喜びの歌に思えるけど、じつはその裏ですごく怖ろしい歌なんだ、と。

人生の中で親愛な人間と出会えた人は歓喜を謳歌できる、しかし、そういう相手がいない人間は、幸福や歓喜から徹底的に排除されて、歌の輪の中に入れない。だから死ぬ気で本当に愛し愛される人間を探すしかない。つまり「歓喜の歌」は、最上の喜びと最悪の不幸が裏表で張り付いているんだ、と言うんだね。

しかし彼にとっての「幸福な生活」とは、たとえ恋愛が成就しようが結婚しようが、もともと、そういうものなのでしょう。デヴィッド・リンチの世界のように、ちょっとしたトリガーによって、くるっとひっくり返ってしまう。そういう奈落的な恐怖心が常につきまとうのが家族であり、「幸福な生活」。

藤田　シラーは「調和」の美学の人ですが、フロイトが「文化への不満」で引用して嫌味を書いているんですね。その調和の世界の中で生きられない人にとっては息苦しいんじゃないか、的な。『錨を上げよ』を自伝的だと信じるなら、百田尚樹は、シラー的な「調和」に馴染めない人だと思います。ちなみに、ヘーゲルの『精神現象学』の末尾がシラーの詩です。弁証法の果てに、シラー的な美的な調和するユートピアがあることになっている。

それはさておき、真実や虚構がすぐに裏返って騙されてしまう、というのは普通の意味では幸福な状態ではないでしょう。ただ、エンターテインメントの世界では、しばしば、そうした不安や恐怖の中に享楽が宿ります。百田尚樹は、そういう真実をめぐる闘争や懐疑の中に、享楽を感じるタイプの作家なのではないか。

ボクシングのような物理的な闘争を楽しんでいる一方で、騙し騙されるという情報の戦いのスリルをも享楽している。百田尚樹は、そういう状況にあえて自分を投じることが好きなんじゃないか。

杉田 ただ、ショートショートであるために、露骨なホモセクシュアル差別や、女性に対するルッキズムがかなり無防備に出てきてしまっている。そういう無神経なところもじつに百田尚樹らしい、とは言えます。根本的に、どこまで行っても異性愛主義の人だしね。その点では、この本はやっぱり、読むときに注意が必要でしょう。

『プリズム』

杉田 『プリズム』は、『モンスター』と対になった恋愛ミステリ、あるいはサイコサスペンスです。これもなかなかウェルメイドなエンターテインメント小説です。

『モンスター』の主人公は、醜いがゆえに整形手術する女性でしたが、『プリズム』の男性主人公は、幼少期に父親からひどい虐待を受けて、複数の人格を持つようになった、という設定です。人格が多重に分裂した男が、語り手の女性との関係を通して、人格をどんどん統合していき、最後には元の自分（一つの人格）に戻る、という物語です。

プリズムというのは多重人格のメタファーであるわけです。まあ、多重人格に関する情報は、ネットで収集可能なレベルの薄っぺらい感じではありますが……。

何度も言っていますが、百田尚樹にはどこか多重人格的なところがある。この対談でも、保守主義者、排外主義者、実存主義者、ロマン主義者、ポストモダニストなど、様々な側面に光が当てられていますが、その全体像を統合的に理解するのは、案外難しい。

保守派の男性は、ＤＶや虐待の事実を否認する傾向にあります。加害者なのに、被害者が嘘をついているんだと主張して、自分たちのほうが被害者なんだと強弁する。ＤＶ男性や加害者の論理は、典型的な歴史修正主義の論理であるわけですね。

しかし『プリズム』に関しては、多重人格は実在する、とされています。主人公の男性は、父親からサディズム的で変態的な凄惨な虐待を受けていて、人格が分裂し解離してしまった。だから、男性としてのいちばん気の毒な存在、究極の憐れな被害者、そのリミット、という感じなんですね。

女性は醜さが究極のプロレタリア性だとしたら、男性の場合は、虐待されて人格分裂した人が究極のマイノリティ性である。百田尚樹の小説の中には、そういう人々への、割と手放しの同情や共感があります。

ただ、『モンスター』と違って、主人公が男性なので、『プリズム』の場合は少し自己憐憫が入ってくる。つまり、虐待されて人格が分裂し解離してしまった可哀想なボク（作者）、という感じ。しかもそれを語り手である若い女性によって承認される、つまり愛される、という構造上のねじれが入ってきます。

付け加えると、震災以降に刊行された『プリズム』『フォルトゥナの瞳』『殉愛』などは、若い女性の純粋な愛によって、死んでいく男が承認される、という構造を取るようになっていきます。

震災前の女性主人公たちの物語や、ダブル男性主人公たちの作品とは、ちょっと違う方向性が出てきた。この時期に何らかの心情的な変化があったのかもしれませんが、動機はよくわかりません。

藤田　「バラバラになってしまった」世界における不可能な統合を希求する、百田尚樹の作家人生そのものの隠喩として読みましたよ。

杉田　面白いというか、残酷さを感じるのは、最後にすべての人格を統合したあとの、男性主人公の運命なんです。

『プリズム』は、女性の語り手の目線から語られます。その女性が愛したのは、あくまでも、虐待によって元の主人公の人格から分裂した「理想の自我」のほうなんですよ。それは在るべき理想の男として分割された自我だから、少女マンガの主人公のようにカッコいいんですね。

だから、その分割された自我が統合されて、元の男性の人格に戻ってしまうと、語り手の女性はその人のことは別に好きではない（笑）。男性は最後に告白するんだけど、あっさりフラれてしまう。

このすれ違い方が面白い。女性の視点からすると、これは悲しい愛の物語なんです。愛した相手が消えてしまうわけだから。

しかし、この物語の裏面としての、主人公の男のほうもまた、考えてみればひどく気の毒なんです。葛藤を経て人格を統合して、成長したはずなのに、肝腎の愛情を得ることがまったくできない。

つまり、本当の自分に戻れるときは、本当の愛を失うときなのです。

百田尚樹はこのラストシーンを描きたくて『プリズム』を書いたそうなんですが、何とも言えない残酷で滑稽で憐れなシーンですよ、これは。この感じは何かすごく百田さんらしい。男としての真実の自分を回復することは、女性の愛を失うことでもあると。

『プリズム』は女性の語り手の視点から悲恋として語られているんだけど、主人公の男のほうが彼女よりももっと悲惨で惨めなんです、どう見ても（笑）。
その意味でもやはり『モンスター』と『プリズム』はワンペアであり、男女の愛や欲望の非対称性（すれ違い）を二冊の本によって表現している、とも言えるのではないか。

藤田 そうなると、男たちは理想化された自己イメージを演じ続けるしかないんだ、というシニカルな気持ちになっちゃいますね。

杉田 『モンスター』はどんどん自分を美しく改造していく物語なんだけど、『プリズム』は逆に、分離した人格を統合して元どおりの自分に戻ってくる、という物語なんですね。いわば『モンスター』は山を登る物語。『プリズム』は山を下りる物語。
ただ、結局、『モンスター』のように山頂に行っても、『プリズム』のように麓に下山しても、どっちみち愛のすれ違いしかない（笑）。

藤田 しかし、全身的な愛を求める、というロマン的欲望自体が、童貞くさくていいですよね。結婚して子どももいるのにさ。すべての顔を理解して認めて愛する人間なんて、この世にいないことはわかり切っているだろうに。

杉田 そこがロマン主義者としての百田尚樹の宿命なのでしょう。「本当の愛」や「本物」にどこまでもこだわるよね。

藤田 百田尚樹もすでに物書きとして多面的な表現をしてきました。しかしその中でヒットするのは、一部の作品ですよね。ヒットしたものに応じて新しい注文に応えていくうちに、だんだんパブリックイメージができていく。しかし同時にそのとき、読まれない作品たちの中にあった可能性は消えていく。

　そういう現実に対する百田の忸怩たる思いを表したものとしても、この作品は読めるかもしれません。その忸怩たる思いは、商業主義を万能のように思う思想に亀裂を与えるものとして作用するのが普通だと思うんですけど、彼の場合はそうならない。

杉田　なるほどね。

第二章　転回　『海賊とよばれた男』～『殉愛』

『海賊とよばれた男』

杉田　百田尚樹本人は、これを『永遠の0』に続く「第二の主著」と自負しています。主人公・国岡鐵造のモデルは、出光興産の出光佐三です。これは一種の「ノンフィクション・ノベル」であり、出光の人生に仮託しながら、東日本大震災の衝撃を前にして、日本の再生と復興を祈って書かれたものです。

累計四五〇万部のベストセラーになっています。『永遠の0』の山崎貴監督によって映画化もされました（二〇一六年）。

執筆のきっかけは二〇一一年の東日本大震災であり、その年の秋に小説を書き始め、一日十数時間執筆し、第一稿一四〇〇枚を二ヶ月で書いたそうです。取り憑かれたように書いたと。

その第一稿を四回書き直したのですが、修正作業中に胆石の発作で三度、救急車で運ばれています。入院中も書き続けた。その後一ヶ月、傷口が塞がらず、へそから血を流しながら書いたと本人は語っています（ただし、家族の証言では、それは単に長年の不摂生が祟っただけであり、本人が自慢話のように語るのはどうだろう、とツッコまれていますが……）。

震災のあとに、「日章丸事件」（一九五三年、出光興産の日章丸二世がイギリス軍や石油メジャーを向こうに回して、イランから直接取引で石油を日本に持ち帰った、というもの）のことを初めて知って、それがこの長編の執筆のきっかけになったみたいですね。

個人的には、読んで愕然としたんですね。『永遠の0』とはあまりにも落差がある。作品構造というかOS（オペレーティングシステム）が違う。根本的な「転向」があった、と感じました。

敗戦の場面から始まります。冒頭から、「日本人がいるかぎり、日本が亡ぶはずがない」、焦土となった国を今一度立て直す、再び日本は立ち上がれる、日本には三〇〇〇年の歴史がある、世界は再び驚倒するだろう、云々とネトウヨマインド全開なことが宣言されています。

ポイントになるのは、個人の生と、家族の生活と、会社と、国家とが同心円状に一体化していることでしょう。

自分たちの復活がそのまま日本国家の復活に繋がる。自己啓発ならぬ国家啓発というか、災害ナショナリズムという感じでしょうか。つまり、戦争や災害によって、むしろ真の愛国心を高揚させる。これは家族と国家が逆立的な緊張関係にあった『永遠の0』の物語構造とは、根本的に違うのではないか。

大東亜戦争は基本的に石油資源をめぐる戦争だった、というプラグマティックな見方をしているのですが、明らかにこれは、「大東亜戦争のやり直し」であり、「歴史修正主義的勝利」のファンタジーになっています。

つまり、欧米の石油メジャー（七人の魔女）の支配に対し、侍日本が果敢に挑んで、アジア（イラン）の民衆と協働してこれを打ち破る……大東亜共栄圏の夢を、戦後の経済的勝利において代理的に実現する、という物語。

敗戦を歴史修正主義的になかったことにして、日本人と日本国家の勝利の物語、アジア的連帯の物語（宗主国としての日本の復活の物語）に書き換えるわけですね。

作中の思想性においても、作品の構造においても、想像力の質としても、『海賊とよばれた男』は完全にネトウヨ小説（日本礼讃と歴史修正と排外主義的な想像力によって形作られた小説）と呼ばざるを得ない。僕はそう受け止めます。

たとえば『リング』などでは、テレビメディアを通したフォークヒーローたちは、個人の実存性や運命を感じさせることで、国家的熱狂に回収されない距離感をぎりぎり持っていたと思うけど、国家主義的なナショナルヒーローとしての『海賊とよばれた男』の主人公は、すでに、それとは根本的に異質な次元に突き抜けてしまった。フォーク（民衆）はナショナルであると同時に、大衆的でもあるし、反国家的な集団でもありますから。

そして百田尚樹が騙し騙されつつ安倍政権に接近していくのは、『海賊とよばれた男』の執筆と刊行、そしてこれがベストセラーになっていく過程と重なっています。つまり、敗戦の中から復活した日本人の「象徴」を出光佐三の中に見出して、それを大震災後に復興を目指す日本人の物語に重ねて、さらにそれを安倍晋三という強い日本を復活させるための政治家を英雄化し神話化することへと結びつけていった。

『海賊とよばれた男』を読む場合には、そのことも批判的に検討していかなければならない、と僕は考えています。

とはいえ、僕とは異なって、藤田さんは『海賊とよばれた男』をかなり評価していますね。

アメリカへの両義的感情

藤田　はい。盛り上がる物語ではありますよね。歴史物やSF小説のように気持ちが高揚する物語である、とは素直に思いますよ。もちろん、おかしいな、と思う箇所もいっぱいですけど。

杉田さんは『永遠の0』と構造的に違う部分を強調されていますが、僕もそのとおりだと思います。一方、両者には似ている部分ももちろんあるんですよね。『永遠の0』の宮部久蔵らしき人物も出てきますし。少なくとも作者は、『海賊とよばれた男』は『永遠の0』の精神的続編として書いていることを示しています。

復興を頑張ろう、そのために自己犠牲的に頑張ろう、という絶望感や無力感からの自己啓発の物語ですよね。これはたとえば『シン・ゴジラ』などとも似ています。前向きに再建のために総力戦的に一丸になって頑張ろう、というメッセージを発している点は、共通ですよね。

そして『シン・ゴジラ』は、戦後を代表するSF作家である小松左京の『日本沈没』などを参照しています。『海賊とよばれた男』もある意味では「小松左京的」な小説と言えると思います。

どういう意味かというと、戦中の総動員体制、総力戦的な体制をそのまま戦後の経済成長に振り分けて、特攻隊の代わりに、労働者たちを過労死するほどに働かせる。そして経済的な勝利によって戦争の敗北を精神的に取り返そうとする。小松左京には、そのような想像力があったんですね。戦後の日本にあったそれを、小松左京が小説化した、ともいえるかもしれない。本作では、平時での商売が、軍事（戦争）の一環のように描かれてますよね。

労働や死に「意味」がある時代でもあったわけですね。日本の繁栄や日本人の民族性の中で脈々と生きていけば、やっていることのすべてに輝かしい意味があり、手応えが感じられる。小説でそういう時代を丸ごと描くことを通じて、労働に対する意味づけの「物語」を現代の読者に提供しているんですよね。そういう形で『海賊とよばれた男』が大震災からの復興を敗戦後の復興に重ねようとし、励まそうとした意図は十分に理解できます。

しかし、やっぱり問題も感じる。たとえば『海賊とよばれた男』は、家族経営的なユートピアを描いている。油のタンクの中で悲惨な作業をさせられるんだけど、社員は家族だからという論理によってそれが正当化されて、仕事中に怪我(けが)をしたり病気になったであろう人たちの存在は無視される。

それとは別に気になるのは、GHQの扱い。この作品ではGHQの存在をかなり評価していますよね。戦中の日本の悪しき体制を否定し破壊するものとして。普段の百田尚樹がWGIPなどを批判し、GHQを諸悪の根源として主張するのに比べて、『海賊とよばれた男』では、GHQに対する態度が両義的です。主人公もGHQに積極的に介入していきます。

杉田　アメリカという象徴的な父に対する、百田の両義的感情がよく出ています。「日本スゴイ」という自尊心と承認欲求を満たすには、やはりアメリカの承認がなければならない。これは『永遠の0』の構成上の仕掛けもそうでした。

藤田　家族的経営も確かに社員想(おも)いの面があります。あるいは日本の豊かさのために石油が必要だったのだから、彼らのやっていることは民のための事業でもある。そのことを『海賊とよばれた男』は肯定的に描いています。その点は『影法師』にも近い。

商売人としてのリアリティに基づいて人のために何かをやるのはとてもよいことである、という思想においては、百田は常に一貫していますよね。

美しいDVファンタジー

杉田　冒頭近くで、主人公は敗戦後の経済的に最悪な状況の中でも、一人もクビにするな、社員は家族も同然だ、と言っていますね。確かにそれはユートピア的であり、温かい家族的な経営であるように見える。

しかし問題は、徹底的な家族主義であることが、家族国家としての日本というイメージに回収されてしまうことだと思う。出光佐三という人は「日本的経営」のシンボルだった、と安倍晋三との対談でも言っています。

これは『永遠の0』の家族主義の弱点が『海賊とよばれた男』によってむき出しになり、露呈した、とも言えます。

たとえば労働組合の存在が小説の中で徹底的に批判されるわけですよ。労働組合のような冷たい関係はおかしい、あれは共産主義者の洗脳であると。家族のために身を滅ぼしても働く、というのが家族的経営であり、ブラック企業というか、過労死を肯定する論理になっている。

社員は実の息子と同じようなものだ、だからこそ、どんなに苛酷で無理なことも無償でやらせることができる、という。いやいや、家族だって他人であり各々の人格もある個人でしょ、というツッコミが入らない。

それだけじゃなくて、そもそも、ここでいわれる家族主義の「家族」の中身がすごく保守的、というより家父長制的なものなんですよ。

実際に、夫婦関係の描かれ方にかなり暴力的な光景がある。最初の妻であるユキさんとの間に結婚後一二年の間、子どもができなかった。それに対して男なら息子が欲しいものだ、妾も男の甲斐性であり、女遊びは当然とされる。それだけじゃなく、何よりも、ユキさんのほうから「自発的に」離縁を申し出てくるんです。子どもを作れない自分は妻失格だと。

妻が自発的に消えてくれるから、主人公の男の側の責任も消える。「個人＝家族＝会社＝国家」という物語の都合上、不思議な自然さでユキさんの存在がなかったことにされる。夫が仕事に身を捧げ、血縁家族の血の存続を果たすためにも、それに役立てない妻は自己犠牲的に身を引くことこそが美しい、とされる。ここは本当にヤバいし、暴力的な光景だと思う。

ある意味で「美しいＤＶファンタジー」って言いますかね、これは。家族の中に「こそ」暴力がある。国家的な歴史修正主義者たちは、まさにＤＶや性暴力の加害者たちとそっくりなメンタリティです。つまり、自分たちの加害性を否認し、暴力の原因は被害者のほうにあるとして、さらには自分たちのほうが被害者なんだ、と主張する。

ちなみにその点、山崎貴が監督した映画版『海賊とよばれた男』がちょっと面白い。原作の「一企業が日本の歴史を背負う」という部分はできるだけカットして、あくまでも「一人の企業家の個人的な挑戦の物語」に縮減して、いわば物語の規模をダウンサイジングしているんですよ。

高度成長を支えるヒーローという面はもちろんあるんだけど、できるだけナショナリズムの色を削ぎ落としている。それが山崎さんにとっての、原作に対する批評だったと思う。歴史修正主義的小説としての『海賊とよばれた男』に対して、もう一度、「正しい歴史修正」を施すというかね。

そのときに、やっぱりユキさんの存在がポイントになっています。綾瀬はるかが演じているんだけど、家族主義的なものの暴力に切り捨てられたユキさんの側から、最終的に物語全体を見つめ返している。

英雄的で愛国的な成功者となった男の、勇ましく観客を鼓舞するような終わり方になっていない。原作と異なって、悲しく淋しい感じの結末になっている。

ラストは一気に時間が飛んで、主人公が九六歳のときに、ユキは忙しい自分に愛想を尽かして出ていったんだとずっと思っていたら、じつは、ユキが主人公のためにあえて身を引いたのであり、その後も陰ながら主人公を応援していた、ということを知って、弱々しく泣くんですね。

これはある意味では、『影法師』的な殉愛のモチーフを女性の側が行ったのであり、それは原作の『海賊とよばれた男』の物語全体に対するアイロニーというか、排除された女の側からの「復讐」のドラマにもなっている……とも読み取れる。

「国家の物語」と「家族と企業の物語」を切り離し、後者にスケールダウンすることで、原作のいちばんヤバい「個人＝家族＝会社＝国家」という同心円的な構造をぎりぎり脱構築し、そこから排除されてしまった最大の犠牲者であるユキさんの側から、物語を最後に再構築してみせる、という感じになっている。

それは多分、山崎さんが原作を読んだときに、そこにいちばん躓いて、納得できなかったんじゃないか。それはやはり、『永遠の0』の家族主義の危うさが『海賊とよばれた男』に露骨に出ていた、ということなんだと思う。

藤田　『海賊とよばれた男』は、『錨を上げよ』と似た部分があります。ただ、結果が正反対。『錨を上げよ』の主人公が反抗的に逸脱して、ひどい目に遭い続けるだけだとしたら、『海賊とよばれた男』では、逸脱的で反抗的な人物が、それでも人のために商売し、国のために貢献する、というビジョンを書いている。彼は様々な場所でルールを破って、そこに商機と勝機を見出すんですよね。

杉田　それはそうだね。逸脱的なイノベーターなんだよね。

藤田　命を懸けて何かを試みるし、いつも反抗的じゃないですか。北野武の映画ならああいう人間はヤクザに切り殺されてすぐに終わりなんだけど、この作品では反抗によって商売が成功していく。GHQからも実力を認められますしね。

例外的で反抗的な人物が、緊急事態においては、国のため、国民のために行動できるわけです。百田が好んで描く主人公は、平時ではあまり活躍しないけど、国家の危機や例外状況において輝くという資質を持っている。

排除されて孤独な個人を描いていたのが『錨を上げよ』だったけど、『海賊とよばれた男』は逆に個人が全然ない。淋しさや疎外もほとんどない。「個人＝家族＝会社＝国家」がすべて輪郭が溶け合ったような、『新世紀エヴァンゲリオン』の「人類補完計画」みたいな状態になっちゃっている。そういう対比があると思いますが、しかしそれは矛盾ではなくて、心理的必然なようにも見えます。

杉田　三〇歳前後のときの『錨を上げよ』のラストで陥った、生と仕事と愛が分離してしまった状態を、災害ナショナリズム的なヒーローになることによって克服する、というストーリーラインなんだよな。

『錨を上げよ』の逸脱性が負のスパイラルに陥っているとしたら、『海賊とよばれた男』はそれがそのまま、ポジティブでアッパーなスパイラルに逆転している。まあ、そういう反転の構造こそがヤバいと僕は思うんだけど……。

百田尚樹と安倍晋三の邂逅

杉田　あらためて、震災後のこの時期に、小説家の百田尚樹と政治家の安倍晋三の関係が親密になっていったことの意味を考えたい。

安倍さんや自民党が百田を本当に信頼しているのかはわからないし、騙されたいという欲望に付け込まれて嬉しくなっちゃっているのか、合理的に計算して権威に近づいているのか、その辺もよくわかりません。

安倍さんは二〇〇七年に総理を辞任している。百田さんは二〇〇九年の総選挙で政権を取った民主党（当時）に対して、反感を募らせていく。その後、二〇一〇年五月二〇日にツイッターを始めるんだけど、ツイッター上で民主党批判をするようになる。『海賊とよばれた男』が刊行されたのが二〇一二年の七月。震災の一年四ヶ月ほどあとですね。

で、ちょうど同じ頃の二〇一二年夏に、「Ｗｉｌｌ」の編集者から連絡があって、政治論文の執筆を打診されたそうなんですね。それで「さらば！売国民主党政権」（「Ｗｉｌｌ」二〇一二年九月号）という論文を掲載する。

民主党に任せたら日本は亡ぶと主張しています。中国や左翼の顔色をうかがう自民党のふがいなさも批判して、橋下徹と安倍晋三に私は期待する、と締めくくるんですよ。第一次安倍内閣で惨めに失敗した安倍晋三は、挫折を味わって、鍛えられ、「強靭な精神力」を手に入れた。「もう一度総理になって日本を建て直してもらいたい」と「期待」する、と。

その論文の掲載誌が発売された二〇一二年夏、百田の携帯電話に、論文を読んだ安倍晋三から直接電話がかかってきた。以前から百田さんの『影法師』や『永遠の0』を読んでいて、ファンだったと。安倍さんは、時代小説が好きで、最初に『影法師』をたまたま読んでいた。その後、友人から『永遠の0』を勧められてこれも読んだ。

安倍さんの受け止め方としては、百田の小説のテーマは「他者のために自らの人生を捧げること」であり、それは若き日に政治家を志してからの自分の信条である、と。百田さんも安倍さんが最初に読んだのが『影法師』であることに驚いている。

当時の安倍さんは、自民党の総裁ではなく、野党の一衆議院議員にすぎなかった。二〇〇七年に首相の座を降りてからは、世間からは叩かれて、憐れみを持って見られていた。自民党内でも安倍の再登板はない、という空気だった。総裁選の本命は石破茂、二番手は石原伸晃で、安倍は三番手であり、まあ勝利の目はないだろうといわれていた。

つまり、当時の文脈としては、百田さんは勝ち馬に乗ったわけではなく、惨めに敗残した側の人間に賭けたんですよ。

さらにその後間もなく、「Ｗｉｌｌ」編集長の花田氏の仲介によって、百田と安倍の対談が行われた。それが八月のことで、その内容が「Ｗｉｌｌ」二〇一二年一〇月号に掲載されます。対談ではあるけど、ひたすら百田が安倍を焚き付ける、応援する、という感じです。一生懸命だけど、政治的に利用されているような、ちょっと滑稽感もあって、読んでいて複雑な気持ちになるんですけれども……。

対談の中で百田は「秋の総裁選に出ますか？」と尋ねます。対談時の安倍はそれに明言を避けたんだけど、百田さんは「出るつもりだな」と感じたらしい。そして対談後間もなく、安倍は絶望的といわれていた自民党総裁選で逆転勝利を収めます。

当時はまだ民主党政権だったんですけど、そこに突然、野田佳彦首相が解散総選挙を言い出す。そういう民主党の自滅もあって、総裁選勝利の三ヶ月後には、自民党が衆院選に圧勝。安倍晋三が再び総理大臣の座につく。しかもそれは、震災と原発公害事故によって、日本が未曾有の危機に襲われているときだった。

安倍さんの政治家生命を懸けた戦いが、奇跡を起こした。だからベートーベンにとってのナポレオンみたいな感じで、百田尚樹は自分にとっての世界史的な英雄のイメージを安倍晋三に投影しているところがある。

ただ、ナポレオン的な不屈の英雄というよりも、自分の病気（潰瘍性大腸炎）とストレスと弱さに打ち克った男、という感じでしょう。自分が理想としていた神話的な英雄が現実に目の前に現れたような驚き、衝撃を受けたと思う。

そしてその中で、百田尚樹自身が自らの運命というか使命を見出したのではないか。

僕の想像では、それはまさに自分の小説『影法師』で描いたような、男同士の「殉愛」としての使命ではなかったか。つまり、本当に社会を変革しようとする政治的人間のために、自分はバカにされても、身を滅ぼしても、それを応援し陰ながら支える。それが究極の殉愛であり、理想的な男の生き方である、と。

安倍晋三こそが、ロマン主義の極点としての、ヘーゲルの言う世界精神の具現化であり、それがそのまま純粋な日本精神でもあると。そのあと百田さんは、また「安倍晋三論」（「ＷｉＬＬ」二〇一三年一二月号）を書いています。

麻生太郎とクールジャパン

杉田　こうして、震災後の日本の復興と、安倍晋三の政治家としての奇跡の復活劇とが微妙に絡みあいながら、『海賊とよばれた男』は執筆されていた。

実際に、この小説が刊行された直後に先ほどの「さらば！売国民主党政権」が発表されている。小説執筆の時期とこの論文の時期から考えて、百田は『海賊とよばれた男』を書きながら、どこか安倍をイメージしていたと思う。

直接対談の一ヶ月後に安倍晋三は自民党総裁になり、その三ヶ月後には首相の座についている。しかも安倍さんは、衆院選の直後（一二月二〇日）、百田の『海賊とよばれた男』を読んだ感想をフェイスブックに書く。つまり多少なりとも、『海賊とよばれた男』の主人公に自分を重ねつつ、自民党内で戦っていたと思うんですね。そしてこれが本屋大賞を受賞すると、祝福のメールを送っています。

だから百田尚樹は、自分の小説の主人公に安倍晋三を明確に意識しているどころか、フィクションと現実、小説と政治が入り乱れるような、そういう奇妙な感覚というのを、この時期に味わっていたんじゃないか。

つまり、これは単純に、安倍陣営が唆（そそのか）して、百田を広告塔に使って、それゆえに百田がネトウヨ化した、という感じでもない。自分からそこに関与し、騙し騙され、騙されたくなってしまったというか、そのうえでさらに権威を利用して騙しているというような、複雑な欲望の産物なのではないか。

そのようにして、震災後のこの時期の百田尚樹は「転向」して、小説家としてはダメになったのではないか……というのが、僕の言いたいことなんですけれどもね。

まあでも、難しいですよね。もともと水面下では、「ＷｉＬＬ」や幻冬舎の根回しや陰謀が着々とあったかもしれないから……。活字化されているものだけからは読み解けない事情がたくさんあるでしょう。

とはいえ、いずれにせよ、この辺りの時期に、『永遠の0』の頃にはまだあった、家族と国家が逆立するという吉本隆明的な構造が消えて、同心円的な「個人＝家族＝会社＝国家」という世界観に落ち込んでいった。その一つの象徴が『海賊とよばれた男』という小説であり、それがさらに頽落していくと『カエルの楽園』のようなプロパガンダ小説になっていくのかなあ、というのが僕の見立てです。

藤田　これは僕の仮説なんですが、安倍首相はもちろん百田尚樹と直接繋がっていますし、電話も月一ぐらいでしているようなので重要なのですが、文化・芸術に対して政治がアプローチするという戦略面においては、クールジャパン政策との関係が重要なんじゃないかなと感じています。

それは安倍晋三よりも、副総理の麻生太郎に近い方面を見ていったほうがわかる感じがします。麻生さんは二〇〇七年に『とてつもない日本』（新潮新書）という本を刊行しています。それを読むとわかるのですが、基本的にクールジャパン政策や価値観外交というのは、文化・芸術の力を政治的に使おう、ということです。

『とてつもない日本』を読むと、日本は衰退してもうダメだというネガティブな物語をまき散らす人々がいて、新聞やメディアもそういうことを言っているんだけれど、それは嘘であり、我々はもっと活力を取り戻さなきゃいけないんだ、と主張しています。実際に今の日本は、そうした麻生的な路線で行っていると思います。

麻生はオタクを鼓舞すべきだ、とも主張している。彼は総理になったとき、すぐに秋葉原へ演説に行ったじゃないですか。世間ではオタクやニートはネガティブに言われているけれど、日本のサブカルチャーは海外で好意的に受け容れられ、外交上有利な状況を作れているんだと主張し、あたかもオタクは日本を守る戦士であるかのように鼓舞するんですよ。逸脱的で反抗的な人たちをも国家に包摂するための見事なアイデンティティ政治だと思います。

たとえば『とてつもない日本』によれば、中国の重慶で行われたサッカーの試合の際に反日感情が噴出した一方で、同時期に谷村新司が上海で大規模な野外コンサートを成功させていたという。だから日本のネガティブな負の歴史のイメージを変えて、自分たちの価値観を変えたり、親日的な人々を増やすべきである。そのときに、オタク的な日本のサブカルチャーはポジティブな価値を持つんだ、という主張です。

僕はこれに、イメージによる歴史修正主義的なものじゃないかと批判したい気持ちと、「そうやって仲良くなるのはいいことだよね」という気持ちの両方に引き裂かれる思いがあります。

いずれにせよ、政府がサブカルチャーの持つ力に注目し、介入するという流れは、すでに二〇〇七年にはあって、それがずっと続いていると思うんですよ。

そうした流れの中で、政権の方針として、サブカルチャーは使えるんじゃないかとか、百田尚樹と仲良くしていたほうがいいんじゃないかとか、そういう方針でツバを付けていた可能性は、十分にあるのではないか。安倍首相が個人としてどうこう、ということではなく。

杉田　そうすると、百田尚樹はそういう流れの中でまんまと騙されて使われてしまった、ということなんでしょうか。

藤田　どっちなんでしょうねえ。普通に感化されたのかもしれないし。国家的な大きい規模のものと組んで、一発当てたい、名を残したいと思ったのかもしれないし。もっと普通に本気で賛同しているのかもしれないし。

国家の戦略としても、活力を作りたい、日本のイメージをよくして政治や経済をもうまく回したい、ということは別に悪いことでもないと思うんですよ。非実体経済がこれだけ大きくなった現在では、イメージや印象や気分で物事が大きく動くから、そうせざるを得ないというやむを得なさも、少しはわかります。

とはいえ、ネガティブなところは一切見ないまま、非現実的な思い込みを人々が抱いてしまって、超国家主義的に暴走したらヤバい、ということは率直に感じます。

杉田　百田尚樹と安倍晋三の個人的な関係をあれこれ穿（うが）っていくよりも、着々と進められてきた政策や流れにもっと着目すべきである、というのが藤田さんの考えですよね。

藤田　そうですね。「政治と虚構」の絡みあいに注目するべきだという主張の根拠は、その辺りなんですよ。ただ、頭ごなしに政策や作品を否定するつもりはないんです。その必然性も、プラスも、確かにある。オタクにかぎらず、例外的で反抗的で逸脱的な存在をきちんと国として包摂する、という姿勢を示したことは、必ずしも悪いことではないですよね。

現在のポピュリズムやトランプ政権を支持する人々は、インテリや左翼やリベラルから排除されてきた、と感じている人々であり、彼らがネットなどを通して発言し続けて力を持ってきたわけです。逆にそういう人々のことを、同じ国民だから包摂して救おう、という経世済民的な発想をポピュリストは持っていた。だから成功した。

『海賊とよばれた男』も『影法師』も、政治家とはもともとそういう存在であるべきであり、積極的に人々を救うんだ、という姿勢を示しています。そして例外的な人々も活躍できます、とエンパワメントしている。そこは軽視できないと思うんですね。

『夢を売る男』

杉田　これは初のユーモア小説です。ベストセラー作家である百田の立場から、現在の自費出版業界の状況をブラックユーモア的に描いています。

　主人公は牛河原という男。ほとんど詐欺的な自費出版によって荒稼ぎする男です。

　自費出版ビジネスへの批判的なアイロニーでもあるんだけど、マルクスの『資本論』を反転させたマンガの『ナニワ金融道』のように、出版資本主義の現状に乗っかってひたすら稼ぐことを完全に受け容れた男の物語なんですね。現代では夢を見るにも金がいるんだと。

　たとえば、何もしないのにスティーブ・ジョブズになれると思っている二五歳のフリーターを騙したり、別の男性に対しても君は太宰治の生まれ変わりだと煽って、ゴミみたいな小説のために自費出版の費用二〇〇万円を払わせたりします。

　特に昨今の純文学業界に対しては辛辣（しんらつ）です。ろくに売れない純文学なんてものは、自費出版ビジネスよりもよっぽどペテン商法じゃないかと。誰にも売れない、誰にも読まれない小説を大量に出して、大赤字で……文芸誌に寄生して、それが潰れたら食えなくなる純文学作家なんてみんな廃業しろ、そういうやつらは市場に淘汰されて当然だ、という見解ですね。

　売れなくても立派なものを書いている、という言い訳は最悪であり、あいつらは「血で書いた原稿」と言うけど、そんなのただの「赤インク」なんじゃないか、牛河原はそういうふうに痛烈に純文学業界を批判しています。

　どうやら牛河原もかつては真面目な、夢や理想もある編集者だったものの、出版業界の現実を前に絶望して、すべてを諦めて、資本の論理にのっとって徹底的に搾取する側に回ったようです。

たとえば、まだ業界に染まり切っていない部下の若い女性編集者が、子どもを難病で亡くしたある母親の『純君、天国で待っていてね』という本を担当して、なんだか弱り切った人を騙して稼いだみたいだ、という罪悪感を抱えています。その本を自費出版した母親は、泣いて感謝してくれた。それがまた罪悪感を強めると彼女は言うんですね。

それに対して牛河原は、それこそがまさに編集者の誇りだろ、もっと喜べ、と叱咤激励する。ここなんかは、ちょっと壊れた凄みがありますね。

さらに小説家としての百田尚樹に対する自己諧謔もあります。「元テレビ屋の百田某」なんてダメだ。カレーもラーメンもたこ焼きも売るやつなんて生き残るわけがない。じきに消える作家だろう。そんなことをメタフィクション的に、ユーモラスに書いています。

ただ、ラストに、先ほどの部下の若い女性編集者が、あるおばあさんが書いた原稿を持ってくるんですね。これは本物です、だから儲けなしに出せないですかと。

牛河原はOKする。どんなにくだらない出版業界の中でも、いいものはいいんだ、それを守ることが編集者としての最後のプライドなんだと。最後の最後に突然、芸術至上主義的な「本物性」という価値観が回帰してくる。

この辺は非常に百田さんらしい。どんなにポストモダン的な、すべてが相対化されて商売に化していく世界の中でも、やっぱり本物の文学はある、純粋な本物はあるんだ、という。

伝統芸能化した純文学に閉じこもっていてはダメで、商業化とエンタメ化の試練をくぐりながら、それを超えていくところに、真の芸術や文学が出てくる、ということでしょうか。

百田尚樹の物語論

藤田　この作品は夢を売ること自体をテーマにし、夢を見させて騙すビジネスの話です。フリーターを騙すエピソードは面白いわけですよ。彼は、自分は才能があり、今は認められていないけれど、いずれ大きな仕事をすると思い込んでいる。ひょっとしたら、百田自身だって、売れる前はそういう気持ちだったかもしれない。

だからそういう人々を皮肉に批判しながら、同情心を持って書いている部分もある。ビジネスの手口を書いている部分なんかはそうですね。夢を見せて騙して金をとるビジネスの良し悪しを議論して、葛藤していますよね。カウンセリング代わりだからいいんじゃないかとか、満足感を得られればそれで十分じゃないかとか。

自分たちの商売のいちばんの特徴はメンタルケアだ、と言うんですね。それは歴史修正主義的なポジティブな物語を大衆に売っている百田自身が、多少なりとも、自分の商売について葛藤しているのかもしれない、とも読み得る部分がないこともない。

あまりにも本が売れないから、出版業界自体がネガティブで暗くて、シュリンク寸前の状態なんだと言っていますね。さらにブログやSNSが出版業界の構造を根本的に変えた、という認識も示していますね。書きたい人間ばかりが増えて、本を読む人間がいなくなった。だからこそ、必然的に、自費出版ビジネスが出てくるんだと。

純文学批判の部分はルサンチマンも感じるんだけど、シュリンクしかけた業界をどうすればいいのか、という危機意識もありますね。ある意味では新自由主義的ではあります。無駄な伝統芸能に金を使うべきではないという、橋下徹と同じ思想ですね。売れるものがいいものだ、という文化・文学観は、あまりにも貧しいと思うけど。

杉田　大阪商人的な商売感覚がありますね。ある意味ではニヒリズムだけど、ある意味ではリアリズム。

藤田　注目すべきは、作中で語られる小説の方法論、物語論ですね。わくわくどきどきするのが小説の基本なんだと。物語はそもそも洞窟で語っていたものであり、より原初的で本能的なものだった。しかし純文学は小難しくて、わくわくどきどきしない。だから自分の作品のほうが上だし、エンターテインメントのほうが優れているんだとでも言いたげな文学論、物語論ですね。

批評家や評論家への批判もあります。面白いのは、戦場の比喩でそれを語るんですね。小説家は銃弾が飛び交う戦場で戦っている、でも批評家や評論家は戦場で戦っていないんだと。

つまり小説を書いたり、非難を浴びたり、世の中を騒がせたりすることを、百田尚樹は戦争のメタファーで捉えている。しかも、それを本人は楽しんでいる。ウォーモンガー（戦争屋）気質がある。

それから文庫版の解説の執筆者が、例の花田紀凱で、本編とは関係ないけど、自分たちが嫌韓本、嫌中本を売っていることへのエクスキューズがある。別に誰も訊いてないし責めてないのに、わざわざそういうことを書いているのが興味深い。嫌韓・嫌中ビジネスは、騙すことであり、人々の感情やメンタルをケアしてお金を巻き上げているんだ、と率直に吐露しているようにも読める。

杉田　出版ビジネス業界に対するアイロニーと、その中で小説家をしている百田自身への自己批評が常にメビウスの帯のようにねじれていて、そこが面白かった。

藤田　本が売れないという時代の中で、何か根本的にスタイルを変えなければならない。そういう認識がありますね。経済的衰退の中で、新しいメディアなり内容に生まれ変わらないといけないという思想ですね。それは日頃の百田自身の振る舞いと近いんですよ。政権に近づいたり、保守論壇と関わったり、ツイッターで喧嘩したり、新しいスタイルの作家に生まれ変わらねばならない、という実践を彼はしてきたわけですから。

杉田　どんなにすべてが相対化されていく状況でも、本物の文学は本物として残る、というラストがやはり気になります。利益度外視の「本物性」、資本主義を超えるような文学性が突然回帰してくる。俺の小説こそがそれなんだ、という矜持を示したのかもしれませんが。

藤田　そういう小説をちゃんと書けばいいと思うんですよ。売れなくてもいいから。

杉田　利益度外視の『錨を上げよ』がもしかしたら、彼にとってはそういう小説なのかもね。その内容が本当に「本物」なのかはともかく。これ、どれくらい売れたんだろう。

『フォルトゥナの瞳』

杉田　木山慎一郎という青年が主人公です。子どもの頃に両親と妹を火事で亡くし、天涯孤独になり、児童養護施設でも虐められていた。これも階級的に下層の人間の話です。善良で、気が弱く、自分に自信を持てない。ずっと恋人も友人もおらず、川崎市の自動車コーティング工場で真面目に働いていた。

それがある日突然、他人の死の運命が見えるようになる。間もなく死ぬ人の身体が透けて見えはじめる。それでは、間もなく死ぬ運命の他人を救えるのか。スティーヴン・キングの『デッド・ゾーン』のような、超能力に突然目覚めた青年の、人知れない苦悩と悲劇が主題になっています。

藤田　これ、ちょっとよくわからない小説ですよね。主人公は内向的で劣等感が強く、うじうじしている人物です。たとえば『モンスター』のときにも、缶ジュース一本を買うにも勇気がいるような、手取り一二万円の人間のリアリティを描いていて、それはすごかった。『フォルトゥナの瞳』を書いたときには、百田尚樹自身は十分に成功者になっている。にもかかわらず、孤独で他者との関わりの薄い人生の寂寥感、生の無意味さ、非モテのつらさなどを描いていて、しかも結構そこにはリアリティがある。初めての恋人ができて、七〇万円もする指輪を買ったのに、それをすぐなくすとか、バカげた感じの描写がとてもうまい。

他人の死が見えて自己犠牲的に人を救う、という物語であり、それによって青年が自らの人生の意味を獲得していく。その意味では従来の百田作品の構造と同じですが、ただ、今回は別に国家のため、ということではありません。その寓意とも読めますが。

杉田　この時期のほかの百田作品を考えると、なぜこのタイミングでこの作品が書かれたのか、ちょっと不思議ではありますね。

藤田　国家や企業のためではなく、単に孤独に自己犠牲するだけの青年の物語を、なぜこの時期に書いたのか。

杉田　もしかしたら、『海賊とよばれた男』で、ちょっと国家主義的でアッパーな成功物語に行きすぎたから、それを引き戻す感じで、もう一度、鈍く冴えない青年の地味な物語に戻ろうとしたのかな。揺り戻しがきた、というか。

ただ、百田氏の場合、実際に執筆した時期と刊行時期にズレがある場合もあるので（『錨を上げよ』や『モンスター』など）、もっと前に書きあげていた可能性もありますが。

いかにも百田的な、通俗的でウェルメイドなエンターテインメントではあります。無名の青年が、世間からは嘲笑され、頭のおかしい人間と誤解されても、自己犠牲的に、列車事故で死ぬはずだった多くの人々を救う。『永遠の0』や『影法師』などと同系統の物語です。パターンとしてはちょっと、さすがに出涸らし感は否めないかな。そんなに重要な作品じゃなくって、軽い気持ちで書いたのかもしれないね。

藤田　今回は、知られないところで世界を救っていた日陰者、といういつものパターンを、救う側の立場から書いてみようとしたんだと思います。

似ている話でいえば、キングの『デッド・ゾーン』では、ある人物が大統領になって核戦争を起こすことを予知した男が、暗殺を試みて、ひそかに世界を救い、誰にも知られないまま死にます。『デッド・ゾーン』の場合、主人公の未来予知は、時代の行く末や徴候を読むことのメタファーです。『フォルトゥナの瞳』も、現代日本の政治はこのままだとヤバい、それをどうにかしたい、という話として受け取れるならば、それは百田尚樹らしいという気もしますが。

しかし、死ぬ運命の人間は身体が透けて見えるっていう設定が、物語に有機的に生きていないですよね。

他人の死の運命を変えれば、自分の心臓や脳の血管にダメージがあって、命を削っていく、という設定になっている。具体的な行動をすればするほど、ひどい目に遭う。それはたとえば、福祉の仕事にのめり込んで燃え尽きていく人のようでもある。そしてこの青年がそれだけ命を削っても、その報酬が女性と一回セックスができただけ、という。

杉田　エピローグでは――これはネタバレですけれど――、主人公の恋人になる葵という女性もまた、じつは同じ超能力者だった、と判明します。まあ、テンプレート的なオチではありますが、じつは同じ超能力者同士、葵は主人公の内面の孤独を完全に理解していたわけですね。

主人公はその事実に気づけないまま死んでしまう。葵のほうは一人、悲しみの中に取り残される。そういう男女の非対称性が露呈します。つまり、若い女性の承認と献身によって、自己犠牲的に死んでいく男の孤独がかろうじて癒される。そういう構造です。

前にも言ったけど、これは、震災以降に刊行された『プリズム』や『殉愛』とも共通する男性的なロマンの構造です。若い女性によってケアされ、いわば「看取られる」物語。

しかも、セックスよりも、メンタル面のケアであるというのも重要なんでしょう。『殉愛』でも肉体関係のなさが執拗に強調されていた。あまりにも執拗に強調されすぎて、逆に肉体への強い欲望を感じさせるほどに……。

藤田　葵と主人公が『影法師』における二人に相当するんでしょうねぇ。どちらかといえば、ある特別な能力を持った人間同士しかわかりあえない孤独、に力点があると思います。

盛り上がらない理由は、「多くの人はこう見ていて、自分もそう思っていたけど、真実は違った」という、いつもの百田作品にあるひっくり返しがないからかもしれませんね。倒叙モノになっているから、読者にとっては逆転の驚きが一切なくてつまらないのかも。

『殉愛』

杉田　二〇一四年に亡くなった歌手でありタレントであり、「浪速（関西）の視聴率王」とも呼ばれたやしきたかじんの闘病生活と、その死の三ヶ月前に結婚した三番目の妻、さくらという女性の「殉愛」についての「ノンフィクション」作品です。

しかし内容に入る前に、まず率直に、『殉愛』という本を単体として、普通の意味でのノンフィクションとして読むのは難しい。それは言っておかねばならない。そもそもこれをノンフィクションと呼んでいいのか。最低限のルールすら守っていない。多くの人がそう批判しています。ネット上でも、刊行当初から、この本の内容の真偽をめぐっては、様々な検証が行われています。

何よりまず、この本の内容には事実と著しく異なる虚偽があり、名誉を傷つけられたとして、たかじんと最初の妻との間の娘（長女）と、たかじんの元マネージャーのKさんから裁判を起こされ、それぞれ、百田尚樹と版元である幻冬舎が完全に敗訴しています。

さらに『殉愛』の内容に関しては、角岡伸彦・西岡研介・家鋪渡・宝島「殉愛騒動」取材班『百田尚樹『殉愛』の真実』（宝島社、二〇一五年）という、ファクトチェック的な書籍も出ています。これは非常に手堅い取材方法によって、百田尚樹の『殉愛』がどれだけ一方的な見方に基づき、事実を重んじず、虚偽によって塗り固められているか、そのことを徹底的に批判したものです。関係者にもしっかりと取材しています。ちなみに角岡さんは、やしきたかじんについてのノンフィクション『ゆめいらんかね　やしきたかじん伝』（小学館、二〇一四年）によって小学館ノンフィクション大賞優秀賞を受賞した人です。

さくらは、この『百田尚樹『殉愛』の真実』に対して、発行元の宝島社を相手どって損害賠償などを請求する裁判を起こしていますが、こちらも東京高裁の二審でもさくら側の敗訴となり、『真実』本の真実性をかえって確定させてしまう、という結果になっています。

それらの批判的検証やファクトチェック、裁判の過程、メディア的な展開なども含めて、つまり『殉愛』というテクストだけではなく〈『殉愛』問題〉として、百田尚樹の『殉愛』は読んでいくしかない。ただその意味では、意識的かつ無意識的な炎上芸人というか、メディアアイベンターとしての百田尚樹らしい作品である、とも言える。だから厄介。

藤田　虚構と現実を織り交ぜて、メディアイベントを作り出して騒動を巻き起こす、というタイプの作品としては、百田作品の中でも、最も注目すべきものの一つでしょう。ただ、質はかなり低下している、と思う。嘘か本当か、というレベルではなくて、文章とか構成とかロジックが相当崩れている。正確なところを知るには裁判の過程などを具体的に追うしかありませんが、どうも百田は、さくらさんという片側だけの言い分を鵜呑みにして、それを拡散するための道具としてうまく利用されてしまったとしか思えないですね。どうにも裏付けが甘すぎますよね。

論理的にも、明らかにおかしい箇所がたくさんあります。たとえばタイトルの「殉愛」というのは、たかじんの新しい奥さんがお金を一切求めず、善良な心だけで献身的にたかじんの晩年を支え、愛に殉じた、ということを言わんとしています。

しかし実際は、裁判の結果や『百田尚樹『殉愛』の真実』という本を読むと、マンションの金庫に何億円かのお金があり、それを自分のものだと主張していたり、たかじんが遺言書に書いた寄付をストップさせようとしたり、どう見ても無償の愛とは異なる行動をしている。

これは完全に致命的な欠陥でしょう。事実を片側からだけ見て、自分たちに都合のいい部分だけを取り出して、それを美化してしまっている。

たかじんとさくら、両者への自己投影

杉田　そもそもこの『殉愛』という作品は、プロローグで明らかにされているように、さくらサイドからの百田へのアプローチによって書かれています。しかも百田が『殉愛』を書くと決めた動機の一つが、週刊誌やメディアがさくらに対するデマやフェイクニュースを流している、それを批判して真実を明らかにしたい、ということだった。話が奇妙にねじれている。

メディアの虚偽と偽造から愛の真実を取り返すんだ、気の毒な被害者のために小説家として真実を明らかにするんだ、という正義感によって書かれている。無意識の本音がどうなのかはともかく。

本の最後のほうには（四〇六ページ）、読者のみなさんにはにわかに信じられないかもしれないが、この物語はすべて真実である、と書かれています。さくらは献身的・超人的に己を犠牲にして、やしきたかじんの晩年を支え続けた。そして、これはたかじんという愛を知らなかった男が、さくらの殉愛によって本当の愛を知るまでの物語である――と。

たかじんという人は女性関係も多く、隠し事も非常に多かった。これは公然の事実です。さくらはたかじんの言動を常に疑い、不信の念に苦しみつつも、たかじんの愛を信じようとする。と、百田の『殉愛』の中では書かれているのですが、ここには多分、百田自身の、相手に騙さ

れながら、疑いながらも信じたい、むしろ騙されてしまいたい、という欲望があり、それをさくらの欲望（疑いつつも愛そうとする）に折り重ねている。何重にもねじれている。

しかもややこしいことに、それだけじゃなくって、百田の中には、自分もまたいろいろ嘘をついているけど、周りの女性たちから信用してもらいたい、という気持ちもあるらしく、それを対象であるたかじんの人間性に投影しているように見える。

女遊びのだらしなさ、嘘や秘密の多さという側面と、それでも少年のように純粋な愛だと言い張る側面。その両面がたかじんの中にはあるんだと。そういう分裂そのものを引き受け、統合してくれる存在として、女性であるさくらの献身的な愛がある、というわけですね。

つまり、たかじんサイドとさくらサイド、そのいずれにも百田は自分を投影して、二人の関係を行ったり来たりしているように見える。能動と受動、騙すと騙される、男性性と女性性、等々が未分化なまま反転して、渦巻いていく。そういう不気味さがこの本にはあります。

ただ、さっきも言ったけど、そもそも『殉愛』は、百田なりのフェイクニュース批判（ファクトチェック）を動機の一つとして書きはじめられた。少なくとも彼の主観においては、そうなんです。しかし、その後の裁判の経過や『百田尚樹『殉愛』の真実』によれば、この『殉愛』という本自体がまさにフェイクであり、歴史偽造であるとしか思えない。しかもそれらをあわせて『殉愛』を読んでいくと、すべてはこのさくらという女性の計画であり、陰謀であり、操作であるようにも見えてくる。

この人は、かなり他者を操作するタイプの女性であり、過去の経歴にもいろいろな虚偽があるようです。とすれば、百田尚樹という作家はやはりこの女性に操作され、騙されていた、とも見えます。

しかも『殉愛』発売当日に、『中居正広の金曜日のスマたちへ』で二時間の特番が組まれ、関西では二〇%くらいの視聴率も取った。つまり、『殉愛』の出版は、メディアイベントとしてあらかじめ仕掛けられていたことになる。

『百田尚樹『殉愛』の真実』の調査によれば、さくらの発言の真実性を裏付けるといわれていた「たかじんメモ」にも、本人の筆跡と異なる部分があり、偽造の疑いがある。あるいは『殉愛』の中でも重要なポイントとなった、たかじんがさくらのために「順子」という曲の替え歌を歌って、それをたかじん自らが録音した、というエピソードについて。どうやらこれも、たかじんが自分から歌ったというより、さくらの側が半ば強引に歌わせて、自分に有利な状況を作るために録音したものらしい。

とすれば、何もかもが純愛や殉愛どころではありません。すべては一人の女性の操作的で戦略的な偽造だったのではないか。ファクトチェック本を読むと、そういう裏の「真実」が浮かび上がってきます。

要するに、百田もたかじんもさくらも、ここに出てくる登場人物たちは、みんな言動に何らかの虚偽があり、物事を誇張しがちな人々のようだ。つまり、フェイクにフェイクを何重にも幾層にも折り重ねる形で、『殉愛』という本は成り立ってしまっている。

そこには、さくらという女性を信じたい、というより、騙されたいという百田の欲望があるように思える。ある種の人間にとっては、殉教者の「信じたい」という信念よりも、「騙されたい」という倒錯的な欲望のほうが強いのではないか、と思うほどに。

ノンフィクションとしては、これは明らかにルール違反なわけですよ。しかし、現代的な問題として考えれば、そもそも、実証的で客観的な事実はどうでもいいんだと。「事実」なんてものはすべて相対化されフェイクになってしまうのだから、その裏に、あるいはその背後にある、情動や愛を持った言葉こそが大切であり、そこに「真実」が宿るんだと。これはいわばハイデガーの『存在と時間』のような世界観ですね。

ハイデガーは、大衆化した人々の表面的なおしゃべりの中で、真実というものは、死を賭した決断によってしか見出されないんだと言いました。おそらく百田にとっては、そういうハイデガー的な意味での「真実」がこの『殉愛』という本にはあるんだ、ということだと思う。

自己欺瞞が殉愛を純化する

藤田　百田さんがさくらさんに騙されているとしか思えないですよね。これは汚点になる作品だと思うけれど、メディアイベントの件、虚構と現実の関係の側面など、とても興味深い作品でもある。

義理や人間関係でいえば、テレビ局への義理でこの『殉愛』の仕事を引き受けざるを得なかった、というもっと打算的で即物的な面が強いようにも見えます。テレビ局の人たちは、最初はさくらさんサイドだったわけですよね。たかじんさんの番組の冠に「たかじん」と付ける権利があるのがさくらさんだと思っていたから。どうも百田さんはその義理や縁でこの仕事をやることになったらしい記述がある。

報道によると、今はテレビ局はさくらサイドから距離を取って、「やしきたかじん」という看板もほとんど取っ払って、契約も切ったとのことです。テレビ局の人たちもさすがにおかしいだろ、ってわかったんでしょう。

杉田　そうすると、身も蓋もなく世俗的というか、純愛も殉愛もへったくれもないですね。

藤田　世俗的な利害関係を美しい「愛」の話に変えるところが、まさに百田尚樹の作風そのものですよ。それにしても、百田尚樹は今、『殉愛』を書いてしまったことをどう思っているんだろう。

杉田　百田とさくらの関係が、大阪のテレビ業界との関係を前提にしている、というのはそうでしょうね。『殉愛』の中には、たとえば橋下徹や有名なお笑い芸人たちも実名で登場します。具体的で親密な人間関係と、テレビ局をめぐる利権や権力の問題が、そこでは切り分けがたく結びついている。

百田という人には、単純に、自分を認めて評価してくれた人を過大評価してしまう、というところがある。親密さとカネと権力がドロドロに渦巻く場所に、受動的に巻き込まれつつも、好きこのんで自分から飛び込んでいく。しかし、現在のポストメディア時代の権威欲って、百田にかぎらず、そういうものかもしれないね。

藤田　自分でもおかしい、と感じながら書いていると思しき部分もありますよね。たとえば、たかじんの文章がフェイスブックに突然アップされた件とか。そんなことできる人はかぎられている。

百田自身の都合で意図的に隠している部分がいろいろありますよね。たとえばさくらさんに離婚歴があったことなどですが。もちろん、何もかもを表に出す必要は当然ないんですが、利害が大きく絡む物事で、読者の印象を変えてしまうことなわけですから、フェアではないですよね。

正直言って、『殉愛』以外のほかの作品の手つきすらも、根本的にちょっと疑わざるを得ない。というか、その手つきの問題性が覆い隠せない形で露呈したのが本作ではないでしょうか。

杉田 哲学者のウィトゲンシュタインが、人間は世界の内部にあるものすべてを見ることができて、その事実や命題の真偽を判定することができる、しかし「世界」そのものは見通すことができない——なぜなら「世界」とは「自分」そのものだから、というようなことを書いていますね。比喩的にいえば、眼球は、視界に入るものすべてを見ることができるけど、眼球それ自体を見ることはできないと。

そのような意味で、百田尚樹（的な人間）にとっては、世界のリアリティはまさに『殉愛』に書かれているとおりなのかもしれないですよ。不都合な事実は見ないようにする。でも自分でも無意識にちょっと疑わしいと感じているから、ますます強く自分の信念を自己強化し、自分を騙さざるを得ず、自己欺瞞を強めていく。

つまり、自己欺瞞的であるからこそ、殉愛が純化されていく、という構造があるのではないか。そういう騙し／騙されの情動こそが愛であり、そういう愛においては、マジにガチに『殉愛』が描く「世界」は「真実」なんだと。

藤田 でもその「愛」「真実」はたかじんさんの娘さんや、たかじんさん自身にとっては、すごく迷惑で、破壊的なことじゃないですか。

杉田　うん。長女やKさんは「敵」なんですよ。「敵」は彼らの「世界」の外部にいる。だから徹底的に非人間的に描かれる。彼らの「言葉」が作中には出てこない。

藤田　利益や利権を守るために、誰かを都合よく敵に仕立て上げて、敵／味方の構造を作り上げる、というテクニックがここで用いられていますよね。利害が対立する相手は「悪魔化」されている。常識的には、こういうときは両方の意見をちゃんと聞くべきなんですが。

杉田　一方の側の主張を信じすぎず、ほかの人の意見も聞いて対象を相対化して、それでもそこから真実を明らかにしていく、というのがノンフィクションの最低限のルールだと思うんだけど。というか、ノンフィクションにかぎらず、本当はそれが「人間」が公的発言において守るべき普遍的な条件でしょう。

藤田　「事実」や「論理」が力を持たず、感情や情動で人々が信念を形成しがちになるのが「ポストトゥルース」ですよね。その代表例のような作品です。長女やKさんは、冤罪（えんざい）を被ったようなものですよね。こういう片側だけの意見を聞いて感情的に何かを決めつけることは、現在では頻繁に見かける、という実感があります。

しかし、メディアイベントとしては、盛り上がりました。ネット上にも探偵的に振る舞う人々があちこちに現れて、『殉愛』の真実についての調査を行っています。そういう探偵的なイベントを作り出したわけだから。天然なのか狙ってなのかわかりませんが、ネット時代の作家だなぁ、と感じましたよ。

唯一描かれた百田尚樹の「真実」

杉田　僕の感じだと、『殉愛』の中には、百田尚樹という人間の世界の見え方や「真実」が本当に書かれているんじゃないかなあ。やしきたかじんやさくらの真実はこの本の中にはほとんどない。しかし百田尚樹の「真実」だけは、「真実」だけが、ここにある。

藤田　どうですかねえ。そうだとしても、その「真実」はほかの人から見れば単なる思い込みでしかない、と思いますけどね。普通それを「真実」とは呼ばないですよ。

杉田　ある時期までは残っていた現実感覚や自己相対化を完全に見失って、ついにこういうところまで辿り着いてしまった。一切の「事実」がなくて、ただ百田にとっての「真実」しかない世界ですよ、これは。ガチでマジの今の百田尚樹のリアリティを生々しく記述すると、こういう世界になっちゃう。

藤田　臨界点ですよね。これは作家としての評価を失墜させたでしょうね。

杉田　これを出してしまったら、もう、百田尚樹の書くすべてはフェイクであり、嘘八百であり、歴史修正でしかない、としか思えないものね。まったく現実を見ていない。リアリティだけがあって、ファクトがない。しかし、現実をまったく見ようとしない人こそが、現実に対する疑似英雄的で怪物的な影響力を持っていくという……。

藤田　政治家としての安倍晋三を信じ続ける、というのはまだわかるけど、何でさくらさんなんですかね。いくら自分が世間から批判されても、この人に賭けます、というほどの対象たり得るんだろうか。そこが『殉愛』の悲しいところですよ。

しかも、いろいろな問題が露呈したあとも、百田尚樹が彼女のことを支援し続けているかといえば、別にそうでもないじゃないですか。ちょっとヤバくなったら、あっさり手を引いてますよね。

杉田　当初はちょっとツイッター上で反論していましたね。裁判を起こした側の連中がどんなにひどいか、やがて怖ろしい事実が明らかになるだろう、とか。しかしそれも根拠のない強がりで、すぐ説得力がなくなって、だんだんフェードアウトしていった。さすがに諦めたっぽい（笑）。

彼にとっても、この本は存在しなかったことになりつつあるんですかね。確かに、今、この本を書いてしまったことを、本人はどう思っているんだろう？

藤田　結果的に、大阪のテレビ業界のある部分のリアリティを映しとっているのでしょう。さくら側の主張が虚偽だとしたら、テレビ局の人たちだって、報道やメディアを通してそれに加担し拡散したわけだし。

杉田　自分のダメさや弱さを見つめて、男にとって愛や生の意味とは何だろうとそれなりの長い時間、試行錯誤を続けて、『永遠の０』や『影法師』の中でやっと見出した「殉愛」という一つの考え方が、結果的にこの『殉愛』のような、安っぽいフェイクにフェイクを重ね、自己欺瞞に自己欺瞞を重ねるようなものに転落してしまったのだとしたら、この人の人生って、一体、何だったんだろう。

藤田　これまでは騙す／騙されるということをフィクション作品の中である程度対象化して描いていたのに、今や作家自身がそこに飲み込まれ、周りの人もそれに巻き込まれていくようになる。第四の壁（フィクションと現実の間の壁）を越えてきちゃった。不思議な宿命の作家です。

杉田　こうなると、百田尚樹と安倍晋三の関係もこんな程度のものなんだろう、という気になってきますね。虚しいな。

藤田　『殉愛』の中に「安倍さんの応援団」という言葉が出てきますが、こんなに露骨に書いちゃっていいんだ、って驚きましたね。

杉田　フェイクニュース時代のリアリティをむき出しの形で表現してしまって、それが何かの間違いで世の中に本として出てしまった、という痛々しさがある。周りに誰か、出版を止めてくれる人はいなかったのか。それも痛々しくて、悲しい。

藤田　フェイクニュース時代、ポストトゥルース時代を体現したテクストとイベントとしては、非常に興味深い事例ですよね。百田尚樹という特異な才能が招いた一つの事件ですよ。

杉田　百田の記述によれば、やしきたかじんは、六〇歳を過ぎても「少年のような純情さを持っている男」（一六五ページ）であり「幼い子供」（一八八ページ）のようだった、とされています。百田の『錨を上げよ』は、ちょうど三〇歳の時点で物語が終わるんだけど、三〇歳からさらに三〇年経って、六〇歳になっても、「男」たちは少しも成熟できないし、成長もできない。そのことを百田はやしきたかじんに自己投影しつつ、図らずも語ってしまっている。

　男どもはまったく業が深い。変われない。成熟も成長もできず、ひたすらダメさの中にとどまり続けるのか。そういう憂鬱さは、さすがに感じました。様々な小説を通した「男」の実存や死生観をめぐる試行錯誤も、ぜんぶ無駄であり、ダメだったと。そう思うと、我が身を振り返って、憂鬱で暗澹たる思いになるな。

藤田　僕はむしろ、爽快、っていう感じがしましたけどね。作家のこだわってきた主題系が第四の壁を越えて、現実と絡みあうように発展したわけですから。それは進化といえば進化です。

杉田　その辺は藤田さんらしい評価ですね（笑）。僕はやっぱり暗澹となるなあ。そういえば、前にも触れたけど、たかじんとさくらの肉体関係の有無にやたらとこだわるよね。この時点ではまだ肉体関係はない、まだセックスしていない……そして結局、最後までしていなかったと。『フォルトゥナの瞳』でも、主人公はずっと童貞で、死ぬ前に最後一度だけセックスできて幸福だったとか。百田さんは結婚して子どももいて、いろいろと経験豊富そうなのに、ある種の純潔とか童貞マインドが執拗に消えない。どうしてでしょうね。

そもそも、百田尚樹はたかじんとさくらのどちらに感情移入しているのか。たかじんとさくらが、百田の分裂した二つの人格であり、ダブル主人公であるようにも見える。だから、自己愛が若い女と高齢の男に分裂して、永遠にぐるぐる循環するようなイメージがある。想像的な愛の空間の中で、妄想に妄想を重ねていくような。

藤田　仰るように、男とは何か、弱さとは何かみたいな百田尚樹の主題があるとして、その一つの結論がこの『殉愛』だとしたら、悲しすぎますね。ただ、この本で救いなのは、世論が反発して、どうも人々は「フェイクではダメだ」という判断をしたようだ、ということなんですよね。それは一つの重要な教訓ではないかと思います。

杉田　いやあ、切ないよ。切なすぎるよ。

第三章　爛熟（らんじゅく）『カエルの楽園』〜『夏の騎士』

『カエルの楽園』

杉田　百田自身はこの作品について、「これほどの手応えは『永遠の0』『海賊とよばれた男』以来。これは私の最高傑作だ」（単行本の帯）という自負があるようです。

トマス・モア『ユートピア』以来のユートピア文学の系譜を踏まえながら、寓話的なディストピア小説として書かれています。

平和で豊かなツチガエルの国が、じつはニセモノの平和に閉ざされた欺瞞的な国だった、という設定になっています。誰がどう読んでも、保守あるいはネトウヨ的な思想によるわかりやすい戦後民主主義批判、自虐史観批判、平和憲法批判が意図されています。

近年の百田氏は、次第に保守論壇や現政権に近い立場の政治的イデオローグとしての側面をはっきりと打ち出してきました。多産だった小説の刊行点数も落ちて、嫌韓・嫌中的エッセイ、政治的プロパガンダの対談集の刊行が増えています。そうした流れの中で、『カエルの楽園』も明確なプロパガンダとして書かれている。

『カエルの楽園』の根本にあるのは、日本人にとっての究極の恐怖の対象は中国である、という思想です。つまりこれは、中国と日本が戦争状態に陥ったときのシミュレーション小説としても書かれている。

また、複合的なジャンル小説でもあります。寓話小説／ディストピア小説／プロパガンダ小説／シミュレーション小説……。

とはいえ、中身としては、ベタベタのわかりやすい憲法九条批判、自虐史観批判ですね。

主人公のカエルたちがツチガエルの国、ナパージュに辿り着きます。ナパージュはジャパン（JAPAN）のアナグラムです。ナパージュ国には三つの戒律があります。それは、カエルを信じろ、カエルと争うな、カエルと争う力を持つな、というもの。平和憲法的な戒律を持って、ツチガエルたちは平和に暮らしている。

しかし、ナパージュのカエルたちは、国家間の残酷な現実を見ようとせず、敵と戦わず、敵の存在を認めず、他国が残酷な目に遭っても助けようとしません。さらに「謝りソング」という自虐史観的な歌を常に歌って、自分たちが悪いんだと思い込み続けている。

ウシガエルは中国人の暗喩で、ヌマガエルは韓国人、スチームボートという大鷲（おおわし）はアメリカ。

ナパージュは大鷲の軍事力によって守られています。

ツチガエルの中にはメスのローラというカエルがいて、優しく可愛(かわい)いカエルなのですが、子どもを産むのを嫌がったり、自由主義的な利己心の持ち主だったりと、要するに現代的な若い女性やフェミニストの（ネトウヨ保守から見た）戯画として描かれてもいます。

そしてハンニバル兄弟というカエルたちが自衛隊の暗喩であり、ウシガエル＝中国人の侵略から国土を守っているにもかかわらず、一般のツチガエルたちからは嫌われている、という設定になっています。

最後に大鷲＝アメリカがナパージュ＝日本から去ってしまうと、沼のウシガエル＝中国人たちが国内に攻めてきて、ツチガエルたちは戒律があるため自衛的に戦うことすらできず、国が滅びていく、というところで物語は終わります。

正直、小説としては、読むに値しないほどつまらない。ただ、やはり百田尚樹という人が変に勘がいいのは、震災のあと、文学の世界でもユートピア小説やディストピア小説が流行(はや)ったり、アメリカでトランプ政権が誕生したあとは、オーウェル『動物農場』『一九八四年』、ハクスリー『すばらしい新世界』、ブラッドベリ『華氏451度』などのディストピア小説が国際的にあらためてベストセラーになっている、という状況に呼応している点です。

かつて「空想（ユートピア）から科学へ」とエンゲルスは言いましたが、今や科学文明の果てに「科学から空想へ」という政治的闘争の反転が生じ、ユートピア的な想像力をめぐるバトルフィールドが現実政治の世界でも展開している。

個人的には木村友祐や星野智幸の小説はヘテロトピア（異他なる場所）的なものだと考えていますが、いずれにせよ、そういう状況の中に、百田尚樹は『カエルの楽園』というプロパガンダ的でシミュレーション的なディストピア小説を投げ込んできた。そこはやはり侮れないし、不気味さを感じます。実際に、すでに累計発行部数五〇万部といわれています。

ディストピア小説の時代

藤田　まあ、構図がとても単純ですよね。ネトウヨや新保守主義の世界観のいちばん単純な図式にすぎない。特に葛藤もない。全然面白くありません。イデオロギー的につまらないというより、物語としてつまらない。骨だけですよ。

作中に出てくるデイブレイクというのは「朝日新聞」のことでしょう。「朝日新聞」や左翼知識人が、自虐史観や平和主義によって国民を洗脳していると。かなりカリカチュアがひどいです。作品としてはオーウェルの『動物農場』を思わせる。動物を使って社会を批判し、揶揄（やゆ）する、という寓話の形式ですね。

とはいえ、『動物農場』はスターリン主義を批判しつつ、その内容は普遍的なものです。家畜のように支配され生きる人たちへの批判ですから。『動物農場』の批判は右翼にも左翼にも当てはまるし、消費社会や大衆社会にも当てはまる。『一九八四年』だってそうですよ。そういう葛藤や深みがある。しかし『カエルの楽園』には、そういう普遍性も両義性もない。そこがつまらない。オーウェルには到底敵いませんよ。

杉田 オーウェルはファシズム批判の運動に参加したけど、自分が信じた共産主義がスターリニズム化し、さらにイギリスに逃げ帰ってからは、リベラルなはずの自国のメディアが植民地のインドにプロパガンダを流すという、それに加担する仕事をさせられて、すべてにうんざりして、その感覚において『一九八四年』を書いています。

政治的に何が正しいかがわからない、という失語と混乱の中から、ディストピア小説は誕生してくる。さらにその『一九八四年』が、オーウェルの死後に、西側による東側批判のプロパガンダのように利用された、という何重にも皮肉で、滑稽な状況があったわけですね。

それに比べると、『カエルの楽園』は単調すぎて、読者を複雑な混乱や失語に追い込むような感じがまったくない。おびえがない。

藤田 オーウェルの作品には、自分の思想への疑いもあります。『カエルの楽園』には、自分の図式や思想そのものも誰かからの洗脳の結果かもしれない、という懐疑がない。どうして自分がプロパガンダの影響を受けていないという確信が可能なのか、僕にはわからないですね。

杉田　だからこれはやはり小説というより、ネトウヨ保守の偏見を煽ったり、新規読者を洗脳するための単なるプロパガンダである、と思いますね。

藤田　震災後にユートピア小説、ディストピア小説が大量に書かれました。斎藤美奈子が近著『日本の同時代小説』（岩波新書、二〇一八年）で、二〇一〇年代の純文学について、この時期はディストピア小説の時代である、と書いています。日本の純文学の歴史上、これほどディストピア小説が多く書かれた時代は多分ない。人々はディストピア小説の形式を通して、今の社会の本質を理解できるのではないか、と考えている。

僕の考えでは、ディストピアとは、その中に住む多くの人がここはユートピアだと考えている、にもかかわらず、本当はそうではない、そうした社会のことです。ディストピア小説とは、そういう社会のねじれたあり方を揶揄する形式です。

杉田　なるほど。

藤田　大半の人間はディストピア社会の中ではハッピーなわけですよ。たとえば『すばらしい新世界』の場合は人工麻薬、『一九八四年』では言葉によるプロパガンダによって、人々は自分たちをハッピーだと感じている。しかしその管理された幸福に侵って人々が生きているシステムの全体は、本当は悪夢的なのではないか。そういう物語の構造があるんですね。

現実的にも自分たちの社会はハッピーでありユートピアである、と思い込むことのできる人々がたくさん出てきて、初めてディストピア文学という形式も成り立つ。かつては社会主義や共産主義に対してこの揶揄が批評性を発揮したわけですが、別に批評の対象は、社会主義や共産主義でなくてもよいわけです。

たとえば作家の辺見庸は、震災後の「絆（きずな）」が強調される状況を、日本の全体主義であると批判して、それを『一九八四年』の状況にたとえた。あるいは小島秀夫は、『メタルギアソリッドV』というゲームでやはり『一九八四年』を扱って、日本の震災後の状況を作品化している。吉村萬壱の『ボラード病』（文藝春秋、二〇一四年）もそうで、何かに汚染された町の人々が、みんなでそれを見ないことにしてなかったことにする同調圧力の世界を描いています。

そうしたディストピア作品が増えたことは、「日本スゴイ」「日本人はやれる」みたいなポジティブなナショナリズム的な言説が普及したことの裏返しなんですよ。そう思い込んでいるが、現実は悲惨であると訴えたい人々が、ディストピア小説の批評性を用いたわけです。

そもそも一九八〇年代の保守論壇の人々は、オーウェルの『一九八四年』の図式を使って、「朝日新聞」や戦後民主主義のことを叩いていた。ＧＨＱのプロパガンダに騙されて、日本人は真実を隠されたまま、幸福だと思い込んでいるだけなんだと。とすると、百田尚樹の『カエルの楽園』はまさに、一九八〇年代の保守論壇的なディストピア思想の使い方に基づいていると言える。

そういうふうに、右と左がどちらも現在はディストピアだと言って、相手を「洗脳されている」と罵り、相手のせいにして戦い合っているのが我々の現代社会の特徴なんでしょうね。

高度情報社会やインターネット社会の結果として、ポストトゥルース政治や歴史修正主義的な気分が蔓延していった。イデオロギー戦争がネットで日常化した結果、この世界の何もかもがプロパガンダであり、世論戦であり、情報戦なんだ、という感覚になっていく。そうすると、すべては流れゆく情報であり、書き換えられ得るものなんだというニヒリズムが生じます。それが今なんじゃないでしょうか。

小説を書くことは戦争である

杉田　震災直後には、レベッカ・ソルニットが言う「災害ユートピア」的な感覚がありました。凄惨な災害の現場においてこそ、バラバラだった人々は支え合い、無償で助け合うんだ、というユートピア的なイメージが一瞬閃（ひらめ）いた。そしてそういうユートピア的な感覚が、やがてその後の反ヘイトのカウンター運動や、SEALDs の若者たちを象徴とする国会前抗議運動にも繋がっていった。
しかしそれが反転して、非常時の例外状況において主権国家が強権を発動するという、「災害ナショナリズム」へと転じていき、それをブースターにして現代社会がディストピア化した、という感覚があります。

それはリベラル左派だけではなく、ネトウヨや排外主義者たちも共有している皮膚感覚なのでしょう。つまり、現在は外交や情報戦も含めて、すでに「第三次世界大戦」に突入しているんだ……という感覚です。

百田尚樹は近年の著作で、はっきりとそう主張しています。震災後のような非日常の例外状態は、じつは現在進行形であると、特に中国の脅威と危険性を彼らは強調します。

すでに第三次世界大戦の中にいるんだから、実証主義的な事実がどうとか、PC的な善悪がどうとか、もうそんなことを言っている場合ではない。ポストトゥルース化とか相対主義とか言っている余裕もなく、絶対的にリアルな真理に直面しろ、という立場なんだと思います。

真理のために戦い続けねばならない。敵に備え、敵をやっつけなきゃいけない。災害や危機の只中（ただなか）で閃く真理があるんだと。それが英雄としての安倍晋三待望論にもなる。

災害ユートピアが政治的ディストピアに転じて、さらにそれが災害ナショナリズムへと昇華されていく。そういう想像力において、『カエルの楽園』のようなディストピア小説が書かれている。

藤田　百田尚樹にしても、新保守主義にしても、やはり現在は戦争であるという認識を持っています。戦争状態だから、プロパガンダや情報戦をやってもいいし、悠長なことを言わず、もっとやるべきであると。百田尚樹は、小説を書くことは戦争である、と言うんですね。ただ、現状が本当に戦争状態と言えるのかどうか。

杉田　カール・シュミットが言っているのは、国家の危機において決断し得るのが本当の主権者だということなんだけど、今が危機的な例外状況であるかどうかを判断するのも主権者だから、そこは循環してしまうんだよね。

『永遠の0』のときには、戦争になれば結局、個人や家族が犠牲になるから、国家や軍隊からは距離を取らねばならない、という感覚があった。反戦平和イデオロギーというよりも、それは庶民的なリアリズムであり、皮膚感覚だった。

しかし今の百田尚樹は、誰もがむしろ特攻隊員のような覚悟を持って、韓国や北朝鮮、中国と戦わねばならない、という感覚になっちゃっている。日々の何気ない言葉が戦場の最前線であり、ツイッターの一言一言ですら、敵に対して弾丸を撃ち込んでいる、日本の平和と繁栄のために戦い続けている、という感じなのかな。

藤田　そもそもネット内の言論空間では、みな戦争のメタファーで語りがちですね。「表現の自由戦士」と「社会正義戦士」の戦いのように、自他を「戦士」にたとえがちなんです。

そしてみな携帯電話やスマホでネットに常時接続しているから、日常そのものが戦争状態として体感されている。プロパガンダ戦争の中に、誰もが竹やりを持った雑兵として参加させられているんですよ。そのことで自己の生の意味を得る、国家のために役立つ、人類の進歩に貢献するんだと。そういう戦士的なメンタリティの人が増えすぎている。

それは、ゼロ年代の純文学やＳＦが書いていた「日常化した戦争」みたいな感覚の延長かもしれなくて、それがＳＦファンとしては苦々しいんですよね。

杉田　だんだん言葉が戦いの武器と化してきた、という感覚はあるかもね。ネットの殺伐さは異常で異様だけど、それすらもう当たり前の空気になってきた。けれどそれは、人間の言葉が武器や道具に切り詰められている、ということでしょう。しかし人間の言葉は、いろいろな工夫をして平和に生き延びるというメタファーでも語り得ると思うんだよね。

藤田　言葉は、武器や機能への還元を超えた存在です。文学は本来、そこに関わるべきもののはずです。

杉田　右や左、あるいはリベラルや保守である前に、モンテーニュ的なモラリストの時代まで戻って、普遍的な「人間」であろうとすべきだろうね。敵を食って殺すための言葉じゃなく、自分たちこそが本当は人食いではないかと疑い、そこから他者と共存するための言葉を何とか探さなきゃいけない。言葉を耕したり、産んだり、育んだりしていかなきゃいけない。

藤田　百田の場合、ユートピアやディストピアのイメージを、左翼的なものから持ってきている面もある。スターリンの強制収容所とか、ポル・ポトの虐殺とか、ユートピアだと思っていたものがディストピアになってしまった、そういう歴史経験からのトラウマがあるんでしょう。

しかし、それならば、右派的なユートピアならそうはならないのか。最近の百田尚樹は、『日本国紀』的な、皇国史観的な歴史観によって、日本の戦前的なものに近づいていく傾向がある。しかし、右翼的な家族主義的なユートピアだって、やがてディストピアに転化したわけです。「八紘一宇」をスローガンにした大東亜共栄圏の理想が、差別や暴力や虐殺という現実に帰結したことから得なければいけない教訓は、それのはずです。

『幻庵』

杉田　『幻庵』は囲碁小説です。舞台は江戸時代後期から幕末辺り。幻庵のお師匠さんの因淑という人の話から始まって、物語途中から主人公の幻庵が本格的に登場します。幻庵とそのライバルの丈和（じょうわ）との戦いを軸として、物語が展開していきます。棋譜を図で紹介しながら、延々と囲碁の勝負をしている感じですね。

しかし、これは正直、よくわからない小説です。はっきり言って、ちっとも面白くない。文体も今までと違う。機械のような文体。淡々としていて、説明ばかりのつまらない歴史小説のような感じです。あまりドラマ性もない。

囲碁というゲーム自体に文体を寄せたとも取れます。将棋やチェスはまだコマに人間的に感情移入できるけれど、囲碁はテリトリー戦、陣地戦であって、非人間的なゲームですから。実際に作中でそういう説明も為されている。

一つ特徴的だと思うのは、『海賊とよばれた男』が不屈の意志によって危機的状況の中でも勝利し続けた男の話だったとすれば、『幻庵』は、ひたすら敗け続けた男の人生の話なんです。つまり、天才的な棋士が成功をつかんだ物語ではない。

最後に次のような箇所があります――思えば何も手に入れることが叶わなかった人生だった。名人の座はついに射止められなかった。手塩にかけた弟子も失った。惚れた女とは添い遂げることができなかった。最後に、清国に渡ってひと暴れしようとしたんだけど、それも船が座礁して、虚しく終わってしまう。これほど滑稽な生き方があるだろうか……。この辺りには百田尚樹らしさがよく出ています。とはいえそれにしても、あまりにも小説としてつまらない。どう理解していいのか、ちょっとわからない。

藤田　そうですね。

杉田　ベストセラー作家としてすでに確固たる地位を得て、政治的発言で次々と炎上を巻き起こしていた時期です。そういう時期になぜ、こういうよくわからない長編作品が連載されたのか。どんな動機があったのか。

藤田　端的に、僕もつまらなかった。百田作品の中でもこれがいちばん読むのが苦痛でした。

なぜつまらないのか。まず、説明文ばかりで描写がない。キャラクターも立っていない。まさに碁盤みたいに平板。

肝腎の囲碁の対局（試合）も、何が面白くて、どうスリリングなのか、それを読者にうまく説明できていない。ボクシングにたとえたりもするんだけど、うまくいっていない。のちに某という人がこの対局を褒めたとか、外在的な評判や評価を引用するしかない。

杉田　『リング』などでは、ボクシングの試合の様子を何とか自分の文章として――たとえビデオの録画映像にせよ――描写して、生の燃焼を表現してはいました。今回の囲碁の場合では、それができていないから、対局中に血を吐いたとか（笑）、対局後に病気で倒れたとか、そういう外側の出来事でドラマを作るしかない。

藤田　夜寝られないとかですね（笑）。身体感覚が表現できていないというのは、対局以外の描写でもそうです。たとえば『ボックス！』の鏑矢君なんかは、方言も使って、会話が生き生きとしていた。しかし『幻庵』では、テレビドラマの時代劇のような喋り方になっていて、セリフも妙に平板ですよ。百田的テーマを背負ったキャラも出てきてはいます。囲碁の天才とか、賭け碁になると強いやつとか、邪道な手で強いとか、晩年に強くなるやつとか。ちゃんと描ければもう少しドラマチックにできたはず。そういう様々なせめぎ合いを描きつつ、トップの名人になれず二流に終わった幻庵の悲哀を表現する、とかしていれば面白かったかもしれない。坂口安吾の『二流の人』みたいな。

杉田　最初のほうに、囲碁は中国が発祥の地だけど、それが中国・朝鮮を経て日本に流れ込んで、そこで進化して、ある段階から日本の囲碁は中国よりもはるかな高みに達した、云々、とちらっと書いてある。するとこの小説は、囲碁に託した嫌韓・嫌中的な物語になるのかと思いきや、別にそういう話もほとんど出てきません。

藤田　そういう要素はないですね。

何もできなかった男の物語

杉田　ただ最後のほうに、囲碁の世界ではもう名人になれない、とわかった幻庵が、突然、黒船来航の前に、日本の危機を感じて、将軍に自分の主張を通すために話をつけにいく、という展開になります。もちろん囲碁と政争の話は伝統的に不可分ではあったんだけど、そういう次元じゃなく、唐突に話が「政治化」する。これもかなり不自然です。

　さらにその後、幻庵は清に渡ってもう一度大暴れしたい、と言い出す。もともと中国で発祥した囲碁は、日本人がはるかに進化させたから、幻庵が大陸に乗り込んでいって「生涯最後の大計画」を実現するんだと。

　……と思いきや、途中で海が荒れて、そもそも、中国に辿り着くことすらできないという

（笑）。ナショナルなイデオロギーを背負って海外進出する男の話としても、完全に失敗している。この点は『海賊とよばれた男』の反対というか、引力に対する斥力のような感じです。

藤田　ミーム的に何かが継承されていく、ということが百田のモチーフとして在り続けてきた。命懸けで試みた何かがメディアを通じて、あるいは人々のネットワークを通じて、後世に伝わっていく。そこに自分の生の意味を見出す。

この作品でも、明治維新のときに日本人がドイツ人に囲碁を伝えた、という話がちらっと出てきます。あるいは戦争中、グラマン戦闘機に撃たれながら、そして原爆の投下を受けながら、それでも囲碁を打ち続けた、というエピソードも出てくる。若干、宮内悠介の『盤上の夜』（東京創元社、二〇一二年）めいてくる。

それから最初と最後に、AIのアルファ碁の話が出てくるじゃないですか。しかしかつて命懸けで戦った人たちがいて、AIが出てきて、どういう繋がりになるのかがわからない。

杉田　最初のほうに幻庵のお師匠さんの因淑が、自分は頂点に立てないけれども、将来の誰かを育てたい、と考えます。そのことで一〇〇年、二〇〇年と繋がって、いつか究極の囲碁が日本において完成するはずだと。マンガの『ヒカルの碁』の「神の一手」みたいなことを言うわけですよ。ただ、その話もやはりそんなに展開されない……。

藤田　人類ではない存在であるAIに囲碁が継承された、というポストヒューマンな囲碁SF

へ行くわけでもない。

杉田　ただ、最後に幻庵が『囲碁妙伝』という遺書的な著作を書いて、囲碁とは運の芸である、という境地に辿り着きますね。勝敗を決めるのは妙手ではなく、失着（ミス）であると。そこに幻庵が辿り着いた生涯の哲学があるんだと。これは『リング』の結論とちょっと似ています。

つまり、こういうことです。各個人が全力を尽くすけど、具体的な勝敗は運によって決まる。その人の才能とか、周囲の政治的もしくは興行的な状況とか、それこそ当日の天気とか、いろいろな要素が複合的に絡みあって、最終的には個人の力が及ばない、根源的な偶然性の境地に突入する。それが運命であり、さらにそういうものが積み重なって、人間の歴史が作られていくのだ……と。

歴史においては、勝つか敗けるか、成功するか失敗するか、という水準を超えた何かがある。だから、たとえ敗け続けた人生であっても、幻庵は最後にふっと笑みを漏らします。人生の栄華なんて結果論にすぎない。そういうところは、かつての『永遠の0』や『リング』の中に水脈としてあったような運命観や歴史観を感じさせますし、それを『幻庵』でも新たに展開している……ような気はほんのちょっとします。

ただこの作品では、物語の最後に、そういう運命観が唐突に出てくるだけだから……。物語全体を通して、小説としてそうした思想を展開できてはいない。そこがやはり退屈。

藤田　しかし『リング』と同じように、命懸けの戦いを描くと同時に、その外側の政治や興行の面も描いていますね。ただ『幻庵』のほうが、より政治的問題や家督の問題が強い。そういう要素に振り回されるのは仕方ない、と受け容れている。

杉田　そうか、その点では、『ボックス!』と『リング』、純粋な戦いと国民国家や政治のしがらみ、というふうに二つの作品に分けてしまったものを、『幻庵』では、この一冊によって丸ごと、統合的に描こうとしたのかもしれない。

藤田　そう思ったんですけれどもね。ただ、しつこいようですが、うまくいっていない。

杉田　とはいえ、この時期の百田さんの中にも『幻庵』で描いたような感覚が残っていたんだ、という点は、ちょっと面白いというか、ほっとするところもある。アンチ（反）ナショナリズムとは言えないけれど、『幻庵』は非ナショナリズム的な物語であり、家柄や国家を背負うことにことごとく失敗し続ける、そうした男の物語じゃないですか。

『永遠の0』『リング』『幻庵』と繋がる糸が、かろうじて、切れていなかった。その意味では、『幻庵』の歴史観は『日本国紀』の歴史観とは対極的でしょう。『海賊とよばれた男』や『日本国紀』のような、「日本人＝私たち」の勝利の物語とはとうてい言えない。敗けて敗けて、実存的に何もできず、それでも生きていくしかない人間の物語。

藤田　敗者の意識があるし、自分は天才ではなく二流である、という意識がずっとありますね。

杉田　藤田さんが最も評価する『錨を上げよ』の実存性に『幻庵』はちょっと近いのかもね。すごく長い小説だけど、最後まで何もできなかった男の物語という点でも、よく似ている。

たとえば西郷隆盛とかを題材にして、敗者や敗北をロマン的に謳い上げて、それをナショナリズムに融合させていく、というタイプの物語はよくあると思う。しかし『幻庵』は、敗者の想像力によって国民国家を強化する、という方向へも行かない。この、ものすごく長くて退屈な小説は何なんだ、という疲労感というか、ガッカリ感。

藤田　ナショナリズムや国家と一体化する、という傾向はほとんどないですね。

杉田　その意味では異物のような変な小説ではありますね。この時期に、何でこんな長くて無駄なものを……。まあ、幻庵の人生を懸けた最後の壮大な大失敗については、百田尚樹には自分も今後そうなるかもしれない、という予感があるのかなあ。

藤田　よくこの人を主人公にしましたよね。てっきり、最後に幻庵が名人になって終わるのかと思っていた。一流の手前まで行きながら、政治的な野心を持って錯乱した行動をして散る、という人物をわざわざ主役にしたというのは、どこか作者自身に感情移入するところがあったのかなぁ……という憶測を誘います。

『夏の騎士』

杉田　『夏の騎士』（新潮社、二〇一九年）です。百田尚樹の「最後の小説」です。百田版『スタンド・バイ・ミー』というか、四三歳の中年になった現在から、一二歳の小学生の少年だったときの青春を振り返る、という構成になっています。

遠藤宏志（ぼく）の一人称小説。木島陽介と高頭健太という二人の親友がいます。三人は落ちこぼれであり、劣等生のグループなんですが、「ぼく」がアーサー王の騎士団の話を読んで、それに感化され、自分たちで「円卓の騎士」を名乗って騎士団を結成する。裏山に秘密基地を持って、ひと夏の冒険をします。

騎士たちの宮廷的な恋愛は、自己犠牲的な愛が理想とされます。つまり肉体的ではなく精神的な愛ですね。有村さんというクラスのマドンナがいるんですが、彼女に対して、騎士としての忠誠を誓う。周りからは、あたかもドン・キホーテみたいに、バカバカしいと笑われるんだけれども、彼らは彼らなりに必死でいろいろと行動して、自分たちを変えていこうとします。

物語はダブルヒロインで、有村さんともう一人、壬生紀子という、クラスでいちばん嫌われていて「おとこおんな」と呼ばれている粗野で暴力的な発言をする女の子がいる。紀子のお母さんは精神疾患を持っていて、それをからかわれると激怒し、罵詈雑言（ばりぞうごん）を浴びせます。物語のヒロインが最初は有村さんだったんだけれど、だんだんと紀子にスライドしていきます。もう一つの流れとして、ある小学生の女の子が殺害されて、それが連続殺人事件に発展していきます。主人公たちはそれを独自捜査して解決しようとするんですね。

ポイントになるのは、主人公たちが落ちこぼれの、半ばマイノリティの側の少年少女たちである、ということです。たとえば木島陽介は、肥満で気が弱くて、勉強がまったくできない。そして母子家庭で生活保護を受けています。父親が誰なのかわからない、いわゆる未婚の母の子どもです。

もう一人の高頭健太は、裕福な家庭で育ち、三人の中では勉強がいちばんできるんだけれども、吃音症（きつおんしょう）がある。肥満の少年と吃音の少年、この辺りの設定も、スティーヴン・キングの『スタンド・バイ・ミー』を思い出しますね。

藤田　キングでは最近映画になった『IT』もそうですよね。ルーザーズと呼ばれている学校の落ちこぼれたちが、「リア充」たちにボコボコにされながらも、それに抗（あらが）う。キングの小説にはそういう話が多いです。

杉田　マイノリティという話でいうと、物語の中盤、紀子はすごく口が悪いんだけれども決して差別はしない、という話が出てくる。彼女は少年たちの母子家庭、生活保護、吃音、それらに対する差別を決して口にしない。一見粗暴だけど、じつは矜持がある女の子なんです。それは彼女のお母さんのことで、周りから散々からかわれ差別されてきた、という状況に対する抵抗でもある。そういう紀子の誇り高さに、主人公は次第に敬意を持ちはじめます。
　非常に不思議というか困惑するのは、百田尚樹は公的にはあれだけ差別的な発言をくりかえしているのに、この小説に関するかぎり、他者のマイノリティ属性をからかったり差別したりすることは無礼であり、人間としての矜持を捨てることだ、と一貫して言っている。

藤田　そこも含めて、百田尚樹について僕らがこれまで話してきたことと『夏の騎士』の内容は近いのではないかという感じがします。小説中の倫理的な思いやりがあるところと、著者自身のヘイト発言みたいなものとの乖離が激しい。百田尚樹の嫌味な部分が一切感じられないんですよね。小説家としての姿と政治的発言をする姿がいちばん極端にひっくり返っているかもしれない。

杉田　『夏の騎士』は保守的で古風な恋愛観を前提としているし、青春小説としてもそれほどひねったところはありません。オーソドックスで、ウェルメイドな小品です。それだけに一層、普段の言動と作品から受ける印象のギャップがあまりにも大きい。

藤田　ちょっと反省したんじゃないですか（笑）。

杉田　それから、小説家としての最後の小説、引退作として書かれたにしては、決して集大成のような大きな作品ではないんですよね。中編ぐらいのボリュームです。引退を決めたから読者に対して最後に小さなプレゼントをした、みたいな気持ちで書かれたのでしょうか。

どうして最後の小説が、歴史認識の問題などとはまったく関係のない、ジュブナイル調の少年たちの物語だったのか。善良な人間性と露悪的なキャラクターを使い分けて、プロパガンダ的に利用しているのかといえば、そうであるとも思えないし……。何重にも戸惑います。

劣っているように見えた人間を励ますストーリー

藤田　比較的好感の持てる作品であるのは間違いないと思うんです。一貫しているテーマは確かにあって、作家性がある人だなという感じがしました。たとえば、その一つがロマン主義的な恋愛観です。これまでの作品ではベタに描かれていて滑稽な部分もあったけれど、『夏の騎士』は騎士道の物語で、ロマン主義的な恋愛観を演じることが前提になっていましたよね。

あるいは、百田作品によくある、Aと思ったらじつはBだったという、ひっくり返しの構造もここにはあります。壬生さんは変な女の子だと思っていたら、じつは超天才だった、というのはちょっと笑っちゃうんですが。バカだと思っていたら県内のテストで一位になって、最終的には東大から経産省に入ってエリートになるという……。

要するに、ギフテッドの話なんですよ。ギフテッドというのは、発達障害などと近しい神経の特性を持っているらしい、異様にＩＱが高い人たちのことです。ＩＱが高いんだけど、服装や対人関係などに無頓着だったりするので、誤解されやすいし、被害にも遭いやすい傾向があるといわれています。異様な集中力もあるといわれています。『錨を上げよ』の主人公にもその傾向がありましたが、壬生さんはかなり「ギフテッド」像に近い。

反対に、最初のほうではお姫様として描かれていた有村さんは、最終的に微妙なキャラクターになってしまう。よいと思っていたものが悪く、悪いと思っていたものがよくなる、という百田尚樹的なひっくり返し構造はいつもどおりです。

劣っているように見えた人間が、じつは人より明らかに優れた能力を持っていた。そういう人間を励ますようなストーリーが百田作品には多いですよね。だから、『夏の騎士』も書きたくて書いたんじゃないかな。殺人事件の犯人を捜す話に見せかけて、その部分は途中からどうでもよくなってしまう……。

杉田　主人公たちが犯人に遭遇して、捕まって殺されそうになるけど、最終的には解決する、というくだりは、本当に最後の最後の数ページ、ごくわずかです。びっくりするほど短い。

藤田　そこにもひっくり返しの構造は一応ある。こいつは犯人じゃない、と思えた新聞配達員がじつは犯人で、「妖怪ババア」とか極道者みたいな怪しい人たちがじつはいい人だったとわかる。ネガティブに見えたものがじつはよかったという、差別や偏見のメカニズムを教えてくれる教育的な物語なんですよね。

杉田　ただ、美人で清楚なお姫様だと思われていた女の子がじつは裏では教育実習の先生と性的関係を持つ悪女だったとか、虐められっ子がじつは優等生だったとかいう構図は、さすがに図式的というかあざとい感じもして、その辺りは作者自身の、俺は周りからはバッシングされるけどじつは清らかな心を持ってるんだ、みたいな気持ちを表しているのかもしれないですね。

あるいは、「妖怪ババア」がかつて戦争で三人の子どもたちを失っていた、この国の歴史を遡ると「支那事変」があり「大東亜戦争」があり「神風特攻隊」があった……みたいな話が唐突に、少しだけ出てきます。言葉づかいに政治的な意図は感じられるけど、特に愛国的な主張が為されるわけでもありません。

藤田　あそこは『永遠の0』へのちょっとしたリンクでしょうね。愛国的なもの、あるいは、戦争についての言及には意図的に踏み込まない節度が本作にはありますが、どういう関係になっていると示したいのか、意図は読みにくいですね。

わざと非難されるのも勇気

杉田　「勇気」という言葉から始まる冒頭も気になります。「勇気――それは人生を切り拓く剣だ」という。この小説は臆病者だった主人公が勇気に目覚める話です。勇気の対義語は臆病さ。そしてその臆病さは父親譲りだという。

これは僕が注目している男の弱さとか恐怖心の問題と絡んでいます。主人公の父親は、会社では目立った活躍もできず、自分より若い男にこき使われるような情けない人間です。中でもいちばんのトラウマになっているのが、小学二年生のときにお祭りで、不良に絡まれた父親がボコボコに殴られ、泣いて謝るのを見てしまった、という記憶。ものすごいショックを受けて、それ以来自分も暴力を前にすると、恐怖で身体がすくむようになってしまった。これはこの小説の中でいちばん生々しい箇所だと思いました。

藤田 それ以来、家庭内では父親と母親の喧嘩も増える。

杉田 父親は自分の男らしさ、父親らしさに自信を持てなくなったのか、浮気をしたり、母親に対して理不尽な態度をとることで、事実上、家庭内離婚になってしまう。主人公の「ぼく」がこだわる臆病さとは、暴力に対する臆病さでもあるんだけど、自分の父がそういうふうな人間になってしまったことに対する屈託があるんですよね。自分もいずれそうなるんじゃないか、という怯え。他方には、そうした情けない父親、弱い父親に対する愛着もあって、その辺りは百田さんらしい記述だと思う。

しかし、父親との葛藤や和解、自分が父親となってそのトラウマをどう乗り越えていくかなどについては、『夏の騎士』の中では最初のほうに出てくるだけで、特に物語的な解決があるわけでもない。てっきり冒頭の「勇気」はその辺の話だと思っていたら……。

藤田　父親のエピソードに対応するような勇気の出し方じゃなくて、『ドラクエ』をやらないで勉強をちゃんとするとか、優先順位を間違えないことが勇気の重要な要素だということになっていきます。それらのエピソードと対応してないんですよね。

杉田　主人公たちの騎士道的な恋愛について担任の先生が、「ドン・キホーテみたいだね」と言う。ドン・キホーテというのは、架空の騎士道物語の世界を現実だと信じ込んで、自分が崇高な騎士のような振る舞いをして、現実的には何度も失敗していく。その滑稽さをセルバンテスは描いています。先生は一応、主人公たちを応援してそれを言うんだけど、やっぱり主人公たちの言動には一貫してドン・キホーテ的な滑稽さがある。そのダメさ、情けなさ、人間の滑稽さに何度も何度も転落していくところは、ちょっと百田さんらしいという気はする。

藤田　解決方法も別に勇気じゃなくて、たとえば、問題をクイズ形式で出し合ったら楽しいから勉強できるようになった、みたいに具体的なメソッドなんですよね。これ、普通の意味での勇気とはちょっと違う。誓いを立てた女の子に挑発されたから勉強を頑張って、そのことで人生が変わったという話ですから。たとえ誤解であれ、インチキであれ、ロマン主義的な思い込みみたいなものが、じつは人生のプラスになる、という話とも言えますね。滑稽な突撃や虚構みたいなものが人を動かす、ポジティブなものになるかもしれないと。ひょっとしたら、百田自身がそうやって生きてきた、という実感が伴っているのかもしれません。だから、倫理的に間違っていること、非難されることをわざと言うことも勇気、と思っているのだとしたら、なんだか苦い話ですが。

杉田　ということは、この最後の作品の中では、百田さんの素直な気持ちや思いが割と素朴に表現されている、ということなのでしょうか。

藤田　ロマン主義的なものとか、虚構と現実の問題、あるいはよく見えたものが悪く見えるとか、テーマ的には一貫していますよね。これは、本当に善意で、読者に対して「勇気が大事だよ」「やればできるよ」というエンパワメントのメッセージを伝えているとも見えるんです。それは『海賊とよばれた男』も同じでしたよね。しかしやっぱり、百田の言う勇気が、ヘイト的発言とか、世の中で悪いとされていることをあえて言ってひっくり返すような言動に繋がっていると思うと、それに対しては最後の決着が要るんじゃないかなって気もしますね。

杉田　作者の日頃の発言と、健康的な少年たちの物語は、全然違うようで、じつは深層構造としては繋がっている、ということですか。

藤田　うん、そういう部分がある気がするんです。

「最後の小説」が大人のメルヘンでよいのか

杉田　決着といえば、僕はやっぱり、父親的なものの存在が気になります。『永遠の0』で描かれた理想的な男性像がありますね。親世代や祖先たちは自分を生かすために我が身を、それこそ騎士のように犠牲にしてくれた。たとえ周りからバカバカしいと罵られても、ドン・キホーテのような滑稽な存在として笑われても、自分たちを生かすために我が身を捧げてくれた。しかしそうした理想化された男たちの「勇気」は、きっと、『夏の騎士』の父親の「臆病さ」と不即不離なんじゃないですか。

百田さんの中にはそういう「臆病さ」があると思う。百田作品の中には、女の子とデートしていたら不良に絡まれて、暴力に屈して惨めな姿をさらしてしまった、という種類のトラウマが何度も出てきますね。幼稚な暴力に屈して、愛する人の前で惨めな姿をさらしてしまう、そのことが怖い、その情けなさをどうしても忘れられない。そういう男の弱さというか「臆病さ」をどうやって処理すればいいのか。それが百田さんのテーマとして重要なんだろうと一貫して思います。

藤田　六九ページに「そのころ、両親はともに三十四歳だった。当時のぼくから見れば何もかもわかっている大人に見えたが、四十三歳になった今のぼくから見れば、三十四歳なんて全然そうではないとわかる」という記述があります。両親はそのあとも一応、生活のことはちゃんとしてくれて、別れないでいてくれた。そのことに感謝する気持ちがある、と書いてるんです。三四歳という、不安定で成熟もしていない年齢だった両親がそうしてくれたことに感謝している。これを見ると心理的には、ある程度決着がついているのではないかとも思うのですが。

杉田　百田尚樹が小説家として男の弱さに決着をつける過程が見たかった。この作品でいわれる「勇気」は、やっぱり何かをスキップしている。すでに議論してきましたが、彼が見出した究極の理念としての「殉愛」がじつは欺瞞的だった、ということも近年の百田尚樹の作家活動が明らかにしてしまった。何かに殉じると言いつつ、じつは騙されたがっていただけだった。そこに政治的な享楽を感じていただけだった。だから結局、大きな国家に没入したり、権威主義的な男性たちを応援して排外的な主張をする、ということになってしまう。ニセの勇気じゃダメなんですよ。依然として百田尚樹という人は、自分の中の根源的な「臆病さ」に対峙(たいじ)し切っていないのではないか。

藤田　「騙されていた」「嘘だった」けど、「それを信じることには意味があった」という話のようにも読めるんですよね。父として子のために自己を犠牲する、国家や大いなるものに身を捧げる、それも「虚構」であり「物語」にすぎないけれど、いいんだ、その結果人生が充実したから、と言っているようにも見えます。本人は満足しても、それで被害に遭った人は単純に「それでいい」とは言えないと思いますし、そういう人の存在をスキップして満足できるところが、美質でもあり問題でもある。そこがやはり、歴史認識などでくりかえし批判されているクリティカルポイントだと思います。

ところで、父親像に関しては、惨めな思いをしてでも食わせ続けたやつが偉い、みたいな感じが百田尚樹の作品に総じてありますよね。

杉田　確かにこの主人公も、その後大人になっていろいろな仕事で失敗して、何度も転職したし、どれも十分に成功したとは言い難いけど、常にベストを尽くしてはいた。逃げたことは一度もなかった。しかし最終的には小説家になって、それが自分にとって人生の最後の仕事になるはずで、今は幸せな家庭生活を送っている……。『夏の騎士』はそういうラストになっています。この終わり方は、やっぱり、いろんなものをスキップしてはいませんか。

たとえばスティーヴン・キングの『スタンド・バイ・ミー』は、こんなに幸せな「その後」じゃないでしょう。主人公の友人はみんな死んでいたり、悲惨な末路を迎えている。スティーヴン・キング自身も、何度も薬物中毒やアルコール中毒、家族との別居など散々な問題を抱えながら、それでも何とかして父親であろうとしてきた人です。父親というのは家父長的なものではなくって、関係から強いられてならざるを得ないものであって、そのどうにもならなさに対する責任のことではないか。ぼろぼろの家をどんなに惨めで滑稽でも何とか守り続ける、というのがキング的な家族観という感じがするんです。それに比べると、『夏の騎士』はかなり薄っぺらいハッピーエンドになっている。

藤田　自己肯定感が強いんですよね。キングはもう、人類そのものに絶望しているような異様なペシミズムがありますが、それとは見事に対照的ですよね。『夏の騎士』はそういう満足した状態に辿り着くためには、みなさんも勇気を出してベストを尽くしたらいいよ、という呼びかけになっていて、私的な実感としてはおそらくは誠実な善意なのでしょう。問題は、私的な実感を国家などと重ねるがゆえに生じてくることだったのではないかな、と僕は思っています。

杉田　そういう意味では、大人のメルヘンみたいな感じなのかな。しかし、これが最後の小説で本当にいいのか。メルヘンでいいのか。いろいろと決着をつけ損ねているものがある、という感じはやっぱりします。

第四章　自壊　エッセイ・対談

恐怖と憎悪

杉田　百田尚樹は、二〇一五年の『大放言』（新潮新書）の後、多くの自己啓発的なエッセイや、保守思想の本、嫌韓・嫌中的な著作、対談集などを矢継ぎ早に刊行していきます。

藤田　一言で言うと、エッセイと対談本はとてもつまらないし、読むのがつらい。小説のほうが複雑な葛藤があったり、ある主題に対して自分を相対化したり、反転させたりするという多面的な視点がある。それに対し、エッセイや対談本では主張がものすごく平板ですね。何度も言うように、新保守主義者が昔から散々くりかえしてきたよくある思想でしかない。WGIP史観とか自虐史観批判とか。

何冊読んでもマンネリで、何の発展性もない。なぜかと言うと、おそらく歴史戦や情報戦の「弾（たま）」として、自分の著作を位置づけているからではないか。百田はエッセイや対談本では、プロパガンダに徹している。そういう役割を自分は意識的に担うんだ、どんなに批判されてもいいんだ、日本のためだ、という覚悟を決めているかのようです。

作家が神話や歴史（物語）を語ってもいいけど、作家であるならば、もっと創造的に面白いことを書かなきゃいけないよな、と思いました。

杉田　本当にテンプレートな排外主義者であり、ネトウヨの床屋談義、居酒屋談義のレベルだと思いました。読むに値しない。不自然な権力を持ってしまった中年おじさんのなれの果てというか。

藤田　かつての田原総一朗との『愛国論』を除くと、百田の対談本には弁証法がありません。お互いの見解を否定しないし、意見がまったくぶつからない。

杉田　ダイアローグ（対話）に見せかけたモノローグ（独り言）になっているよね。プラトンやソクラテスに比べるのもおかしいけど、結局みんな同じ「真理」をあらかじめ共有している。そこには近代的な意味での弁証法も対話も、討議デモクラシーも敵対的デモクラシーも生じようがない。

藤田　田原総一朗は対談中にたしなめているんだけど、そうしたら百田が文庫版の「おわりに」で、田原は左翼だった、ガッカリした、とか、あとになって批判している。

杉田　あれはひどいよ！

藤田　何度も言うように、百田尚樹にとってはすべてが情報戦の一部なんです。対談の中でも、嘘でも言い続けたら、世界がそれを信じてしまう、という危機意識を述べていますよね。日本は戦後それで悪者にされてしまった、と感じているんですよね。その裏返しで、やり返さなきゃならないという使命感がある。田原総一朗は、それはナチスのプロパガンダと同じ手法だとたしなめていますけど、百田は完全にそれを自覚してやっていると思います。従軍慰安婦とか南京大虐殺とかの問題も、韓国や中国が仕掛ける歴史戦・情報戦だという認識ですよね。

杉田　元ジャーナリストの青山繁晴氏との対談本『大直言』（新潮社、二〇一七年）では、第三次世界大戦に備えよ、と読者を煽っています。というか、第三次世界大戦はすでに、今まさに進行中なんだと。中国からのサイバー攻撃とか、日本の海域へのアタックとか、それはすでに「戦争」であると。

その場合、いちばん根深いところにあるのは、中国への恐怖心ですね。たとえば天安門事件のときに仲間が弾圧されて、日本に「亡命」してきた石平（せきへい）という哲学者との対談本『「カエルの楽園」が地獄と化す日』（飛鳥新社、二〇一六年）などでも、中国の日本侵略には現実味がある、とくりかえし述べています。

そして中国はいかに残酷か、そのことが何度も強調される。モンゴルやウイグル、チベットのような運命に日本もなるかもしれない。中国は歴史的にジェノサイドばかりしてきた国であり、残酷な刑罰の代名詞としてよく名前の挙がる凌遅刑みたいな怖ろしい刑もある。あるいは人肉も食べる国民である……。

いちばん怖ろしいのは中国に日本の領土を侵略されること。だから、琉球独立論にも反対していますね。日本から独立した沖縄が中国と同盟を組んで、そこから中国は平和維持の名のもとに、沖縄を介して、日本本土に堂々と侵攻してくるのではないか。沖縄がチベット自治区のような状況になり、米軍が撤退し、そこを起点に九州に攻め込まれ、日本は占領され、中国の奴隷の国になるのではないか……というシミュレーションです。

アメリカの第二次世界大戦後の占領は、民主化の名目があるから、まだマシだった。しかしそのために、日本人はかえって、中国という残酷な国に侵略・占領されることの怖ろしさがわかっていない。今度は平和的占領なんてありえない。……そんなふうにひたすら煽るわけです。

そういう恐怖感が百田の中にはおそらくリアルなものとしてある。韓国や北朝鮮については上から目線で、明らかにバカにしていますが、中国のことは本当に怖いんだと思う。その恐怖感があるから、百田の言論は自衛戦争の武器になっていく。

中国という大国を畏れるな、とは思いません。しかし、かつての竹内好や武田泰淳にあったような、中国のわからなさを畏怖しつつ、文化や政治について学ぶべき他者として見つめる、というような重層的な感覚が百田にはありません。他者に対する恐怖と畏怖は違うはずです。

畏怖は尊敬に繋がり得る。しかし恐怖の念は、ひたすら敵への憎悪にしかならない。

恐怖の地政学的な必然性

藤田　戦争において敵国を悪魔化するプロパガンダとの類似性をどうしても考えてしまいますよね。ただ、中国が本当に脅威なのか否かを判断するのは難しくて、地政学的・軍事的な問題を一般市民として本当に把握することは難しい。僕らはインテリジェンスでもなんでもないし、諜報員(ちょうほういん)でもないし、分析官でもないから。メディア越しの情報にしか触れられないわけですよ。だから、一般市民として判断するのが難しい面も正直ありますよね。

杉田　それはそのとおりです。たとえば竹内好のような知識人でさえ、日本には為しえなかった近代的革命を中国が実現したんだ、という思いの強さから、文化大革命以降の歴史に対してはとても屈折した思いを抱えざるを得なかった。

藤田　ソ連と中国がすぐ隣にあって、旧西側のアメリカ・ヨーロッパの防波堤に日本が位置づけられる――という地政学的条件が戦後日本にはずっとあったこと。それは事実ですよね。そして現在、中国は急速に経済的に成長しているし、独裁的な中国共産党の問題もある。それは日本にとって脅威である、という分析があってもそれ自体はおかしくない。

杉田　東アジアの地政学的な緊張関係があり、軍事面でも、国際的な新秩序の必要性があらためていわれています。事実日本は今、アメリカだけではなく、イギリスやフランスの軍隊とも積極的に組んでいて、アジアの中でも覇権的なポジションを奪取しようとしている。

戦後の日本は、よくも悪くも「アメリカの影」でやってこれました。しかし今後は「アメリカの影」と「中国の影」という二つの帝国の間でやっていかなくちゃいけない。そういう現実認識に我々はまだ追いついていない。丸山眞男や鶴見俊輔も強調するように、日本はもともと、古代史の時代から、中国の影のもとで政治や文明を作ってきた。その記憶をあらためて思い出しつつあるのでしょう。

藤田　歴史学者の與那覇潤は「中国化する日本」と言っていますね。ジジェクの言う「民主主義なき資本主義」の成功例が中国であるならば、日本も今後は「民主主義なき資本主義」の方向に行くインセンティブが高まる感じがします。中国ではそのやり方で経済が上向いているんだから、独裁でもいいし不正があってもいいだろう、という方向ですね。「民主主義」と「法の支配」を重視するはずの国が、中国の成功を受けて、そのやり方を真似る傾向は出てきていると思います。

杉田　ざっくり言って、アメリカ化とは敗戦後の七十数年の話であり、西洋化が日本近代史の話であるとすると、そもそも古代史のほうへ遡っていけば、日本という国の歴史は、中国との関係なしには考えられなかった。大陸や朝鮮半島、あるいは東南アジアや北方との交通も含めて、日本の歴史は混血的、雑種的に積み重ねられてきたものです。そういう古代的な記憶――中国帝国の属国であり、一辺境だった島国としての日本という記憶が、記紀万葉の時代まで遡れば、必ず出てきてしまう。そういう意味では、日本人は中国を畏れざるを得ない、という地政学的かつ歴史的な必然がある。

そもそも日本語だって、漢字と仮名（ひらがな、カタカナ）の交用制でしょう。中国あるいはそれを取り込んだ朝鮮半島の言語なしには、書き言葉としての日本語も、明治以降の言文一致体もありえない。いくら江戸時代の国学者が外来的な漢心（からごころ）を否定しようが、純粋な言の葉ややまとことばを夢見ようが、日本語そのものがすでに外国の文字＝エクリチュールに侵食されているし、そこに寄生して成り立っている。文字性を消し去った純粋音声はありえない。根源的にハイブリッドな言語ですよ。訓読というプログラムを使って外来性を緩衝していますけども。だから、日本列島の内なる中国的なものは、「遺伝子」とか「ミーム」という比喩に頼らなくても、言語の問題として物質的な基盤を持っている。

逆にいえば、それほどまでに政治的文化的関係が深く食い込んでいるからこそ、中国は脅威と恐怖の対象になるのでしょう。だからこそ、畏怖すべきところを畏怖しつつ、わからないところをわからないと言いつつ、脅威や恐怖の念を縮減して、この巨大な他者とどう付き合っていくか、という問題設定があらためて必要になる。アメリカの影と同時に中国の影を再考すること。恐怖の感情に敗けてひたすら「敵」を叩き続けるのは、悪手でしょう。百田尚樹の中でも、恐怖の面ばかりが暴走してしまっている。

藤田　本当に恐怖を感じているのか、それとも、一般の人々に恐怖を感じさせようとしているのか。そこはどうなんでしょうね。

杉田　ガチに恐怖はあるんじゃないかな。

藤田　戦争のリアリティ——すなわち、恐怖感と危機感——が、百田尚樹の言論や行動を正当化する、という論理構成になっている、というのは確かですね。「戦争」のモード、つまり恐怖や不安が増し、好戦的な感情になると、扁桃体が興奮して複雑な思考がしにくくなることがあるようです。二項対立で安易に考えたりとかね。卵が先か、鶏が先かみたいな話だけれど。

やられたら、やり返す

杉田　一九九〇年代くらいまでは、東アジアの連帯の道がまだ模索されていて、自民党の中にも田中角栄、橋本龍太郎、福田康夫みたいな日中友好路線もあった。でも現代の右派は、中国脅威論が暴走していて、連帯や友好の可能性は微塵もなく、むしろ、中国の属国や奴隷にならないためにはどうするか、というのが右派的想像力の大前提になった。そういう意味では、百田尚樹の想像力は、現代的右派のものとしては一般的かもしれない。

藤田　軍事の面は僕もわからないんですよね。アメリカが先日、中国からハッキングされ諜報されていると言って、中国のファーウェイを排斥したり、ファーウェイ産の通信機器を使えないようにしていた。だからひょっとしたら、冷戦体制的な諜報戦や情報戦はすでに終わった、と僕らが思い込んでいるだけで、じつはそれはまだ続いているのかもしれない。様々なニュースなどを根拠に、常に続いていたようだ、と僕は思っています。ただ、どの程度の脅威なのかという判断がうまくつかない。一般市民のレベルでは。

杉田　百田さんは、日本のゼロ戦や日本刀などの兵器・武器に対しては、冷淡な批判をしてきました。防御を度外視し、純粋な攻撃に特化している。それはとても非合理なことだと。最近の『戦争と平和』（新潮新書、二〇一七年）という本でも、やはりその話をしている。日本人はそもそも対外戦争が苦手で、戦争に向いていない民族なんだ。ゼロ戦に象徴される特攻精神が常に出てきてしまう、と。

彼が理想とするのは、一貫してスイスです。スイスのような国家と軍事のあり方が理想的なモデル。つまり、永世中立国を謳いながら、自衛のための軍隊はしっかり持って、徴兵制もある。他国の侵略から、自国の軍隊によって国民を守り切れる状態が理想。

平和憲法を改正して、きっちりと自衛軍を作って、国土の内部では絶対平和を堅持しながら、敵は完全に排除する。いわば、重武装化した楽園状態。それが理想的な国家モデルなのでしょう。その点でいえば、必ずしもタカ派の人たちが好きそうな膨張的で帝国主義的な大日本主義とも言えない。

彼の理想はそういうものなんだけど、中国との関係においては、戦争の比喩をガンガン使って過剰に煽りまくるから……。そして日本の内側に向けても、排外主義的で嫌韓・嫌中的なヘイト発言になってしまう。至るところに「反日分子」や「非国民」を探しまくるわけです。もともと、内外に「壁」を作るタイプの平和モデルなんでしょう。

藤田　最近の差別は、自分たちが被害者だと思い込むことによって、より攻撃的になるというパターンがあるといわれています。百田もそのパターンでしょう。くりかえしになりますが、その「脅かされている」という感覚が、どこまで実態に即しているのかが、わからないんですよね。ただ、やっぱりウイグルなどの人権侵害を見ていると、その「文化」は入ってきてほしくないと、正直に思う。表現の自由も必要だと思う。

やっぱり現代の「戦争」の恐怖感って、「文化」とか「アイデンティティ」の感覚と結びついていると思う。アメリカとの関係でいえば、敗戦して、豊かなアメリカの影響で、戦後の日本はアメリカ文化にかなり染まって、日本文化を失った、という見方があります。それと同様、今後中国が経済的・軍事的・文化的に力を付けたら、日本もあっという間に中国化する。それがありうる、という想像力は理解します。日本文化を守りたい、という気持ちもわかる。京都や奈良、それから全国各地にある日本の伝統文化の価値は、確かに守るべきものだと思います。けど未来をどう思うのかは、アイデンティティや愛着の度合いによって、脅威感が変わるんじゃないかな。戦後日本の進みゆき、アメリカ化を、むしろ肯定的に評価することもできるわけです。アニメなどを日本文化の精髄として評価する文脈って、そういう文脈ですよね。同じように、これから起きるかもしれない文化の混淆も、肯定し得るものになる可能性に期待することもできなくはないと思うんですよ。もちろん、人権などの一線は引かなくてはならないにしろ。際どい綱渡りになるでしょうけれど。

戻ると、百田らのロジックはこんな感じだと思います。戦後日本はGHQの洗脳と情報戦によって自虐史観を植え付けられた。あるいは「南京大虐殺」や「従軍慰安婦」というプロパガンダによって攻撃され続けた。日本文化もそれへの愛着も破壊された。被害を受けているからこそ、自分たちも言い返さなければいけない。やられているんだから、やり返さねばならない。プロパガンダや情報戦も含めてアピールしなきゃいけない、そのために小説も言説もツイッターも総動員する、そういう戦争をしている……「左翼」や「リベラル」の「お花畑」が自分を「誤解して」攻撃するが、自分は本当はこの国を守る戦いに殉じている……こういう自己認識だと思います。

それで対談の特徴ですが、対談相手よりも百田のほうがより「事実」の軽視が著しいんです。

ケント・ギルバートとの対談本『いい加減に目を覚まさんかい、日本人！』では、ギルバートは客観的事実が大事だ、と主張していて、ここで対立点が出てくる。青山繁晴との対談でも、青山のほうがメディアの批判的な機能について擁護的で、諫(いさ)める場面がある。

これに対し百田尚樹は、「朝日新聞」はフェイクニュースを流している、という批判に終始します。確かに「朝日新聞」は、北朝鮮などの社会主義圏の報道においては、イデオロギー的に贔屓(ひいき)しすぎて、インチキな報道をしたことがあるのは確かです。社会主義圏のプロパガンダにひっかかってしまったとも言える。

百田に見えるのは、フェイクを批判するためにフェイクを使ってもいいのだ、という思想です。一方で、相手がフェイクを使うから、こちらは客観的事実を尊重すべきである、という立場もありますよね。ケント・ギルバートと青山繁晴には、後者であるべきだと考えている節があります。しかし、百田尚樹は、そうではない。ここに相違が見え隠れします。

差別とユーモアの問題

杉田　こうしてエッセイ本や対談本を並べてみると、売れっ子になって、周りの編集者から「百田さん、こういうタイトルの本を書いてみたらどうですか」と言われて、ついつい煽(おだ)てられて乗っちゃったんだろうな、というところもありますね。たとえば『鋼のメンタル』（新潮新書、二〇一六年）とか『雑談力』（ＰＨＰ新書、二〇一六年）とかは、彼自身が考え付いたタイトルではないようです。人生の中で本気で「鋼のメンタル」とか「雑談力」について考えてきたようには見えない。

ただ、『逃げる力』（ＰＨＰ新書、二〇一八年）というエッセイだけは少し本気度を感じました。日本人は逃げるのを恥とするけど（玉砕の美学とか）、自分の命のため、家族のために、とにかく逃げろ、と読者に向けて語りかける。この点はじつは『永遠の０』から一貫している。そしてこの本の百田さんは、保守派というより、ちょっとだけ左翼っぽくもある。

たとえば電通の過労死自殺した高橋まつりさんの件に触れて、ブラック企業からは遠慮なく逃げろ、と主張する。そんなものは現代の『女工哀史』みたいなもんだと。そのときにＰＯＳＳＥの今野晴貴さんの本を好意的に引用したりもしています。

『逃げる力』は全体的に、若い女性向けのメッセージになっています。自分の命を抑圧するものからどうか逃げてくれと。まあ、この本でも最後には唐突に、排外主義の話や憲法九条改正の話になっちゃうんだけど……。

藤田　『逃げる力』は少し『錨を上げよ』に似ていますね。先ほども言いましたが、僕は百田を杉田さんが言うような「普通のおじさん」と言うより、逸脱者や例外者、アウトサイダーだと考えています。仕事もすぐに辞めちゃうし、レールから外れていく。正規のルートから逸脱していった立場として、DV男から逃げろとか、ブラック企業から逃げろと主張しているのではないかな。そうやって逸脱しても、生きていくことはできるから、と。

杉田 自己啓発的なエッセイなどでは、時々憎めないところも出てきますね。政治的なプロパガンダや嫌韓・嫌中的な差別発言については、かぎりなくテンプレートで、本当にひどいし、度し難いけど。

藤田 対談本が特にしゃちほこばりすぎだ、と僕は思いました。エッセイはそれに比べたら、まだユーモアがあるし、読者を笑わせようというサービス精神があるので、相対的にマシです。『大放言』『鋼のメンタル』『雑談力』辺りでは、自分はマヌケでバカなんです、という身振りで愛嬌（あいきょう）のある面も出している。

杉田 『今こそ、韓国に謝ろう』（飛鳥新社、二〇一七年）という本は、日本が植民地化してあげたから韓国は近代化が進んでよかったよね、という主張を、嫌味として延々と言い続けています。これはアイロニーなんて上等なものじゃない。ただの差別。すごく傲慢ですよ。勝手に近代化してあげてごめん、でも日本人の肝腎な大和魂を伝えなかったからそれもごめん、みたいな。

そうしたねちっこい嫌味の延長上で、本当は朝鮮人のほうが日本人を虐殺していたんだ、という歴史修正主義的な話になってしまう。これは自分が信じていた感覚を突き放すというユーモアではないし、全然笑えない。

藤田　お笑い芸人もそうですけど、差別やヘイトとユーモアを繋げて考える人がいますよね。これも、文化圏の差のせいで感覚が共有しにくいのかなぁ、と思うのですが。フロイトも、笑いや機知と同じくらい面白いものとして、悪口を挙げています。だから、心理的に近いものなのかもしれないと思います。ですが、ユーモアと悪口をフロイトは分けています。精神の健康を損なわないのはユーモアだ、と明確に述べています。

杉田　社会的に弱い者をさらに差別し笑いのめすこと、それがトガッた芸能だ、という勘違いが横行している。それを文化や伝統の名のもとに自己正当化したりする。正当化というか、特権化。

権力に直接は逆らえないけど、おどけたり擬態したり、笑いと皮肉によってそれにぎりぎり抵抗する、という折口信夫(おりくちしのぶ)の芸能論的な笑いの系譜もあるじゃないですか。多田道太郎や鶴見俊輔、加藤典洋が引き継いだ路線ですね。あるいは、芸能の起源は被差別民にある、という小沢昭一さんのライン。現代のリベラル左派的な人々は、お笑い芸人にもそうした民衆や被差別者たちの感覚に通ずる笑いを期待している、というところはあるでしょう。

ただそれも、松本人志のように、権力やメディアと癒着しつつ、逆張りして弱い者をさらに虐める、という方向に転落する場合もある。筒井康隆とかもね。その点では笑いやユーモアという方法を、ただちに特権化もできないでしょう。

藤田　柄谷行人(からたにこうじん)の言い方では、相対化が他者のみならず自分にも向かないと、ユーモアにはならない。他者に対して攻撃的なだけでは、ユーモアがイロニーになってしまう。この差異も意識し続けるべきだと思いますけどね。ユーモアというのは、攻撃ではないんですよ。

予想外に気持ちのいい本

杉田　僕は『至高の音楽』などの百田尚樹のクラシック評論だけは、結構面白いと思っています。ボクシングのノンフィクション『リング』などにも匹敵するくらいに。自分の弱さやダメさもさらけ出しながら、かなり誠実にまともに、クラシック音楽に向き合っている。特にベートーベンの音楽。百田さんは、ロマン主義的なものが至高の芸術だと考えている。小説の骨格も結構古典的な芸術モデルだと思う。

ちなみにクラシック音楽の聴き方が、努力家の凡人のものである、というのがまたいい(笑)。たとえば小林秀雄の『モオツァルト』の場合、音楽との出会いは、天才的なインスピレーションとして頭の中にじかに鳴り響くんだよね。それに対し百田は、クラシック音楽は一度聴いただけじゃよくわからない、と素直に認める。何回も何回も苦行のように聴き続けないと、よさがわからないんだと。

藤田　何回も聴くというのも、テープの録音に失敗して、それでやむなく何回も聴き直さなきゃいけなかったりして。

杉田　そうそう。ベートーベンの交響曲は長すぎて、当時のカセットテープでは一本に入りきらず、肝腎なところで切れちゃう、とかね（笑）。大芸術家に憧れているところもあるんだけど、凡庸でマヌケっぽい青年が必死にクラシックをわかろうとしている、みたいな憎めない面もあって。まだ何者でもなかった無名時代の自分を思い出しながら、芸術から癒しと勇気を貰っている。

百田が中心的に論じるベートーベンの「弁証法性」は、その後の百田の小説作品の構成原理にもなっています。特に初期小説の、男性論的な実存性ですね。くりかえしになるけど、ベートーベンがあばた面でモテなかったとか、その辺も関係しているでしょう。単に高等遊民的な趣味としてクラシック音楽を聴いていたのではない。実存的な渇望が確かにある。

藤田　いつもは大阪的な庶民性に基づくルサンチマンによって、攻撃的な言動を行うことが多いんですけどね。でも、ハイカルチャー的なクラシック音楽に対しては態度が違う。

僕の印象では、杉田さんが仰る「物語」以前に、音そのものに対する、直感的な共感みたいなものが働いて好きなんじゃないか、と読めました。自分と似た種類の魂を感じて、心底震えて、励まされる……というか。クラシック音楽に関しては、階層とかスノビズムとかは無視したダイレクトな魂の交歓が生まれているように見えます。

杉田　ゲーテとか、プルーストとか、ドストエフスキーみたいな、大芸術家の長編小説を背伸びして、ちょっと無理して読んでいる感じもあって、そこも彼らしい。何度も言いますけど、自分が本気で好きな対象に対しては、身勝手な感情だけで塗り込めることをしない。割と誠実に向き合っている。ボクシング、クラシック音楽、囲碁。

藤田　『至高の音楽』は予想外に気持ちのいい本でしたね。

杉田　うん、割といい本ですよ。友人や知人にも素直な気持ちで推薦できます。

『日本国紀』

杉田　現時点で六〇万部を超えるベストセラーになっていると宣伝されています。ただし、権力や業界との癒着も指摘されていて、初期の頃の『永遠の0』などの売り方・売れ方とはだいぶ違う面もありそうですが、かなり売れていることは間違いないでしょう。

最初にはっきりと宣言されます。日本人ほど素晴らしい歴史を持った国民は、ほかにない。ヒストリーとストーリーは同じ語源であり、歴史とは物語である。つまりこの本は「私たち」の物語であり、日本人の壮大な歴史の物語なのです、と。

すでに述べてきましたが、社会構築主義やポストモダン思想においては、歴史は人工的な構築物であると見なされるけれど、「歴史イコール物語」を堂々とベタに主張することはしません。そこには批評意識やズレの感覚が必ずあるからです。歴史は本当に物語なのか、人工的に構築可能なのか、と。

そもそも正しい物語（正史）と言うけど、それは「誰」の物語なのか、が常に問われるからですね。「私たち」の「正しい歴史」は常に、その外にいる他者たちの物語や現実を消し去ってしまう。そういう歴史＝正史の暴力をたとえば「民衆」や「女性」や「マイノリティ」の側から様々な形で問い返す、そして歴史像を多元化し複数化していく、更新し続けていく、というのが構築主義やポストモダンの歴史論、物語論だったわけです。

しかし『日本国紀』には、そういう屈託や屈折、あるいは反省的な批評意識はまったく感じられません。ポストモダン的なものが完全に頽落したなれの果ての、ポストトゥルース時代の「歴史＝物語」論という感じです。嘘でもプロパガンダでも、「私たち」を自己肯定するための「物語」があればそれでいいんだ、と臆面もなく主張している。

一つ特徴的だと思うのは、日本人の中では歴史と神話がシームレスになっている。それこそが日本人の歴史の優位性である、と言うんですね。ギリシア以上に歴史と神話の領域が分かち難くなっているんだ、実証主義的な歴史じゃないからいいんだ、と言うわけですね。事実、津田左右吉（そうきち）が言っているんだけど、日本人は明確な「建国」の日を知らない。

『日本国紀』に対しては、ネットからの無造作な無断引用の問題なども指摘され、様々なファクトチェックも行われていますが、もともと事実と虚構の区別をあまり重視していない。ある種のオタク的でまとめサイト的な、あるいはAI的な集合知で構わない、「私たち＝日本人」を鼓舞して勇気づけてくれるなら嘘でも二次創作でもいいじゃん、という感じ。その点は我々も押さえておくべきでしょう。

もう一つ。自然災害や黒船来航や元寇（げんこう）みたいな、対外的または国内的な危機と例外状況において、ナショナリズムが燃え上がって、日本人は何度も何度も復活してきた、というストーリーラインがあります。つまり災害ナショナリズム的な想像力。

少なくとも百田尚樹やこの本を企画した人々は、国家観や死生観を含む大きな物語を作って、現代の人々の前に差し出そうとしている。それ自体は結構重要な課題でしょう。この本の内容を実証的なファクトチェックだけで潰していっても、それだけで対抗できるのかな、という疑問は正直ある。

藤田　それはまったく賛成ですね。アメリカのコミュニタリアンの思想家、マッキンタイアは、自分とは何者かというアイデンティティに関わるものとして、物語が重要だと言っています。

事実や現実だけを突きつけるリベラルで実証主義的な規範が人々に届きにくいのは、人々が求めているのは「物語」だからだと思うんですよね。自分は何者か。世界とどう繋がっているか。何のために生きて死ぬのか。それを意味づけてくれる物語を人間は欲する。「それは弱いからだ」と、「物語批判」の立場からは言えるんですけど、でも人間って、弱いんですよ。『日本国紀』の帯には「私たちは何者なのか――」と書いてありますね。つまりこれは、日本人にアイデンティティを与えるための物語を戦略的に提供することを意図した本だ、という表明でしょう。アイデンティティ・ポリティクスの要求に積極的に応えているわけですね。

アイデンティティが欲しい、歴史や神話によって意味づけられたい、自然や死者との繋がりを作りたい、等々の人間の気持ちそのものは、決して否定できないものです。僕は『日本国紀』の皇国史観的な内容には批判的ですが、その前提というか動機については簡単に切り捨ててしまえるものとは思えない。

だから、事実によって物語を否定するだけではなく、「本当にこの物語でいいのか？」ということも問われるべきだと思う。

杉田　リベラル左派は今、こういうタイプの本を書けていないわけですよ。その点では敗けてしまっているし、立ち遅れてしまっている。ファクトによる「物語批判」にとどまっている。一つの物語に対しては対抗物語というか、オルタナティブな物語をぶつけなくちゃいけない。

しかも、社会構築主義やポストモダン思想が登場した一九八〇年代と比べても、情報技術が発達し、ＳＮＳが普及して、完全にポストトゥルース状況にある中で、人々に届くような力のある対抗的な物語は何だろうか。そういう問いがあってしかるべきだと思う。たった一つの物語というよりも、多元的で複数的な神話というかかな。橋川文三が言ったパトリ（小さな郷土愛）とかトポス（居場所）のような。そして多様な神話を成り立たせるプラットフォーム。

そもそも「想像の共同体」としての近代的なナショナリズム自体が、人為的な構築物でした。近代化に伴って宗教的な権威が没落した中で、国民国家というフィクションが物語のように作られていった。ゲルナーの『民族とナショナリズム』という有名な本では、本質主義的なナショナリズム論と構築主義的なナショナリズム論が区別されます。

しかしアントニー・スミスによれば、ナショナリズムについては単に構築主義的な理解だけではダメだ、と。近代人には「死」をめぐる不安が根本にあるが、死を意味づける権威や物語がない。そこにナショナリズムというものが従来の宗教や政治的権威に代わって登場した。だからこそ、ナショナリズムの熱狂の欠点を理解しつつも、それに対抗するのはすごく難しいんだと。

あらゆる価値観が平準化され相対化されていく中で、じゃあ死の不安という問題にどう対処するのか。時代に即した死生観を含む物語や思想を提示できないかぎりは、『日本国紀』的なものの蔓延を食い止めて解毒するのは難しい。

和的帝国主義

藤田　今、純文学の世界でも、神話を再構築し創り直す、という試みが様々な形で行われています。たとえば上田岳弘はITや最先端テクノロジーと世界各国の神話を混ぜ合わせながら、新しいタイプの小説を書いている。あるいは福島出身の古川日出男は、福島的な神話を再創造する、という仕事をしています。

つまり自分たちは何者なのかという物語を文学的想像力によって創り直す。そういう純文学者たちの試みは、じつは『日本国紀』の動機とも共通しているように思えます。

物語にも危険なものと安全なものがあります。僕の立場としては、人間という生き物は物語をどうしても必要としてしまうから、それが一つの物語であることを自覚しながら、より安全でマシな物語を作っていき、選択しましょう、ということになります。

とはいえ、自分の生き死にを支える物語が、選択したもの、人工的に作ったもの、と自覚してしまえば、物語の魔法のような効果が消えてしまう。それがジレンマというか、厄介なところでもありますね。

杉田　百田的な日本史像の特徴は、日本人は争いが本質的に嫌いなんだ、ということですね。和を貴ぶ。民族的に優しい。だから対外的な戦争には向いていない。『日本国紀』だけではなく、くりかえしそう主張してきた。少なくとも、膨張的で雄々しい、戦闘民族的な感じではない。

いわゆる『魏志倭人伝』――『魏志』内の「倭人伝」（東夷伝・倭人の条）――を引用して、外国から見ても、日本は古代からそういう国だったんだと。あるいは日本には中国やヨーロッパのような奴隷制はなかった、ジェノサイドもなかった、都市を囲むヨーロッパ的な城壁もなかった……。

しかしこれはかなり疑わしい。他方ではたとえば、百済が日本の植民地だったことを否定していません。そもそも、国内の歴史だって、天皇とその血族・親族の殺し合いと権力闘争が延々と続いていたわけですよ。日本にはジェノサイドはなかったと言うけど、織田信長の虐殺の話を本の中で書いているじゃん、とツッコまれていましたが。あるいはアジアとは戦争をしていない、ただ植民地にしただけだ、という言い方をするわけです。本の中にも矛盾がいっぱいある。

『日本国紀』には、「和的帝国主義」とも言うべき矛盾した思想があります。和を貴ぶと言いつつ、単なる平和ボケとか一国平和主義とか鎖国などは、強く批判されている。

つまり、「和」主義ではあるけど「平和」主義ではない。国内の「和」を貴ぶことは、重武装化や植民地主義とも矛盾しない。そういう考え方なのでしょう。これがポイントだと思います。主観的には平和主義なんですよ。

実際に、『日本国紀』の最後では、満を持して安倍晋三があたかも英雄ナポレオンのように登場します。日本的な絶対精神の権化としての安倍晋三が戦後憲法を改正して、神武天皇のような神話的存在と化して、数千年に及ぶ日本の歴史がついに完成し、新たな時代が始まる……そういう神話的なビジョンを示すわけですね。それによって「和」としての日本国の歴史＝物語が完成するんだと。

それならば、こういう歴史イメージにどうやって対抗していくのか。

藤田 「和」については、「日本人は平和主義的で穏やか」だという認識が「だからこそ敵の攻撃や侵入に脆弱だ」という考えに繋がっているんだろうと思います。それゆえ、「和」である日本人を守るためにタカ派政治家はこんなありがたいことをしてくれているし、「和」を共有していない侵略者たちを教化することも自衛のためである、と正当化されているのではないでしょうか。

そもそも、日本だって、時代や場所、階層などによって多様だったわけだし。蝦夷もいたし。アイヌや琉球民族だっている。そういう多様で矛盾した「日本」像が切り捨てられているな、と、北海道出身者としては素朴に思いますね。

多様で矛盾したものが衝突しながら弁証法的に進んでいく、という物語かと思いきや、この本は、歴史の進歩もほとんど描かれない。日本の歴史ははじまりの時点から素晴らしかった、ずっと素晴らしかった、今も素晴らしいと。そういう歴史観ですよね。

杉田　金太郎飴的というか、丸山眞男が批判した「ズルズルべったり」の「つぎつぎになりゆくいきほひ」という歴史観だよね。むしろ、時間も歴史もない。「今」だけがある。それが日本人の歴史の本質であると。歴史の本と言いながら、歴史がない。

藤田　日本人は昔から変わっていない、という一点張りですよ。その点ではヘーゲルの歴史論とも違うし、まったく弁証法的ではない。そこが平板でつまらないんですが、「連続性」の感覚だけは提供できる。そこが心理的に重要なのでしょう。

しかし、この本は、歴史なんて所詮相対的なものであり、思い込みにすぎない、と読者に思わせることには成功している。戦後日本人はGHQに洗脳されて自虐史観を信じてきただけでしょ、自分たちの保守的な歴史認識もフィクションであり嘘にすぎないけど、歴史認識なんてそもそもすべてはプロパガンダなんだよと。そういうニヒリズム的な精神を、読者に対してひそかに伝えることには成功しているんですよ。

江藤淳をどう評価するか

杉田　たとえば保守派のWGIP史観的な考え方の一つの起源になった、という一九八〇年代の江藤淳の『一九四六年憲法──その拘束』『閉された言語空間』などの仕事。しかし江藤さん自身にはやはり多面性があります。

江藤さんは日本なんてアメリカの植民地なんだ、ということをずばっと言った。しかも植民地であることを自覚し得ない特殊な植民地なんだと。戦後の日本人にはナショナルアイデンティティがそもそもない。その虚しさをせめて自覚していくべきだ。そういうスタンスですね。

江藤さんは、反米愛国でもなければ、親米愛国でもない。そこに江藤さんの悲しみというか微妙さがある。独立後もアメリカに事実上占領されていて、特に文化や言葉を収奪されているんだけど、かといって国家として自立もできないし、アメリカに依存するしかない。じゃあせめてその矛盾や悲しみに自覚的であろうと。何を語るにせよ、失語しながら語ろうと。こういう江藤的なねじれの感覚は、保守思想家たちよりも、むしろ押井守などのサブカルチャー作家に引き継がれていった。

百田尚樹の中にも、アメリカに対する態度の揺らぎが一貫してある。アメリカ人に認めてもらいたいという承認欲求が強くあるけれど、GHQのやったことは許せない、とも主張する。ルサンチマンが見え隠れしますよね。死をも怖れぬ日本兵の勇気はアメリカ人を震え上がらせたとか、なんか虚勢を張った負け犬の遠吠(とおぼ)えみたいなことを強調している。マッカーサーは日本に上陸したとき、ズボンの中でじつは怖くて失禁していたんだとか……(笑)。

藤田　(笑)。

杉田　そして「諸悪の根源」のレベルがどんどん高次化していく。自虐史観の原因としては戦後のGHQの戦略があったんだけど、その背後には「朝日新聞」や日教組のような反日勢力がいて、さらにその背後には共産党があり……究極の「諸悪の根源」は、やっぱり中国なんですよ。中国共産党。

たとえば『日本国紀』では、GHQの日本人洗脳の手法は、そもそも、中国共産党の洗脳プログラムの方法を取り入れたものだ、とも主張されます。百田の想像力の中では、諸悪の根源を遡っていくと、必ず中国共産党に行き着く。敵の背後にはもっと悪い敵がいて、さらにその背後には……という陰謀史観というか、ほとんどもう、C級SF的な想像力ですね。

日本人の不幸や虚しさの原因を「敵」に求めて、それをどんどん遡っていくと、次第に非現実的というか、妄想領域に入っていく。中国という巨大な他者と平和友好の理想だけではやっていけない、というのは確かにそうなんだけど、あまりに妄想に妄想を重ねて、敵がSFアニメ的に巨大化しすぎている、という感じは否めない。

藤田　その陰謀論的な無限後退の想像力というか、パラノイアは、フィクションのみならず、現実の歴史にもたびたび登場する困ったものですよね。SFの場合だと、たとえばカート・ヴォネガットの『タイタンの妖女』では、あらゆる勢力の背後に宇宙人とかも出てきて、人類の進歩の努力自体が、ある機械の部品を生み出すために必要なものだった、という話になります。

その機械の部品は、宇宙の郵便屋さんみたいなものの故障を直すために必要で、郵便屋さんの運んだメッセージの内容は「ヨロシク」だけ。こういうバカバカしさの笑いで、陰謀論的想像力を相対化してきたのもSFなんですよ。

「陰謀論」ともいわれるWGIP史観が『日本国紀』のひそかな通奏低音になっています。それは戦後日本をどう評価するか、という問いの文脈に位置づけたほうがいいでしょうね。

戦後日本がアメリカ化して伝統的な情緒が失われていく。そういう状況に腹を立てた人々はいっぱいいいて、江藤淳もその一人でしょう。そのことは気持ちとしてはわかる。アメリカ化したことがぜんぶよかったとは言えない。しかし逆に、日本の伝統的な文化がぜんぶよかった、とも言えない。

アメリカ化して畸形化していった日本をどう受け止めるか、というのはサブカルチャーの課題でもありました。たとえば現代では、村上隆のようなアーティストが畸形化した日本をあえて露悪的にアート化しています。

江藤淳はサブカルチャーが嫌いな人だった。アメリカ化した日本社会はフェイクでありフォニイ（まがいもの）だと言った。江藤は祖父が海軍中将、叔父が水俣病で有名なチッソの会長で、その孫が皇后雅子です。そして若い頃に母親を亡くしたので、亡き母への愛着と、日本への帰属意識が重なってしまう部分がありました。これは「すばる」二〇二〇年二月号の江藤淳論（「江藤淳はネトウヨの〝父〟なのか？」）で書いたのですが、そのような心理ありきでアメリカのWGIPについて一次資料をあたって調査を行ったわけです。詳しくは論考を読んでほしいけれど、やっぱりWGIP史観は実証的な事実というより、江藤個人の私的モチーフが公的な装いで語られたものだと思う。それがあまりにも無批判に保守論壇やネトウヨに使われすぎているな、と思う。

江藤の『閉された言語空間』には、ディストピアSFのオーウェル『一九八四年』的な構造があります。戦後の日本人が自虐史観に陥ったのは、ぜんぶGHQの文化政策のせいであり、それが東京裁判などにも繋がって、日本国民に罪悪感を強制している。そしてアメリカに逆らえない従順な国民にさせられてしまった、というストーリーですね。

この時期の江藤淳の仕事に対する評価は、専門家の間でも分かれています。すでに紹介しましたが、賀茂道子『ウォー・ギルト・プログラム』によると、占領政策もイデオロギー的工作も確かにあった。それは確かなのだけれど、保守論壇が強調するほど、全面的に戦後日本人がそれに影響されて、国民全体が洗脳されたとまでは言えないのではなかろうか。賀茂の本はそういう結論になっています。

僕もそういう判断が妥当だと思う。たとえば日本人自体がアメリカ的な民主主義を自主的に歓迎した、という面もあるでしょう。農地改革で助かった人もいるし。『奥さまは魔女』などに憧れた日本の主婦だって、解放を歓迎していましたよ。保守論壇が言うほど一面的に悪いとは片付けられないに決まっている。日本人だって、それほど単純に洗脳されるほどバカではない、庶民にはしたたかさもあるわけですよ。

そして、大衆文化である戦後サブカルチャーの一部は、日本がアメリカ化し畸形化していく過程の複雑さ、グチャグチャさを積極的に表現し、受け止めようとしたものです。

加藤周一の言う「雑種文化」という概念もそうですね。日本の純粋さを求める江藤淳とか川端康成のような方向ではなく、多層的に混交していく戦後文化や状況をまず認めようじゃないかと。あるいは大江健三郎なども、戦後の雑種化して引き裂かれていく状況をまず直視して引き受けた文学者だったでしょう。

『日本国紀』は、そういう雑種文化的な歴史を認めていません。日本の純粋さに対する憧れがある。しかしそれは、七十数年を経た戦後の歴史や文化の豊饒さを軽視し、無視してしまうことになり、逆に戦後の「日本の伝統」や「日本人」に対する敬意を欠いていないか、と感じるんです。

歴史認識を「耕す」という感覚

杉田　加藤典洋の『アメリカの影』(河出書房新社、一九八五年)は、江藤淳の中にも若干ありえたポストコロニアルな可能性を押し開いた本でもあります。アメリカによって単に文化的・言語的に占領されたというより、日本文化とアメリカ的なもののハイブリッド化の過程として戦後を捉え直そうとしている。村上龍や村上春樹のような感性もそこから出てきた。

しかもそこでは同時に、近代化と人工化によって自然破壊も行われ、公害などの社会問題も生じていたから、雑種化やハイブリッド化の過程が必ずしも手放しで肯定されてはいない。そういう文脈で、富岡多恵子や石牟礼（いしむれ）道子の小説も論じられます。そういう美醜や清濁を含めて、蓄積され堆積されてきた文化と歴史の土壌がどうしようもなくある。

ポストコロニアリズムとは、かりに植民地状態が終わったとしても、複雑な形で植民地時代の影響が生じ続ける、そしてその土地の人々に矛盾や葛藤を強いていく、植民地は終わってもむしろ植民地問題は終わらないんだ、という状況を論じるための思想です。

国破れて山河ありと言うけれど、国土も自然も不可逆な形で変わってしまったわけですよ。戦後的空間においては、「純粋な日本人」としての「私たち」の「物語」なんて、ありえない。そういう雑種化してハイブリッド化した環境や状況を引き受けながら、そこからどうやって現代的な歴史や物語を再構築していけるか。さらに現在でいえば、在日コリアンや移民・難民の歴史ともどうやってクロスさせていけるか。というより、それらはすでに、常に混交体としてある。

本当は江藤淳の仕事の中からすらも、そういう可能性が引き出せるかもしれない。一九八〇年代からは占領研究の仕事が中心になるけど、もともと江藤さんはイギリスの作家マンスフィールドについての論文を書いたり、イギリス紳士をコスプレしているというか、バタくさいところもあった。近代主義者でもあるしね。

僕は「江藤淳の子どもたち」と呼んでいるけれど、江藤淳から福田和也はモダニストの側面を、大塚英志は近代ナショナリストの側面を、加藤典洋はリベラルな側面を引き出した。宇野常寛の『母性のディストピア』（集英社、二〇一七年）の議論も完全に江藤の『成熟と喪失』をアップデートしようとするものだしね。そういう多面性もあった。

誤解を招くかもしれないけど、僕は「新しい歴史認識」そのものは必要だと思っています。何を「新しさ」と呼ぶか、という問題はあるけれども。戦後の「自虐史観」を批判しようとする新保守的でネトウヨ的な「新しい歴史認識」に対して、リベラルで実証主義的なファクトに基づく歴史像をぶつけるだけでは、やはり足りない気がする。

たとえば、歴史認識を「つくる」じゃダメだと思うんだよね。それはデザイン的で制作的な発想だから。たとえば丸山眞男は「歴史意識の『古層』」で、「つくる」と「なる」の間に「うむ」という言葉を置いている。歴史というものは、人間が好き勝手に制作しデザインできるものではない。かといって、自然発生的に「つぎつぎになりゆく」だけのものでもない。たとえば子どもの出産って、人為とも自然ともつかないような、能動的かつ受動的な出来事じゃないですか。

あるいは文化という言葉の語源には「耕す」という意味があるように、歴史とは好きなように「つくる」ことができるものではなく、それまでに形成されてきた土壌や環境の中で、せっせと耕したり、新しく子を産んだりしながら、時間をかけて育てていくものでしょう。子どもを産んだり、畑を耕すように、日本の文化的な土壌や自然環境、国土などを豊かにしていく。そういう感覚が大事ではないか。

藤田　江藤淳の、プリンストン大学に行き自身がマイノリティになっていた時期を書いた『アメリカと私』の中では、多文化主義的になっていくことで「解放」される夢を肯定的に考えている部分もあるんですよね。しかし、それにもしこりは残る……というふうに論は続くのですが。

先ほど押井守の名前が出ましたけれど、映画の『GHOST IN THE SHELL／攻殻機動隊』（一九九五年）などのサイバーパンクの西洋と東洋がグチャグチャに混ざる都市や身体のイメージは、戦後日本の状況と可能性を展開したものだと思うんですよ。いろいろなものが混じり合っていく戦後の新しい日本文化をよくも悪くも受け止めていくための、一つのビジョンでありうると思うんですね。SF的なフィクションが果たしてきた心理的機能の研究も、日本の歴史を考えるうえでは重要だと思う。

僕はサブカルチャーやＳＦの研究者として、そちらを中心とした「日本論」を考えてきました。これまでにも『日本国紀』とは異なる、オルタナティブな日本史や戦後史を記述してきたつもりなんです。もう少しハイブリッドで異質なものたちが混ざり合う、ごちゃごちゃした畸形的な世界としての戦後日本を、肯定するロジックだってありうる。

理想論かもしれませんが、そちらのほうの文化意識や歴史意識がもっと強くなっていけば、日本人の純粋さにこだわって、ヘイトや排除に走ってしまうという流れも多少は弱められるかもしれない。

最近たまたま、小林秀雄の「伝統について」を読みました。伝統とは作るものだ、と小林は言っている。もともとある慣習や習俗がそのまま続くのが伝統なのではなく、それがすでになくなりかけているという意識のもとで、自分でその精髄みたいなものを集めて、大事にすべきものを作っていく、それが伝統である、と小林は言うんです。

そうした意味で、百田尚樹のような歴史観が無視しているものを戦後日本の精髄として取り出し、それらを継ぎ合わせていって、一つの伝統や歴史を再構築していく。そういうことは可能であろうし、必要であろう、と僕は思うんです。

杉田　小林もそうだし、福田恆存（つねあり）のような戦後の保守思想家が言うのは、伝統や慣習を引き受けながら、それを常に更新し続けよう、という再帰的な保守性だと思う。純粋な過去があって、それが正しい、という硬直的なものではありません。

藤田　先日（二〇一八年一月）亡くなられた西部邁（すすむ）の保守観もそういうものですね。それに比べると、百田尚樹の保守思想というものは、随分違う性質のようです。多分、バランス感覚と、品位のようなものがなくなっている。

杉田　小林秀雄や福田恆存や西部邁のような意味での保守性は、立派なものだと思うけどね。江藤さんは多面的でありつつ硬直的な面も強いというか、切羽詰まった痛々しい暗さみたいなものがあったけれど……。

終わりに

排外主義なきパトリオティズムの可能性

杉田　さて最後に、百田尚樹をめぐるここまでの議論を踏まえつつ、文化や政治の未来についてのビジョンを話しておきましょう。

それは結局、小説家であり保守思想家でありメディアイベンターでもある百田尚樹という人が、遍歴の果てに行き着いた『日本国紀』のような歴史意識や日本人論――それに対抗し抵抗するためのビジョンとは何か、そうした物語や神話とはどんなものでありうるのか、「新しい歴史意識」がありうるのか、そうしたことをめぐる話になると思います。

たとえば橋川文三が『ナショナリズム――その神話と論理』で、ナショナリズム（国民国家主義）とパトリオティズム（郷土主義、愛郷心）の違いをあらためて強調しています。そこには「ナショナリズムなきパトリオティズムは日本において可能なのか」「排外主義なき愛郷心とは何か」という問いがあったのではないか。

近代日本の歴史においては、ルソー的な一般意志というものがなかった。国民が下からのナショナリズムを作れなかった。国民統合のリソースとしては、天皇の自然意志を持ち出すしかなかった。明治維新のときに伊藤博文らが苦心して、半ばむりやり、天皇の名のもとの国民国家というフィクションを作り上げたわけです。

そうすると、近年のリベラルな立場の人たちも、戦後民主主義への保守回帰を主張するにしても、国民の欲望や意志をまとめ上げるための物語や統合原理がほかに見当たらないから、リベラル天皇制に行ってしまう。近年はリベラルナショナリズムという立場もありますけれども。しかしそれは、日本近代ナショナリズムの典型的な隘路（あいろ）であるわけです。

天皇制ナショナリズムにおいては、天皇の名のもとの国民の平等と、脱亜論／征韓論／嫌韓・嫌中的なものが常にセットになってしまう。上皇の明仁氏がどんなにリベラルでアジア主義的な人だったとしても、明仁氏個人と天皇制という制度の話は別物です。リベラルな立場の人ですら、国民主権にとどまれず、天皇の存在にすがってしまうのは、日本近代史の歪みそのものに根ざす問題です。

そういうときに、排外主義なきパトリオティズムをいかに作り出していけるかというのは、結構重要な問いではないか。パトリオティズムというのは、具体的な郷土や国土の感覚に根ざしたものだけれども、国土や自然環境に対するスピリチュアリティとか、ある種の自然信仰の要素も入っている。

さらにそこには、先ほど藤田さんが言ったネットカルチャーやサブカルチャーなどの蓄積も関係してくる。デジタルネイチャー（コンピュータによって再構築される自然環境）という言葉があるけれども、ネットや情報技術的な環境もすでに「自然」なのだから。ポストトゥルース的でポストメディア的な、生命と情報の境界線がはっきりしなくなっていく中で、何らかの新しい宗教性というか死生観みたいなものが現れようとしている。

イロモノ扱いされがちな落合陽一の主張もそんなに悪くない、と僕は思っています。デジタルネイチャーの中からどういう生命観や死生観が出てくるか、ということを彼は考えている。ただ、落合さんはちょっと功利主義的であり、統治者やデザイナーの目線によって、生命現象をコントロール可能なものとして捉えてしまう。だから人間の終末期医療の問題などに踏み込むと、功利的な効率性の話になってしまう。

しかし他方には郡司ペギオ幸夫のような人もいるわけです。彼も生命と非生命の境界線が混濁していく世界、人間がゼロから生命を創出し得るポスト生命的な世界について思考していますが、彼は生命に対する畏怖の感覚、つまり生命はコントロール不可能なものであるという感覚を決して失っていない。そういう死生観、生命観の方向もあると思う。

愛郷心や国土についての議論というのも、そういうデジタルネイチャー的なものも取り込みながら、文化的で霊的なものも含めて、展開していけるのではないか。そういう可能性をちゃんと考えていかないと、成り成りて成りゆくネトウヨ保守主義みたいな物語に勝てない。

藤田　ナショナリズムとパトリオティズムは必ずしも一致しないはずですよね。けれども、「米と天皇」とか「神社と天皇」とか、近代以降に発明されたいくつかの装置によって、それらが媒介されやすくなってしまった。

とはいえ、もともと自治的な要素が強い地域では、中央の国家と考え方が対立することもよくありました。現在でもあります。奈良県に取材で行った際、橿原（かしはら）市の今井町（いまいちょう）という町を紹介してもらいました。ここは江戸時代に自治的特権があった場所で、自治意識が強い。やがて街並み保存運動も起きた。東北地方でも、パトリオティズムとナショナリズムが相反している面があります。たとえば戊辰（ぼしん）戦争の記憶が今もある地域では、愛郷心と愛国心が重なりにくい、というのは、当然だと思います。

杉田　パトリオティズムには地方主義や地方分権、あるいは中央に対する周辺・辺境という緊張関係がありますが（東北性や浪速（なにわ）性もそうでしょう）、同時に、再帰的なパトリオティズムという問題もあるでしょう。それこそ山崎貴の映画が作り出すレトロトピア的な下町や鎌倉とか。そういう再帰的な郷土イメージも多層的に折り重なっている。

国外からもいろいろな文化が入ってきて、交通関係の中で異種交配がどんどん進んで、ごちゃごちゃに堆積しながら熟成して更新されていく――日本的な「自然」って、多分そういうわけのわからないものだった。自然というより雑然。雑然主義としての日本のようなもの。雑種的に習合して混合して更新されていく日本。加藤周一や丸山眞男の議論を拡張していけば、そういう話になると思う。

雑居文化と雑種文化

藤田　各地域に固有の思想や考え方と、中央国家的なナショナルなものとはかなり違うなぁと、地域アートを取材していて率直に思います。とはいえ、現象として目立つのは、「観光地化」で、生き残るためには仕方がないんだけど、外国人やほかの地域の人向けの装いに変えるんですよね。レトロトピア化に近いと思うんですけど。東京もそうなってますよね。

そういう「観光地化」とは逆に、東北芸術工科大学とか秋田公立美術大学が代表だと思うんですが、地域の根源のようなものにグッと迫ろうとするアプローチもある。どっちが正しいのか、正直わからないのですが、地域や国家イメージの再編成の中で、ダイナミックに方向性の奪い合いが起きている状況がある。それは政治的といえば政治的ですよ。

グローバルなもの、ナショナルなもの、ローカルなものの編制が揺らいでいる中で、それが今後どうなっていくのか、どうなっていったらいいのか、イメージやアイデンティティをどのようなものにすればいいのか、そういうフレームの中で考えていくべきだと思います。

　地域的な多元主義は今後も活発化していくだろう、と僕は考えています。それをナショナルな単一のビジョンによって統一できるとは思えない。百田尚樹的なナショナリズムへの違和感は、ローカルにすぎない感覚をナショナルにまで安易に拡大してしまう図々しさにあったりします。閉じているし、実態と事実に即していないんですよ。

　百田尚樹にももともと、大阪のローカルなものの庶民的なリアリティがあったはずです。ただ、『日本国紀』では、そういうローカル性が見事に消えてしまっている。本人はそれをどう思っているんでしょう。

　いろいろな地域の物語とか、アイデンティティを提示して、それらが多元主義的に抗争しあう状況がもっと進んでいけば、『日本国紀』的な「私たちの物語」も内側から別のものに変化していくのかもしれない。僕はそちらを推し進める方向を応援したい。そっちのほうが多分、住みやすく生産性があって創造的で活力があって、尊敬される社会になると思うので。

杉田　丸山眞男は有名な『日本の思想』の中で、雑居文化と雑種文化を区別していますね。雑居というのは、いろいろなものを海外から取り入れながら、それらが漠然と並んでいるだけで、じつは排他的なんだと。何でも取り入れながら、本当は何も受け容れない。まさに今の日本が外国人労働者や技術実習生や移民を表面的には取り込みながら、生活者や人間としては排除しているように。

それに対して雑種文化というのは、海外から入ってきた他者たちと人種や血のレベルで混ざっていき、雑種的で混血的なものをどんどん産んでいくことです。丸山は日本思想のポイントを「産む」という感覚に見出していた。単に作るんじゃなく、新しいものを産んでいく。丸山はそういう雑種文化が日本にもっと産まれてきてほしい、と祈りながら多分『日本の思想』を書いた。

僕は最近、『機動戦士ガンダム』のキャラクターデザインなどで有名な安彦良和さんについての本を書いていたんだけど（『安彦良和の戦争と平和』中公新書ラクレ、二〇一九年）、安彦さんはマンガ家として、日本古代史を舞台にした作品を『ナムジ』『神武』『ヤマトタケル』などのシリーズとして描いています。

じつは安彦さんの仕事は、ある意味では、百田尚樹と重なる部分もあるんですよ。つまり、神話と歴史がシームレスになっていく領域の日本史についてこだわっているから。津田左右吉は、記紀の仲哀天皇以前の記述は歴史的事実とは言えない、と断じて、歴史と神話を切断したんだけど、安彦さんは歴史と神話が曖昧に重なった部分に踏み込んでいきます。

しかし安彦さんが作中で描く古代日本史のイメージによれば、日本という島国は現代でいえば中国大陸や朝鮮半島、北はロシア、南は琉球から東南アジアと繋がっていて、海を介して様々な人種や民族が絶え間なく交通していた。それらが混ざりに混ざって、雑種に雑種を重ねて、そこから日本古代の初期国家が立ち上がってきた。そういう歴史イメージなんですね。

日本人には島国根性がある、といわれますね。しかし島国であるがゆえに、大海に浮かぶ日本という場所には、様々な文明や文化が行き交っていた。「呉越同舟」という言葉をポジティブに反転させることもできる。島国日本は、いろいろな人間を成り行きで雑多に乗せた難破船みたいなものなんだ、と。

藤田　なるほど。単一民族国家日本というビジョンを、異質なものたちに対して寛容な国家というビジョンへとひっくり返してみるわけですね。かつての日本人はこうだった、日本人の起源はこうだった、という歴史観の話は、現在の日本人はどうあるべきかというアイデンティティの持ち方にもフィードバックされてきますからね。

杉田　岡倉天心や柳宗悦(むねよし)みたいな人たちが、アジア主義というか「アジアは一つ」と言ってみたりする。政治や軍事などのハードパワーではなく、美や宗教などのソフトパワーの次元で、日本という国家に閉ざされないようなアジア的な交通関係を考えようとした。

そういう想像力の系譜も連綿とありますよね。雑種的で混血的で、移民や難民が常に北からも南からも入り込んでいたような、そういう日本。そうした国土をめぐるイメージや想像力もずっとあり続けてきたのではないか。そちら側の想像力に基づいた非排外主義的なパトリオティズムがありうるのではないか。

文化外交政策としてのクールジャパンというのは、確かにうまい言い方です。でも、あれは左派の側からも反転させなきゃいけない。国策に取り込まれて、後追いになっているのがおかしい。かつての岡倉天心や柳宗悦が言っていたようなことを、現代のオタクとか文化人が言うべきなんじゃないか。

サブカルチャーにおける宗主国

藤田　クールジャパン戦略にはいいところもいっぱいあるし、基本的にはすごく頭のいい政策だと思うし、理想としているところには結構賛同できるんですよ。麻生太郎の著作を読んでも、排外主義には否定的だし、第二次世界大戦のような不幸なナショナリズムに対する反省と警戒もちゃんと述べられている。さらに、多文化主義的な状況を肯定しているようにも読める。麻生さんの地元の福岡での様々なアジアとの交流の事例を見ていると、口だけではないと思うんですよ、それは。
だけれど、やっぱり気になるのは雑居性や雑種性が薄い、国粋主義的で一面的な方向のベクトルの作品が目立つことなんですよ。サブカルチャー、オタクカルチャーって基本的に雑種文化だと思う。アメリカに占領され、「アメリカ文化」化した戦後の産物ですから。しかしクールジャパンという言葉を使うと、あたかもそれが純粋なナショナル文化みたいに錯覚されてしまう。若い子たちは特にそう思っている。「アニメは日本文化」と思い、海外で褒められれば屈託なく喜ぶ。そういう形でオタク文化はナショナリズムと自尊心を直結させているわけですよ。そういう風潮には、違和感を覚えますね。

日本のサブカルチャーに憧れて外国から人が来たり、あるいは日本の文化を受容して祖国へ戻って自分たちの国で新しく展開させたりしてて、もはやオタク文化やオタクというアイデンティティは国際的なものになっているんだから、それを前提とした国際的な振る舞いにしないと、少なくとも「ソフトパワー戦略」の目的である魅力による外交の面ではマイナスになると思うんですよ。

杉田　グローカリゼーション（グローバルかつローカル）という感じですかね。

藤田　オタク文化は世界中で主流ではなくて、あくまでニッチだと思うので、インターニッチとか、そういう感じかなと思います。とはいえ、国際的なアイデンティティとして拡散していて、雑種的なものになっている不安定さへの反動として、ナショナルなもの、純粋なものだと思いたいという心理が生まれるのもわかります。

スーザン・ネイピアの考えでは、戦後のオタクカルチャーというのは、不安定になったアイデンティティを支える装置だった。その装置がさらに不安定になったら、敗戦と「アメリカ文化」化の中でどこか拠り所が欲しくなるのもわかる。しかし、くりかえしますが、不安定さの中で新しいアイデンティティを創造してきた実績をこそ、戦後日本文化、オタクカルチャーに見るべきだし、それを誇るべきなんだよ。

杉田　若手の保守派の古谷経衡（つねひら）は、ハードパワーとソフトパワーを分けるときに、しばしばソフトパワーで平和外交を推進しようといわれるけれど、それは嘘であり、やっぱり、国家外交や軍事などのハード面が重要だ、と主張しています。

そりゃそうだなと思う面もありつつ、岡倉天心や柳宗悦のような水準での、美や芸術によるオルタナグローバリゼーションというか、非宗主国的なアジア主義というか、そういう方向はもっと突きつめられていいんじゃないか。

僕はこれまでに『宮崎駿論』（NHK出版、二〇一四年）を書いたり、『戦争と虚構』（作品社、二〇一七年）という本では押井守や庵野秀明について書いたりしたんだけど、正直、自分の中に根深く「サブカルチャーにおける宗主国」という感覚があったと思う。

日本のアニメやマンガはヨーロッパやアジアの追随を許さず、さらにはディズニーをも超えて、真に偉大なものなんだ、みたいな思い上がりがあった。しかも美学的な感性とか、審美的な欲望の水準でそれがあるから、非常に厄介です。感性としての宗主国性と言いますか。アジアでナンバーワンであらねばならない、という日本近代史の宿痾（しゅくあ）のようなプライド。自分の中にもそれがあったと思う。

　しかしアニメ制作の現場では、とっくに日本中心史観も相対化されている。ジブリが最強とか、日本アニメ最高とか、そんなはずがない。ジブリのプロデューサーの鈴木敏夫もそういうことを言っています。ジブリという国内の中小企業ではなく、アジア中に広がって繋がり合ったアニメ関係者たちのネットワークの中から、何かとんでもない畸形的でものすごいアニメーションが出てくるのではないかと。もともと東映動画からジブリのラインだって、『白蛇伝』とか『雪の女王』とか、アジアや諸外国の文化を貪欲に取り込んで雑種化していたわけで、純日本産ではないよね。

藤田　ジョセフ・ナイも、ソフトとハードを組み合わせた「スマートパワー」が大事だと言っていますね。アニメに関しては、僕には「宗主国意識」はなかったな。出身が北海道だからか、日本の一時期の特殊な文化であると考えてきましたね。

　政治的対立や、イデオロギー対立の背景に、「感性」や「美学」の差のようなものがある、ということを、僕はここ数年ずっと意識して批評活動をしてきました。自分たちこそが優越した正しいものだ、と感性的に「当たり前に」感じるからこそ、それ以外の「野蛮」なものに対する差別的な態度も生まれるんだろう、とも感じます。教化してやろうとか、啓蒙してあげようという善意の形で発露されることもあるでしょうけれど。でも、それって、単に自分が生まれ育って親しんだ文化がいいものだと思い込む自己愛にすぎないと思うんですよ。

だから、複数の美学、複数の「感性・認識」の体制を心底から理解することを通じた、多文化主義なり多様性なりが必要だと思っていて、文学や芸術に触れることで、それを実現することが可能なのではないか――という期待を懸けて活動をしてきました。それが成功だったか失敗だったか、自分でもわかりませんが。

ともかく、今ではネットフリックスが出資して、そこに様々なアニメーターが集っています。アニメについてのネットフリックスの発表で面白かったのは、すごいボリュームはないんだけど、世界中にニッチな人々がいて、それらのニッチな人々の欲望が集結して、新しいアニメ制作の環境が成立している、と言っていたことでした。

「分人」ではなく「層人」「多層人」

杉田　僕の感性も「戦後日本」の中にすごく閉ざされていた気がする。そういう文化的な宗主国感覚やプライドを緩やかにダウンサイジングしていかないと、本当の意味での多元的なアジア主義に開かれない。
藤田　僕も一九八〇年代生まれなんで、昔は日本がアジアの中で最先端なんだという意識がちょっとありましたけれど、実際に韓国やタイへ行って、認識がまったく変わりましたね。バンコクはすごくハイテクだったし。日本が停滞を続けている間にアジア各国はガンガン成長している。文化的にも日本は衰退していくかもしれません。日本文化研究やアニメ制作も盛んで、韓国や中国のアニメも非常に出来がいい。

確かに、自分の中に「ジャパン・アズ・ナンバーワン」時代の記憶が残っているとは自覚しています。父親が東芝で原子力にも関わっていたので、「日本の科学技術」に崇高で壮大な一体化と誇りを抱いていた時期もある。でも、それは「失われた二〇年」の経験で、吹っ飛びました。その時期に、意識的にアイデンティティも国家観も考え直さざるを得なくなった経験は大きいかもしれません。「思ってたのと、違ったな」というか。

衰退とか、停滞とか、地域によってはインフラも維持できないとか、消滅するとか、苛酷な状況ですよね。そのような苛酷さを、本当はちゃんと知っているからこそ、「日本スゴイ」的な目くらましに依存的になるのかもしれない、とも思うんです。確かに日本にはすごいところもいいところもたくさんある、それをやってきた人たちの努力も営為も素晴らしいし、敬意を払ってしかるべきである。しかし、ひどい状況もある、それを両方とも直視しないといけないわけでしょう。

そういう状況だからアイデンティティが不安定になり、「確固としたアイデンティティ」のように見えるものに飛びつきやすくなるのはわかる。それは見せかけの強さにすぎないハリボテで、虚構でしかないんだけど。今はアイデンティティの根拠は多元的であってしかるべきだと感じます。「日本という国家」だけにアイデンティティを委ねる必要もなかろうと思います。たとえば「フリーター」という立場から見える世界は、正社員や経営者とは違う。時には対立するかもしれない。その場合、「日本」だけじゃなく、「フリーター」とか「プレカリアート」（不安定な雇用・労働状況にある者）というアイデンティティも必要だし、重要になると思うんです。これは党派的な動員とは別の次元の話です。

杉田　グローバルな世界市民（人間）でもういいじゃん、と言いたい気持ちもありつつ、しかしやはりアジア主義とか郷土愛とかが大切な気がするという気持ちもあって、その辺は、僕の中にも揺らぎがあります。

藤田　グローバルでありナショナルでありローカルでもあり、所属先が何層にもなる、それでいいんだと思います。いい悪いではなく、事実として、そうですし。

杉田　平野啓一郎が言う「分人」という多重人格モデルではなくって、むしろ、レイヤーがいくつも重なった「層人」「多層人」みたいな人間モデルが必要かもしれない。

藤田　何層にもなった、混淆的なサイボーグでいいじゃないか、そういう「日本」「日本人」のアイデンティティも提示できると思うんです。

杉田　もちろんいい面ばかりではないわけで、人種的にも経済的にも様々な人々が一層流入してくるということは、国家やコミュニティに不安や混乱をもたらすことでもある。単純に、世界的に所得水準が均されていくならば（一％の超大金持ちと九九％のそれ以外が超格差化して、九九％は均されていく、という感じかもしれないけど）、賃金だって下方下方へと競争圧力が働いて、ダンピングされていくわけで。

戦後の日本では民族差別の問題は、在日コリアンや在日中国人に対する差別が大きくて、しかもそれは東アジアの地政学的構造に基づく歴史認識や戦争責任の問題と絡みあってきた。ヨーロッパのように、賃金や仕事などの希少資源の奪い合い（いわゆるエスニック集団競合論）という側面は相対的に弱かったといわれています。

しかし今後は安倍政権の移民政策もあり、国内でもかぎられた仕事や資源を奪い合う、というコンフリクト（対立）とそれへの不安感が強まっていくでしょう。現在のように外国人や移民を単なる安い労働力としてのみ受け容れて、人権や生活保障をあまり考えない、という形の単なる規制緩和の方向では、コンフリクトや競合が高まる可能性が高い。不安や鬱屈を煽って、外国人フォビア、移民フォビアも高まっていくと思う。

もちろん、とにかく門戸を開いて受け容れればいいか、それとも鎖国か、という単純な二元論ではない。日本社会が外国人や移民とすでに長年共存しているという事実を前提にしつつ、ちゃんと人権や法的権利を保障するために規制を作っていかなきゃいけない。つまり単純に、文化的にも経済的にも混ざり合えば、いいことばっかり、とももちろん思わない。経済的混乱や心理的不安定はそりゃ生じますよ。

藤田　経済的な理由で移民を入れて、その結果、差別や対立が激化する、これは予測される事態ですよね。その状況に必要な「思想」とは何か、ということを今から考えていくといいと思うんですよ。「サイボーグ」のメタファーは、そのために言っているわけですが。不安も恐怖も不快感も衝突もあるのが当然ですし、混乱も暴力も発生するでしょう。僕が言っているのは、それらをポジティブなものに転化する可能性の提案かもしれません。

杉田　アメリカやEUでは、移民や難民の存在に対する恐怖は、経済不安や生活不安と連動している。これから日本もそういう問題にもっとダイレクトに直面していくのでしょう。

藤田　伝統の中の大事なものは保守しつつ、外側にも開かれて変化していいんだ、更新されていくのが日本文化の本質なんだ、という考え方の系譜もあるんですよ。かつて坂口安吾がそういうことを言っていましたね。いろいろなものが壊れても、そこに生きている人が健康ならば、日本文化も健康なんだと。

　岡本太郎も『日本の伝統』という本の中で、似たようなことを言っている。京都の龍安寺に来て、「(石庭を見て) イシダ、イシダ」「(入場料が) タカイ」と言う観光客を見て、日本人じゃないんじゃないか、と岡本太郎は一瞬思ったみたいなんだけど、そのあとに笑うんですよ。この即物的で身も蓋もない無教養さこそが、戦後の日本民衆である、そこに期待をしよう、と考えを変えるんですよ。大阪万博の「太陽の塔」は、戦後の日本が誇るレガシーだと思うけど、それを作った人がこういうふうに考えたことは、重要だと思うんですよ。

百田尚樹的な「日本人は必ずまたやれるんだ、世界を驚愕させるんだ」という意味での戦後復興ではなく、新しい変化を受け容れて、そこに何かを期待した人たちもたくさんいました。その流れの果てに、日本文化というものが今ここにある。そういう系譜を意識すれば、変化や変動の受け止め方も、少しは変わるんじゃないかな。

観光的リアリティの国で

杉田　とはいえ、エスタブリッシュメントやリベラル左派の悪いところなんだけど、保守的な人々や高齢層の人々が抱く不安や恐怖を、ちょっとバカにするじゃないですか。ちゃんと正しい情報をもって認識すれば不安や恐怖は解除されるはずだと。高い意識を持たなきゃいけないと。

でもやっぱり、不安や恐怖もわかるわけですよ。海外から今まで以上に人が流れ込んできたら、これまでの伝統や秩序が破壊されるんじゃないかと。実際にそういう面がないわけではないからね。

だからこそ、今後もきっと長く続くヘイト社会の中で、リベラルな人たちと保守的な人たちがそこそこに共有できる、「そこまでは認められるよね」という手打ちの陣地をどんどん作っていくこと、そういうプラットフォームを底上げしていくことが大事ではないか。さっきの「排外主義なきパトリオティズム」の話もそうですね。郷土主義であれば、リベラルも保守も、右派も左派も許容できるかもしれない。

あるいはかつて、石橋湛山が「小日本主義」と言った。膨張的に海外侵略や進出を進める大日本主義ではなく、小さな日本でいいんだと。これを現在でいえば、たとえばトランプが「アメリカ・ファースト」と言ったけれど、それに対抗して、「小さな日本ファースト」というスローガンでどうだろう、と考えたりします。

「小さな日本」を守ればいいから、強権的で膨張的である必要はない。しかしその国土の中に住んでいる人々に対しては、民族や国籍に関わりなく——日本国内である程度継続的に生活している人たちについては——手厚く保護する。そのかぎりで、外国人労働者や移民の権利をちゃんと整備するし、難民申請を受けにくる人たちにもちゃんと対応する。それぐらいであれば、右も左も、リベラルも保守も、共有できるのではないか。

ある程度、五年とか一〇年とか、生活をそこで蓄積してきたら、そこの国に根ざしていくわけだから、そういう人たちの権利は当然守る。生まれついた場所だけが故郷ではない。もちろん外貨だけ出稼ぎ的に稼いで祖国に戻りたい人がいたら、それはそれでいいと。要は権利としてそれを選択できること。

石橋湛山の小日本主義も、道徳的理念として言った面もあるけど、彼は「東洋経済新報」の記者になったあとに経済学を学んだエコノミストでした。完全雇用を目指すケインジアンだった。植民地はコスト的に無駄であり、投げ棄てたほうが国富を底上げできると。

「外へも開かれた小さな日本ファースト」というビジョンによって、移民や外国人労働者を適切に受け容れつつ、マイルドな経済成長を持続して、国民の社会保障や富も底上げしていく。

それが具体的に何を意味するのかは、素人の僕には正直わからない。しかしそういうビジョンがないと、右と左、リベラルと保守がお互いに、いたずらに敵対を募らせるだけではないか。お互いがほどほどに、そこそこに納得できる陣地を作って、不安や恐怖を緩めていく。そういう理念に基づいて、「新しい歴史」や物語を作っていかないと、ますます厳しくなっていく。

藤田　「小さな日本ファースト」でいいかどうかは議論があるかと思いますが、納得できる陣地を作っていく、という方向性にはとても賛成します。

少し話を戻しますが、百田尚樹はもともと、経済や商人的リアリティを重視しているじゃないですか。そうすると観光客をどんどん入れて儲ける観光立国路線とか、移民に来てもらって経済成長するとか、今の政府の方針は、経済的には賛成のはずですよね。しかし、百田自身は排外的じゃないですか。それは思想の本質的な矛盾のポイントなんだけど、あまり真剣に葛藤している様子がないんですよね。直面するのを回避して、ぐるぐる問題系の周りをめぐってごまかしている。

杉田　大阪商人的な感覚を持っているはずなのに、『日本国紀』の歴史像はすごく観念的ですよね。下部構造がない。経済的な交通関係がもっと生じていたはずなのに。

藤田　今の日本は、観光的リアリティの国でしょう。観光客が求める国家を演出して、国土もその路線で作り変えていく。そういう産業構造の変化に応じた上部構造の変化があるけれど、百田はそれを受け容れているような感じがしない。自分の発言が、外国の人が日本に抱く憧れや関心にマイナスの影響を与えることとか、考えていない感じがする。

観光客向けに装いを変えていく状況にあるからこそ、逆に「真の日本」を守りたい、という気持ちになるのはよくわかるんだけど、「真の日本」と思っているものもバーチャル日本だという、ねじれた関係にあると思うんですよ。

杉田　観光客モデルだけだと限界がある。同時に、労働者・生活者モデルが必要でしょう。それも多層的モデルなのでしょうが。観光客モデルだけだと、観光して楽しんで、お金を落として帰っていただくと。それはつまり、お金をたくさん落とす「いい観光客」だけを選択することです。

東京五輪の話も完全にそうなっているし、外国人に取材する系統のテレビ番組でも、欧米人ばかりが映されて、アジアやイスラムの人々はほとんど出てこない。それはベトナムなどのアジアの技能実習生を無権利で奴隷のように働かせることと、裏表になっているのではないか。労働現場でこそ、何より脱亜論的、宗主国的なメンタリティがむき出しになる。だから、日本人は今こそ、観光やオリンピック以外の場でも、本当の意味でのおもてなし精神、他者を歓待する精神を発揮すべきだと思う。

藤田　技能実習生を心からおもてなしするとかするべきですよね。

ポリティカル・コレクトネスとの付き合い方

杉田　日本は世界的にも未曽有の少子高齢化で労働力も足りないし、人口もどんどん減っていくわけです。「移民がたくさん入ってきたらどうしよう」とか言うけど、ひどい扱いですでに国際問題にもなっているし、もうすぐ誰も来てくれなくなるかもしれない。こういう話は道徳とか理念「だけ」じゃなくって、石橋湛山が言ったみたいに経済成長や完全雇用の話も含んでいる。

というより、望月優大（ひろき）さんの本などで言われているように、日本は「これから移民国家になる」のではなく「すでに移民国家としてある」わけです。日本は統計上のトリックなどもあるから、多くの日本人は、外国人や移民がまだまだ少ない国だと思い込んでいる。しかし実際は、これから移民が入ってくる、というよりも、すでにある程度の移民国家になっている。

藤田　東京近郊にいると、コンビニの店員も本当に外国の人が多いです。僕はそれで問題があると感じたことは全然ないんですよね。

杉田　日本人はサービス精神を求めすぎでしょう。「お客様は神様だ」と思い込みすぎ。むしろコンビニや飲食産業では、求めるサービスの質をダウンサイジングしていかないといけない。店員が外国の人だと言葉がうまく通じないし、苛々しているオジサンとかよく見るけど。

少し前に、松屋で聴覚障害があるっぽい人が働いていた。注文のやり取りが微妙にうまくいかなかったから、最初、外国の人かと思ったんですね。日本語が少し流暢じゃない。しかしよく見たら、耳に補聴器のようなものを付けていた。その人を見て「きっとお客さんによってはトラブルになったりするんだろうな」と思った。

しかし考え方を逆にして、あうんの呼吸をサービス業に求めるような消費者精神のレベルを落としていったほうがいいでしょう。最近は、時々、結構な高齢の人がバイトしているのも見かけます。高齢者や障害者、外国人で、カタコトの言葉で、ゆっくりやり取りしてもいいのではないか。消費者主権って、完璧なサービスを求めることじゃないはずでしょう。成熟した消費者になるための意識づけが必要だと思う。

藤田　コミュニケーションの中に入り込むノイズに、感覚レベルで耐えられないんでしょうねえ。そういう対人関係における滑らかな「調和」を求める文化をどこまで相対化できるか、という問題だと思うんですよね。

少し話が戻るんですが、リベラルや左翼の弱点がいちばん現れるのは、文化やアイデンティティ、霊的なものや信仰の問題などをあまりに軽視しすぎるところでしょう。人間はやっぱり生きて死ぬ生物だから、そこを否定していったら、保守や右派に敗けるに決まっているよな、と最近痛感しています。

杉田　それはそうだと思う。

藤田　ただそこで伝統や文化を守るときに、女性差別が根付いた文化であり伝統である、という意見も出るじゃないですか。女性差別を否定するのは、外来の普遍主義やPC（ポリティカル・コレクトネス）の思想である、という主張もよく見られますよね。これはじつに厄介な問題で、取り入れるべきところと、守るべきところのバランスをどう取るか、ものすごく難しいですよね。

たとえば相撲などの領域においては、筒井康隆が言うように、特殊な領域としてPC的にはアウトでも残しておいていいかもしれない。歴史保存地区みたいな扱いで、一般の社会の価値観の「進歩」とは分けておく。そういう棲（す）み分けも考えていく必要があるかもしれません。

杉田　保守主義者だけではなく、若い女性たちの中にもフェミニズムへの違和感や拒絶感が広がっているのは一定の事実です。一九九〇年代以降のポストフェミニズムと呼ばれる流れです。ネットの一部の過激な主張をする人々の場合、フェミニズムなのか単なるミサンドリー（男性憎悪）なのか、はっきりわからない。そうすると、同じ女性たちの中にもフェミニズムに対する批判意識が醸成されていく。

ただ、それこそ『アナと雪の女王』（二〇一三年）や『ズートピア』（二〇一六年）みたいな、普遍主義的なPC性と高度なエンタメ性を融合させて、そこから新しい政治的な享楽を見出すような作品がたくさん出てきている。クイーンの映画『ボヘミアン・ラプソディ』（二〇一八年）だってそうでしょう。フレディ・マーキュリーの民族的出自、セクシュアリティ、それからHIV／AIDSなどの複合的な被差別性を扱っている。それを受け容れる土壌がだんだんできてきたから、あれだけ日本でも大ヒットしたんでしょう。内容には賛否両論もあるみたいだけど。

PC的な基準を無視したものはダメだけれど、逆にあまりに過激な言葉狩りのようなものもだんだんと落としどころを見つけて、文化的にはハイブリッドなものが発展して進化していくのではないか。政治や社会はともかく、文化や芸術の領域については、僕はそういう信頼が基本的にありますけどね。

フェミニズムの重層性

藤田　たとえばＰＣ的なものはアメリカから輸入されたもので、日本の文化を破壊するものだ、という意見もあります。お笑い芸人たちがよく反発していますよね。

でも本当にそうだろうか、と思う部分がある。そういうふうに僕らが変わっていくことはマイナスなのか。『人志松本のすべらない話』の少し古いやつを観ていたら、僕もこの何年かで感覚が変わっていて、今の自分にはさすがに笑えないものも多かった。

杉田　それはあるね。僕はラーメンズが好きなんだけど、だいぶ前に『爆笑オンエアバトル』とかに出演してたときは、完全にホモセクシュアル差別、ホモフォビアのコントをやっていた。とんねるずの保毛尾田保毛男と変わらない。

藤田　昔はそれで笑っていた、しかし、感覚が変わっているんです。それが悪いこととは思わない。倫理観や規範意識が変化した結果、生きるのが楽になった人たちはたくさんいるはずだから。

だから、ＰＣというか、価値観や倫理の「進歩」は、否定すべきではない。進歩の際には混乱や行きすぎも起きる。フランス革命もそうでしたしね。僕個人も、以前フェミニストによるでっち上げのリンチを食らったので、その迷惑性や暴力性はよくわかる。しかし、社会の倫理的向上は評価しなくてはならない。

さらにいえば、高度な文化・芸術と、多くの人々に模倣されやすい大衆的な表現の領域は、分けてもいいのでは、と感じています。歴史保存地区のようなものですね。近代のときには取り壊してしまえばいいと感じていた人も多いわけだけど、現在になってみたら貴重な文化財で、観光客を呼んでいるし、精神的な支えにもなるわけですよね。

杉田　フェミニズムの歴史だって、一枚岩じゃなくって、絶え間なく反省や点検を経て、更新され続けてきた歴史であるわけです。それに対し、近年爆発的に展開した #MeToo の流れは、SNSを通した感情と共感の連鎖によって女性差別に対抗するものだった。もちろんそこには歴史的必然があるんだけど、ただ、やっぱりそのままではそこに「Me」はいない。女性という属性だけで、ワンイシュー主義だけで押し切っていくから。

でも本当は「Me」の中には、加害や被害、差別や被差別が複合化している。最近では、フェミニストの人たちがトランスジェンダーの人たちを差別する状況をどうすればいいのか、という論争も起きている。これも根深い歴史がある。しかしフェミニストの女性たちも、異性愛の白人中産階級の女性中心だったものを、ブラックフェミニストやゲイ運動、障害者女性やトランスジェンダーの人たちなどからの批判を受けて、反省し、自分たちを変容させながら常に進化してきた。

ネット上の一部の過激な人たちだけを見て、反フェミニストになる前に、そうしたフェミニズム全体の歴史へのリスペクトを思い出してもいいかもしれない。

藤田　女性差別や性暴力との戦いには完全に賛同するし、#MeToo運動も、ネット時代における社会運動として評価するし、社会をよりよい方向に進歩させたと思っています。その恩恵にも感謝します。

その前提で、あえていえば、いわゆる「言葉狩り」「フェミナチ」的な人の中には、自分自身の感覚・美学を絶対化し、それに合わないものを排除しようとしている人も結構いて、その傲慢さは、植民地主義者とか美学的なナショナリストと大して変わらないと感じるときもあります。

またそれに乗せられ扇動される自称「リベラル」「フェミニスト」の中にも「男＝加害者」「女＝被害者」みたいな図式でしか物事を考えられない人もいます。結局暴力の加担者になっている。「在日＝犯罪者」みたいな偏見を信じ込んで制裁しようとする排外主義者と世界認識と行動の仕組みが非常に近いわけです。自分の頭で考えたり判断しないで、教条主義的な図式で善悪・敵味方を決めて、反射的に情動を動員されてしまう。ネトウヨと、左右が逆なだけで、似た人たちは確かにいる。

政治運動的には、こういうことを指摘すると「利敵行為」になるから言いにくいし、指摘しにくいわけですよね。政治特有の、正直に言えなくさせる磁場のようなものが発生しちゃうから。だけど、こういうこともしっかり問題化していかないと、信頼されないと思う。こういう問題を意識して乗り越えようとしているリベラル、フェミニズムの人たちもいて、その人たちには敬意を払うし、信頼します。

杉田　現実に『殉愛』のさくらさんみたいな人もいる。#MeToo運動の象徴的存在だった女性がじつは過去に、少年を強姦(ごうかん)していたという疑惑もありました。その辺はフェミニストの人たちが自己浄化していくはずです。僕はヘテロ男性だから、自分たちの男性性やマジョリティ性にまずは対峙してそれを変えていくしかない。

しかしたとえばクィアスタディーズ（性の多様性に関する研究）の「クィア」というものは、シスヘテロのマジョリティ男性が参考にしてもいい論理なのではないか。実際に『ジェンダー・トラブル』のジュディス・バトラーは、男性たちにそのようなことを呼びかけています。もちろん、様々な選択の結果、保守的な男性像を選び取る男性がいても別にいい。多様な生き方が保障され、受け容れられる社会がそこにあるならば。

先端研究とスピリチュアルの邂逅

藤田　クィア理論には、可能性がありますよね。

今更ながらの確認ですが、保守といっても本当はいろいろで、百田尚樹は一九八〇年代の「正論」系譜の保守であり、ネオコン的な新保守主義者ですよね。西部邁や小林秀雄はそういう保守とは随分違う。保守の中でも保守本流の人たちがいる。安倍政権は自民党のタカ派だけど、自民党にはハト派の人たちもいる。宏池会とか。その人たちは寛容さと多様性を重視して、女性が活躍できる社会を理念として掲げている。それはリベラルや左翼の理念とも、じつは共有できる部分かもしれませんね。

杉田　「右と左」という二元論ではわりきれませんね。オールドタイプの保守主義、右翼、新右翼、ネトウヨ、排外主義者などのグラデーションがある。そのうち、保守主義、右翼、新右翼くらいまでは、リベラル左派の人たちも共闘できるのではないか。さっきから言っている、「小さな日本ファースト」とか「排外主義なき郷土愛」とか、共通する陣地や地盤を作っていくためにも。中島岳志さんが言う「リベラル保守」も、そういう共闘可能なプラットフォームをあえて作ることでしょう。

ただ、ネトウヨや排外主義者まで行ってしまうと、もう共闘は不可能なのかもしれない。万人が合意形成するのは不可能だけど、グラデーションの中で、一定の線を引くことはできる、と信じてみるしかない。ここからここまでは、何とか互いに合意形成してやっていけると。合意形成って、完全に意見を一致させることではない。暫定的に意見をすり合わせて、協調していければいいわけだから。
藤田　そういう穏やかな方向へ進めればいいんですけどねぇ。今は、「民主主義の危機」ですからね。どうしたら、そうできるようになるでしょうか。
杉田　さっき藤田さんは、現代に即した神話や宗教性や霊性みたいなものが必要だと言っていましたね。僕もそう思いつつ、具体的なイメージやビジョンがまだつかめなくて。
藤田さんは現代アートや地域アートの取材のため、日本中あちこちに行っているじゃないですか。何かヒントなどはありましたか。
藤田　うーん。難しいですね。
杉田　そうしないと、「美しい日本の私たち」の物語か、「君側の奸（かん）」に対抗するためのリベラルな「天皇」の物語に行くか、という話になってしまう。
藤田　これが唯一のビジョンだ、というのはありません。ただ、多元主義的に多様な形で、いろいろな場所で様々なビジョンを提示して、それらが生き生きとせめぎ合っている、そういう状況が持続的にある状態が望ましいかなぁ、と感じています。ナショナルな物語というよりは、抗争を孕んだ多様性、のようなビジョンに近いです。それを組み込んだ国家と歴史のビジョンを提示すればいいのかもしれませんね。
でも、やっぱり僕は、国家とか経済とかに包摂されない、ある欠片（かけら）のような自由を強調したい感じもします。そういう穴というか、解放区がこの世界のあちこちにある、というリアリティこそが、人を生きやすくするし、希望を与える部分もあると思う。政治や経済のロジックの必然性はよくわかるし、この世界を維持して運営し続けることの偉大さには畏怖の感情すら抱くし、感謝し尊敬します。が、それでも、僕は違うところに価値を見出したい。両者は、最終的には相補的に機能するはずだと信じています。

杉田 進化生物学や認知科学や人工知能研究の最先端のところと、神とか宗教やスピリチュアルの話とが、今、不思議にクロスしていますね。さっきの上田岳弘や中村文則や村田沙耶香(さやか)とかもそうかもしれない。

藤田 落合陽一とか、ハラリの『ホモ・デウス』みたいな。

杉田 ハラリはちょっと『ポストヒューマン誕生』のカーツワイルみたいというか、人間が神になってネット上にコピー可能になって不老不死になって、宇宙全体を人類の知性が満たすとか、そういうトランスヒューマニズム(人間はいつまでも健康で美しく強くありたいはずだ、その究極として不老不死の欲望があるはずだ、という思い込み)な感じに近いですよね。

テクノ・ロマン主義に必要な安全装置

杉田 そこまで西洋的普遍主義に行かずに、もう少し日本の土壌や民俗性に根ざしたものが必要な感じもします。ラディカルなほうへ行きすぎないためにも。
たとえば宮崎駿が『風の谷のナウシカ』（一九八四年）や『となりのトトロ』（一九八八年）を作れたのは、京都学派の系譜に位置する中尾佐助の「照葉樹林文化論」の影響もある。学説的な真偽は疑わしいといわれているけれど、ただ、島国の日本固有の自然や文化だと思っていたものが、じつは中国の雲南省やブータンのほうの自然や文化と繋がっていたんだと。
そういうふうに自然感覚を開かれたことで、宮崎駿は『となりのトトロ』のような、非常にレトロトピア的でナショナリズム的にも見えるけれど、じつはモダニズム的でアジア主義的に構築されている映画を作ることができた。自然観が更新されて進化したわけですね。そういう、自然観を開くこと。雑然としての自然というか。

藤田　『風の谷のナウシカ』の腐海のような自然、人工と自然が混ざり合ったものですね。

杉田　だからデジタルネイチャーというのは悪くない、と僕は思っている。デジタルネイティブに生まれた人にかぎらず、ＶＲやＡＲだって自然領域の一部なわけですよ。人工と自然、現実環境と情報空間はモザイクになっている。オンラインゲームの中にノスタルジーやパトリを感じるのは、ちっとも変なことじゃない。
ただ問題は、そこからどんな新しいスピリチュアリティとか、人々の日常性を支える死生観とか、物語がありうるのか、ということ。その辺はもっと大いに議論していきたい。

藤田　アメリカのオルタナ右翼に影響を与えている、新反動主義と呼ばれる人たちがいますが、彼らの思想も、テクノロジーと信仰の融合みたいなものですよね。それがヘイトや差別と混ざりやすい面もあって、その辺は要注意なんだけど、彼らの思想そのものは刺激的です。

それは現在の日本での、デジタルネイチャー的な議論と並行していると思います。人類進化のことを考えたり、テクノロジーと霊的なものの関係を考えたり。そうした方向性も、日本の未来としてありえてもおかしくない。僕個人は、テクノロジーはテクノロジー、自然は自然というふうに別々にしか感じられない。北海道では、殺人的な自然に対して、科学技術で戦って生存の場を確保していくというリアリティがあるからかもしれません。しかし、日本の大衆文化を見ていると、そのような感覚を持っている人は多いようですよね。

杉田　サイボーグフェミニズムの可能性が、単にマッチョで優生思想的なトランスヒューマニズムに頽落してしまう。もちろんそういう危うさもあるとは思うんだけど、それだけだとは思えない。現実世界とデジタル世界がハイブリッド化しモザイク化しているというリアリティ。二・五次元的でポストメディア論的なもの。そこから出てくる新しい死生観（多元的な神話）があるのではないか。

「新しい歴史認識」は、さっきも言ったけど、ゼロから作れるものではない。積み上げてきた伝統や文化の蓄積の上に、それをどう更新するか、それが歴史認識の「新しさ」の問題です。

耕したり産んだりしながら育んでいくもの。僕らがそういう意味での「歴史的人間」にどうやってなっていくか。

藤田　僕はこれまで『虚構内存在――筒井康隆と〈新しい《生》の次元〉』（作品社、二〇一三年）などで、アニメやデジタルに強く影響を受けた人々が、キャラクターと生命の区別や、虚構と現実の区別を曖昧にする感性を持っていることを論じてきました。それは思想的に肯定しなくても現にそうであって、そこから何かが生まれてくるというのも、そうなんだと思います。

ただ、最近はそれでいいんだろうか、という気持ちが強くなっています。それはヤバイものに繋がっていかないだろうか。日本浪曼派や超国家主義のことを振り返ると、現実離れしたとんでもない妄想を集団で抱いて自滅的な方向に突っ走る可能性もどうしても危惧してしまうんですよ。テクノ・スピリチュアリズムというか、テクノ・ロマン主義というか、そういうのはラディカルで刺激的で面白いんだけど、安全装置もいるよな、とも感じています。論理性や科学性を失った神がかりの精神主義が通用しなかったのは、第二次世界大戦の結果から明らかなわけですよ。だから科学技術立国に進んだわけだけど、最近はその反動がきている気がしますね。

多元的で、矛盾と葛藤に満ちていたはずの百田尚樹

杉田　さて、我々は今回、百田尚樹の作品をずっと読んできました。僕があらためて感じるのは、百田さんの中にも、『日本国紀』で完成するような歴史観とは異なる、別の歴史観の可能性が潜在的にあったのではないか、ということです。

それは『永遠の0』や『リング』にありえた歴史のイメージであり、あるいは『幻庵』の最後にちらっと閃いた歴史イメージです。

自分が生きることに全力を尽くしたけれど、結局ぜんぶ失敗し続けた。そういう人生や苛酷な運命をも、あるところで深く肯定させるような歴史観。勝利と敗北の違いや、有名と無名の差異、あるいは自国と他国の違いすらも無意味に等価になってしまうような、そういう別種の歴史のイメージが、百田作品の中にはじつは隠れた水脈のように流れ続けていた。

半ば強引に読んでいけば、百田尚樹の中にもかろうじて、そういう可能性が息づいている。そこからすら、対抗的でオルタナティブな歴史像を開いていくこともできるのではないか。

藤田　僕はメディアイベンター、ポストモダニスト、情報戦という辺りを強調し、現代日本の政治的・文化的状況の中に位置づけて百田尚樹を読んできました。そういう系譜に位置づけると、百田がどういう作家なのかが見えやすくなると思うし、現在の状況への何らかの示唆にな

るのではないかな。

正直に言うと、百田尚樹の言うことに説得力を覚える部分もありましたし、反省させられる部分もありました。しかし、やっぱりそれでも間違っていると思う部分もたくさんあった。

僕個人が好きなのは、ニセモノに満ちた世界の中で、「本物」「真実」「純粋さ」を求めて悪戦苦闘して自問自答している百田尚樹の姿ですね。時に「虚構」の「物語」を操りながらも、真正なもの、真に感動できる芸術、そういうものに触れたいという心情が噴出する。その純粋さが最良に発揮されているときには、美しさがあるといってもいいと思う。そういう作家としては、とても興味が持てる。

ところで、『リング』には日本礼讃的なナショナリズムが強い、と僕は批判しましたけれども、ボクサーたちが属する世界全体の共同体へ向けられている視線は、結構、悪くないものだったと思います。日本国民の共同体ではなく、ボクサー共同体のようなものがあった。そういう可能性の方向もありましたよね。『ボックス！』でのボクサー同士だと、在日コリアンに対する排外主義もなくなっていましたね。

杉田　そうですね。ボクサーたちは各々のナショナリズムを背負いつつも、トランスナショナルな公共体への帰属感をも持っていた。愛国心の強い百田尚樹ですら、そういう公共体に対しては謙虚であらざるを得なかった。クラシック音楽や、囲碁のプレイヤーたちの公共体も多分そうだよね。

国境を越えて、何百年、何千年の歴史を超えて、繋がり合っていく。幻庵が最後に海を越えて清に行こうとするのも、そういう根源に還ろうとする動機があったのかもしれません。まあ、失敗しちゃうけど。

藤田 お笑い芸人たちの共同性もそうかもしれない。

杉田 囲碁に至っては、AIだってそういう公共性の中に参加してくるわけだから（笑）。

藤田 そういう方向を突きつめることだってできたはず。政治的・軍事的なリアリティの現実性はやむを得なくあるとしても、文化的なものはそれを超えていく部分もあるわけですよ。「ミーム」を継承する「子ども」が日本人じゃないかもしれないし、人間ですらないかもしれない、そういう「家族」像も不可能ではないわけです。

杉田 そういう対抗的な歴史観を、百田尚樹の小説やノンフィクションの中から取り出すことだってできるわけだから――そうすると『日本国紀』みたいなテンプレなネトウヨ的な歴史観にならずにすんだのではないか、という恨みが正直ある。

藤田 百田自身がもっと多元的で、矛盾と葛藤に満ちていたはずですよね。

杉田 そうそう。藤田さんはずっとその点を強調していたよね。

藤田 本当は多元的で多層的な人間だったのに、何で自分から貧しくしてしまったんだろう。

もったいないよね。

杉田　だから、百田尚樹はもっときっちり敗けるべきだよ。今は勝ち続けちゃっているから。正確には、勝ったつもりになってしまっている。無残な敗北を経験すべきなのにそれを拒否し、謝ることを拒否し、自分を変えることを拒否している。そういう形でひたすら勝ち続けることは、惨めでダメだったけど真の芸術や真の愛に憧れた、そういう昔の自分自身を裏切り続けることではないのか。

本能的にそういう不安があったから、この時期に至っても『幻庵』みたいな変な小説を書いたのかもしれないね。

藤田　『殉愛』と『幻庵』は結構な敗北だと思いますよ（笑）。

杉田　三〇年前の初心に戻って、「錨を下ろし」てほしいよね。

藤田　百田尚樹を含めた文化状況を見ていると、今は新しい死生観や歴史観、アイデンティティが模索されている過渡期なんだな、と感じます。そういうものを発明しようとする作家たちに関心を持っていますけれども。百田尚樹は、「神話」「歴史」「アイデンティティ」を再発明し再創造するという流れの中で大衆的成功を収めた一作家であろう、と位置づけていいんじゃないかと思います。

ただ、商業的に成功したからといって、これが唯一の正しいものであると考えるべきじゃなくて、みんないろいろと提案していけばいいのではないかな。遺伝子の進化や適応もそうですが、何が未来の状況で成功するものなのか、わからないんだから。たくさん創造してストックしておくことが、次の危機への備えになる。それら無数の多様な試行錯誤が、結果として、豊かさに繋がるし、歴史になっていくはずだと僕は信じています。

杉田　震災のあとに、宮沢賢治や柳田國男がたくさん読まれたのも、そういうことかもしれません。特定の作家や天才が新しい物語や歴史を作るというよりは——そうするとカルト的な新興宗教のようになってしまうから——、もっと大きな流れの中で、星座のように繋がり合って、そこから新しい神話体系のようなものが出てくるのかもしれない。

批評家にもまだ何らかの使命があるとすれば、そうした見えない照応関係や星座的なネットワークを見逃さずに、言語化して、可視化していくことなのでしょう。

あとがき

杉田俊介

なぜ百田尚樹の作品をぜんぶ読み、それについて長い対談を行おうとしたのか、その理由は冒頭で十分話したので、ここではくりかえさない。その代わりに、本書が成り立つまでの経緯を簡単に記しておく。

杉田が本書を企画したのは、二〇一七年の冬頃にさかのぼる。その当時の百田氏の小説・エッセイのすべてを読み込んだが、企画実現の準備に時間がかかって、杉田が藤田直哉氏に対談を依頼し、実際に対談が行われたのは、二〇一八年のクリスマス頃のことになった。丸一日かけて議論を続けたが、それでも話は尽きず、翌二〇一九年一月にも追加の対談が行われた。

その後、文字起こし、編集、校正などの作業を経て、二〇一九年七月から、集英社新書のウェブコーナー「集英社新書プラス」で、「百田尚樹をぜんぶ読む」の連載が始まった（二〇二〇年一月まで、二五回）。ただし、ウェブにアップされているのは、『フォルトゥナの瞳』について論じた辺りまでで、本書の全体の二分の一ほどの分量にすぎない（また、書籍化にあたり、ウェブ掲載分の加筆・修正も行っている）。

これだけのベストセラー小説を書き続け、多くの市井の読者たちの心を揺り動かしている百田尚樹の小説を、政治思想の側面から全否定したり、または逆に手放しで褒めたたえるだけで済ますのは、批評家や文芸評論家たちの知的な怠慢であり、思い上がりではないかと思えた。

本書は、政治的に「右」の人も「左」の人も、小説家としての百田尚樹のファンの人もアンチ百田の人も、そのいずれの立場の人々をもあるいは苛立たせたり、激怒させる内容になっているかもしれない。

しかし、我々は百田尚樹の全作品に、真剣に挑んだ。我々二人ほど百田氏の全作品を真剣に、全体として熟読し、徹底討論した人間は、今のところ、日本の、世界のどこを探しても存在しないだろう。そういう自負はある。

念のために言えば、真剣であるとは、たんに堅苦しく生真面目であることではない。作品を熟読すること、それについて大いに語らうことを誰よりも楽しむ、ということである。

さらにまた、杉田と藤田氏では、共通する認識もありながらも、百田作品の評価については、大きく異なる面がある。その辺りも、本書の読みどころになっているはずである。

たとえば対談中でも述べているように、杉田が百田作品の中では、『永遠の0』『モンスター』『影法師』『プリズム』などの、文庫本一冊に収まる長さの長編を評価するのに対し、藤田氏は、『錨を上げよ』『ボックス!』『海賊とよばれた男』などの、文庫本にすると二冊以上になる長めの長編作品を評価している。

あるいは杉田が百田氏のテクストや人間性に着目して、男性性・倫理・運命観などの面から作品を読み込もうとするのに対し、藤田氏は、ネット・陰謀論・階層移動などの観点から、つねにテクストを社会的なものとの関係性の中で読もうとしており、そのために、本書は、百田尚樹論としても立体的な奥行きを持ちえたように思われる。

さらにまた、二〇一一年の東日本大震災のあとに、百田尚樹が小説家として「転向」したのかどうか、そこに大きな作風の変化があったのかについても、杉田と藤田氏の見解は真っ向から対立している。そのあたりの具体的な理由については、本書を読んで確かめていただきたい。

幸いにも（?）、本書の校正刷りでの作業中に、「集英社新書プラス」に掲載中の「百田尚樹をぜんぶ読む」について、百田氏本人からツイッターでリプライをもらった。

気鋭の批評家と文芸評論家らしいが、的外れな評論に苦笑。2人は「思想」という物差しでしか小説を見ていない。またフロイト流の古臭い分析に酔っている。思想以前に私がエンタメとして如何(いか)に構造と筋と文を工夫しているかが見えてない。（二〇二〇年二月八日）

我々の真剣さが伝わらずに「的外れ」で片付けられたのはいかにも残念である。しかし、「思想以前に私がエンタメとして如何に構造と筋と文を工夫しているか」という言葉には、やはり重みがある。我々の対談の内容がはたして「「思想」という物差しでしか小説を見ていない」のかどうか、「構造と筋と文」の側面にまで食い込めていないのか、その点は、実際に本書の内容を通読して、読者のみなさん自身の眼で判断してほしい。

いずれにせよ、批評の使命、批評家や文芸評論家の使命とは、小説家の応援団や幇間であることではなく、持てる知と力を尽くし、心を尽くして、小説作品の最も危うく深いところへと、勇気を持って踏み込んでいくことであり、自らもが焼き尽くされる覚悟で言葉を発することである以上、顔色やご機嫌をうかがって何かを遠慮したりするわけにはいかなかった。そのほうが小説家に対して失礼であり、無礼であると思われた。

どんなに辛辣なリプライであれ、百田氏が言論上の批判をするにとどまり、百田ファンたちの扇動や電凸のような手段を取らなかったことに、率直に感謝する。今後も我々は、氏に対する生産的な意味での緊張関係と敵対性を堅持していきたい、と思う。

我々の長編対談の内容は、かなり論争的（ポレミック）なものであり、また問題提起的なものである。こうして一冊の書物として世に出るまでにも、様々な困難があったし、相応の時間もかかった。そのために、この「あとがき」で若干の点を補っておく。

杉田と藤田氏がメインの対談を行ったあとに、百田氏が『夏の騎士』を最後の作品として小説家を引退することを宣言したため（ツイッターではもう一度小説家をやるかもしれない、という二ュアンスのことも書いてはいるが）、二〇一九年一一月末に、二回目となる追加対談を行っている。その部分は本書に収録されている。

また、ノンフィクションライターの石戸諭（いしどさとる）氏が「週刊ニューズウィーク日本版」（二〇一九年六月四日号）で「特集：百田尚樹現象」に取材記事を書いて話題になったが（石戸氏はその後『「空気」の代弁者——百田尚樹、つくる会、普通の人々——』という著作を第二六回小学館ノンフィクション大賞に応募し、最終候補作になっている）、本書のおおもとの対談の時点では石戸氏の記事はまだ世に出ていなかったため、本書の中ではそれについては触れられていない。

さらにまた、百田尚樹は橋下徹と靖国問題をめぐってツイッター上で激しく論争を行ったり（二〇一九年七月頃）、新型コロナウィルス感染症（COVID–19）に対する政府の対応について、安倍晋三首相に向けて政府は無能、安倍政権では憲法改正はできない、などの批判を行ったりもしている（二〇二〇年二月）。その点では、本書の中で議論された百田・橋下・安倍各氏の関係性にも変化が見られたわけだが、そのことにも触れられていない。

いずれにしても本書は、誰よりも百田ファンの読者の人々に読んでほしいし、同じくらいアンチ百田の人々にも読んでもらいたい。一読していただければ、様々な発見があり、理解の深まりがあり、百田氏の小説そのものに勝るとも劣らないエンターテインメント性があることだけは約束する。

メディアが政治的正しさに敏感になり、ある種の自粛的なムードさえ感じられる出版状況の中で、本書の刊行を英断してくれた集英社新書編集部に感謝する。

そして何より、粘り強く本書の編集に携わってくれた、担当編集者の渡辺千弘氏にお礼を言いたい。

二〇二〇年三月

杉田俊介（すぎた しゅんすけ）

一九七五年生まれ。批評家。すばるクリティーク賞選考委員。著書に『非モテの品格』（集英社新書）、『無能力批評』（大月書店）、『宮崎駿論』（NHK出版）、『長渕剛論』（毎日新聞出版）、『戦争と虚構』（作品社）など。

藤田直哉（ふじた なおや）

一九八三年、札幌生まれ。批評家。日本映画大学准教授。著書に『虚構内存在』『シン・ゴジラ論』（ともに作品社）、『新世紀ゾンビ論』（筑摩書房）、『娯楽としての炎上』（南雲堂）、編著『地域アート』（堀之内出版）など。

百田尚樹をぜんぶ読む

集英社新書一〇一八F

二〇二〇年四月二二日　第一刷発行

著者……杉田俊介／藤田直哉

発行者……茨木政彦

発行所……株式会社集英社

東京都千代田区一ツ橋二-五-一〇　郵便番号一〇一-八〇五〇

電話　〇三-三二三〇-六三九一（編集部）

〇三-三二三〇-六〇八〇（読者係）

〇三-三二三〇-六三九三（販売部）書店専用

装幀……原 研哉

印刷所……凸版印刷株式会社

製本所……加藤製本株式会社

定価はカバーに表示してあります。

ISBN 978-4-08-721118-4 C0236

a pilot of wisdom

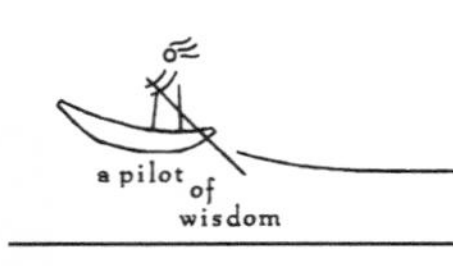

集英社新書　好評既刊

女は筋肉 男は脂肪
樋口 満　1007-I
筋肉を増やす運動、内臓脂肪を減らす運動……。科学的な根拠をもとに男女別の運動法や食事術が明らかに。

美意識の値段
山口 桂　1008-B
クリスティーズ日本法人社長が、本物の見抜き方と、ビジネスや人生にアートを活かす視点を示す！

モーツァルトは「アマデウス」ではない
石井 宏　1009-F
最愛の名前は、なぜ死後に〝改ざん〟されたのか？天才の渇望と苦悩、西洋音楽史の欺瞞に切り込む。

五輪スタジアム「祭りの後」に何が残るのか
岡田 功　1010-H
過去の五輪開催地の「今」を現地取材。それを踏まえて、新国立競技場を巡る東京の近未来を考える。

証言 沖縄スパイ戦史
三上智恵　1011-D
敗戦後も続いた米軍相手のゲリラ戦と身内同士のスパイ戦。陸軍中野学校の存在と国土防衛戦の本質に迫る。

出生前診断の現場から 専門医が考える「命の選択」
室月 淳　1012-I
「新型出生前診断」はどういう検査なのか。最先端の研究者が、「命の選択」の本質を問う。

水道、再び公営化！ 欧州・水の闘いから日本が学ぶこと
岸本聡子　1013-A
水道民営化に踏み出す日本。しかし欧州では再公営化運動が大躍進中。市民の水道を守るヒントが欧州に！

「井上ひさし」を読む 人生を肯定するまなざし
今村忠純／島村 輝／大江健三郎／辻井 喬／永井 愛／平田オリザ／小森陽一・成田龍一 編著　1014-F
井上ひさしに刺激を受けながら創作活動を続けてきた大江健三郎ら創作者たちが、メッセージを読み解く。

ストライキ2.0 ブラック企業と闘う武器
今野晴貴　1015-B
アップデートされ世界中で実践されている新しいストを解説、日本社会を変える道筋を示す。

改訂版 著作権とは何か 文化と創造のゆくえ
福井健策　1016-A
著作権を専門とする弁護士が、基礎や考え方をディズニー、手塚治虫などの実例・判例を紹介しつつ解説。

既刊情報の詳細は集英社新書のホームページへ
http://shinsho.shueisha.co.jp/